Best Time

白 马 时 光

栖见——著

上

百花洲文艺出版社
BAIHUAZHOU LITERATURE AND ART PRESS

图书在版编目（CIP）数据

白日梦我 / 栖见著 . — 南昌：百花洲文艺出版社，
2019.8（2022.5 重印）
ISBN 978-7-5500-3285-9

Ⅰ . ①白… Ⅱ . ①栖… Ⅲ . ①长篇小说－中国－当代
Ⅳ . ① I247.5

中国版本图书馆 CIP 数据核字（2019）第 125567 号

白日梦我
BAIRI MENG WO

栖见 著

出 品 人	李国靖
特约监制	夏 童
责任编辑	叶 姗
特约策划	鹿玖之
特约编辑	鹿玖之 张瞧瞧
封面设计	陈 飞
版式设计	赵梦菲
封面绘图	VIVID 雨希
封面题字	杜 睿
出版发行	百花洲文艺出版社
社 址	南昌市红谷滩区世贸路 898 号博能中心Ⅰ期 A 座 20 楼
邮 编	330038
经 销	全国新华书店
印 刷	三河金元印装有限公司
开 本	880mm×1230mm　　1/32
印 张	19.75
字 数	586 千字
版 次	2019 年 8 月第 1 版
印 次	2022 年 5 月第 9 次印刷
书 号	ISBN 978-7-5500-3285-9
定 价	69.80 元（全二册）

赣版权登字：05-2019-129
版权所有，侵权必究
发行电话　0791-86895108　　　　　网　址　http://www.bhzwy.com
图书若有印装错误，影响阅读，可向承印厂联系调换。

目录
CONTENTS

第一章　很暴躁的社会哥　　001
第二章　和社会哥做同桌　　019
第三章　跟同桌相亲相爱　　036
第四章　我说我上面有人　　054

第五章　相逢是缘火锅趴　　074
第六章　小林教你学物理　　094
第七章　大佬考场秀恩爱　　113
第八章　旋风少女撂大佬　　132

目录 CONTENTS

第九章	假学渣与真学霸	151
第十章	早恋影响我学习	170
第十一章	运动会上惹风波	190
第十二章	暧昧不明的醋意	211

第十三章	想跟你一样可爱	231
第十四章	你是不是喜欢我	251
第十五章	隔壁村头沈铁柱	271
第十六章	篮球场上见真章	290

第一章
很暴躁的社会哥

八月底，烈日炎炎，热气凝固在一起，黏腻而憋闷。

一直到开学前几天，几场大雨兜头泼下，气温才稍降了几度。

下午两点半。

林语惊站在商场门口，看着外面雨水噼里啪啦地砸在平整的石板地面上，蹦起的水花溅得站在外侧的人鞋子都湿透了。

林语惊等了十分钟，雨势不减。

林语惊单手拎着购物袋，翻出手机，确认了没有来电和信息后，走到角落里巨大的玻璃门前，将袋子挂在胳膊上，两只手食指和拇指分别对在一起，比了个相机取景器的手势，然后举到面前，闭起一只眼。

高楼林立，商场大楼隔街相望，门市开着风格各异的店面，街对面星巴克的巨大标志被大雨冲刷着，绿色的美人鱼像是沉入了海底，整个画面都透着一股湿漉漉的、灰蒙蒙的繁华。

既熟悉又陌生的环境。

林语惊是两天前才到 A 市的。

三个月前，她见证了林芷和孟伟国纠缠多年的婚姻生活终于走到了尽头。

两个人离婚前还打了一架，因为林语惊的抚养权。

当时晚上六点半，他们决定离婚的第二天，三个人坐在餐桌前吃着他们一家三口的最后一顿饭。他们从房子、财产、房车说到林语惊，林芷表情全程平静，带着一种麻木的冷漠："住的这套房子归你，车我也不要，孩子你带走。"

孟伟国本来听见前半句话的时候是满意的，后半句一出来，他皱起眉:"什么叫'孩子我带走'?"

林芷有点不耐烦:"我没时间管。"

"你没时间我就有时间?"

"你应该有啊,"林芷冷笑了一声,"软饭吃了这么多年,现在装上大忙人了?"

孟伟国脸上红一阵白一阵,恼羞成怒地瞪着她,深吸了一口气平复情绪:"林芷,今天大家好聚好散,我不想跟你吵,希望我们能互相尊重。"

林芷扬眉:"怎么,现在想起来跟我谈尊重了?你当初入赘到我们家的时候我怎么没看出来你要这个脸呢?"

孟伟国忍无可忍,砰的一声狠狠拍下桌子,站了起来。

林芷也紧跟着站起来,战争的号角被吹响,两个人开始昏天暗地地吵,桌子上的饭菜被摔了个七七八八。

林语惊跷着二郎腿,用筷子戳自己碗里的白米饭,就这么撑着下巴看着两个人因为孩子归谁管这个事爆发出新一轮的争吵,他们甚至毫不避讳,就当着她的面开始互相推脱,好像她是条狗,听不懂人话,没人在意,情绪也根本不需要被照顾。

孟伟国是入赘的。

林芷家三代从商,富得流油,孟伟国跟她是大学同学,从农村考进城里的,学习好,能说会道又低调,而且长得很帅。

十八九岁的少年,穿着洗得发白的棉T恤,样貌清秀,身材挺拔,看起来孤傲而英俊。

被这样的男生追求,没有哪个姑娘会不心动,林芷也不例外。

穷学生和千金小姐恋爱结婚了,结局不一定都是好的。

从林语惊有记忆起,爸爸和妈妈就好像别人家的不一样,她看得出林芷对孟伟国已经厌恶透了,对这个男人的极端厌恶连带着磨掉了对自己孩子仅剩的一点喜爱。

林语惊本来以为,被父母当作负担想要抛弃的时候她会有点难过,然而真的看到这一幕,她什么感觉都没有,就像是一口气干掉了一桶烈酒,舌头、脑子都麻得半点知觉没有，木掉了。

孟伟国没有坚持和林芷打官司。

林芷家人脉、背景、钱样样都有，他去硬碰硬完全就是死路一条。最终，林语惊归他，林芷每个月给林语惊打固定数额的抚养费。

孟伟国先生迅速从上一段失败婚姻的阴影中走出，在离婚一个月后带着林语惊见了他的新女友关向梅，两个人光速发展并且有了第一个五年计划，结婚、领证、搬家到这个女人居住的城市来，入赘入得十分熟练。

林语惊只觉得长得帅又会说话真是好，有这么多傻子富婆愿意跟他结婚。

把她送到这儿来的第二天，两个人度蜜月去了。临走之前关向梅微笑地看着她："以后你就把这里当作自己家。"

林语惊点了点头。

"我儿子这两天和同学出去玩了，应该明天回来，我已经跟他说过了，我们不在的这段时间让他照顾着你点，以后他就是你哥哥，一会儿我把你的手机号给他，你们自己联系联系。"关向梅继续道。

"……"

林语惊并不是很想和她儿子联系联系，但是她更不想一来就破坏掉这种表面和谐的家庭气氛，所以还是安静地点了点头。

果然，关向梅很满意，又说："有事也可以跟张姨说，不用不好意思，也不用觉得拘束，大家都很喜欢你。"

"……"

林语惊看了一眼旁边就差把"现在什么野鸡都能装千金了""吃软饭的爹带着他闺女来分家产"和"你别想拿一分钱"刻在脸上的张姨，觉得关向梅的眼神可能有点不太好。

商场里面冷气开得太足，因此乍一出来觉得很热，连雨都带着热气，仿佛等不到落地就会被蒸发在空气中。

林语惊没什么表情地看着雨幕，再次看了一眼时间。

三点了。

她轻轻跳了两下，活动了一下站得有点麻的腿，手机铃声响起，是她昨天晚上刚存上的手机号，她那个需要"联系联系"的哥哥打来的。

林语惊接起电话："哥哥。"

男人似乎被她这一声"哥哥"惊住，沉默了至少十秒钟，才问："东西买完了？"

"嗯。"

"我感冒了，就不去接你了。"哥哥冷冷地说。

"……"

林语惊觉得她给自己的定位挺准确的，她一向是一个很真实的人，不屑于和任何人弄假做戏，而且这人演技还这么差，不知道的还以为他姓林呢，娇花林妹妹。

她便关心起他的病情："严不严重，多少度呀？"

小姑娘的声音有点小心翼翼，轻软好听。对方又沉默了十秒，声音有些犹豫："四十。"

"……"

"我帮您打个119吧。"林语惊真挚地说。

火警消防电话，119。

男人把电话挂了。

林语惊放下手机，抬起头来，看了眼外面电闪雷鸣，仿佛能砸穿石板地面的大雨，翻了个大大的白眼。

林语惊的新家在市中心的别墅区，隔着两个街区是一片破旧的老式居民楼。

能住这种大城市市中心的一般情况下有这么两种人，一种是穷得只剩下一个弄堂里小房子的，一种是富得流油买二三十万一平方米豪宅的。

车子开到一半雨停了，空气里混合着泥土的湿润味道，想到要跟她那个素未谋面、体弱多病的"哥哥"和那个眼睛长在脑门儿上的张姨待在一块儿，林语惊气都喘不匀了，直接在那一片老式居民楼后面下了车，打算在这个陌生的环境里迷两个小时路再回去。

每个城市都会有这么一片地方：老房子，古旧的墙，木质的窗，深红色的油漆一片一片脱落，窗口拉出长长的杆子挂着各种床单和衣服，有种浓缩了这个城市最古老的底蕴和气场的感觉。

林语惊穿过狭窄的弄堂往前走，果然，最外边一圈开着几家低调中透着高端的工作室店面，她简单扫了两眼，继续往里走。

她晃晃悠悠，边走边唱着《海绵宝宝》的主题曲，走到头，往左边一拐，看见一扇黑色的铁门。

单开的门，半虚掩着，门上用白色的油漆涂着一串儿英文，看起来有点像什么鬼屋的入口。

林语惊脚步一顿，走上前去，看清了上面写着的字母是什么。

——TATTOO。

文身的店？

铁门不高，她踮起脚，里面是一个三四平方米的小院，正对着一扇木门，上面的木牌子上刻着个很复杂的图腾似的东西。

林语惊被这个从里到外都写满了"我十分牛，但我十分低调"的文身店深深吸引了。她犹豫了几秒，抬手，伸出一根食指来，轻轻地推了一下黑色的铁门，嘎吱的一声轻响悠长地划过。

巴掌大小的一个院子里面，植物的生长轨迹很狂野，看起来常年没人打理。

林语惊走到门口推门进去，屋里光线昏暗，深灰的墙，上面挂着红色的挂毯和密密麻麻的各种文身图案，漂亮又精细。

她仰着脑袋看了一圈，一回头，顿住了，才发现这屋里有人。

门后角落那块儿，被门板挡住，是视线死角，刚一进来看不见。

深灰色的长沙发，厚地毯，无数个靠垫、抱枕乱七八糟地丢着。

沙发上坐着三个人，长得都挺帅的，属于那种很有个性的帅哥，三人留着三胞胎似的脏辫拖把头，文着三胞胎似的繁复花臂。

三个花里胡哨的"拖把"看着她，一动不动，一时间气氛有些诡异。

其中一个还保持着一手夹烟凑到唇边的动作，烟嘴悬在离唇边三厘米的位置，像是被人按了暂停键。

然后，他眼睛动了动，从她的脸一直往下，移到了她的衣服上。

林语惊不明白这几个人为什么会露出一种像是观赏动物园大猩猩一样的神情。那种新奇又诡异的眼神，差点让她以为自己刚刚是唱着《青藏高原》进来的。

她就这么被扫视了三四秒，然后有点尴尬地抬了抬手："……嗨？"

啪嗒一声，空气重新开始流动。

靠着沙发坐在地毯上的拖把一号最先反应过来，也跟着打了个招呼，拖着声："欢迎光临，你等一下啊。"

他把烟咬进嘴里，用胳膊肘往身后戳了戳："倦爷。"

林语惊这才看见，这长沙发上还有第四个人。

幻之第四人头上盖着一块深灰色的毯子，毯子一直盖到腰腹，下身一条深灰色的长裤，整个人完全融入了同样颜色的沙发里，肚子上还放着两个抱枕，睡得一动不动，又被他的拖把朋友挡住了大半，一眼扫过去还真看不见。

这人被戳了好半天依旧没反应，挺尸一样躺在沙发上，像一个高贵的睡美人。

拖把一号又叫了他一声："沈倦。"

"睡美人"蠕动了下，从鼻腔里哼出一声，靠着沙发背将屈起的那条大长腿伸直，翻了个身脸朝里继续睡。

毯子还蒙在脑袋上，厚厚的一张毯子，林语惊都怕他把自己给憋死。

拖把一号"啧"了一声，扭着身子，两巴掌拍在他的屁股上："别睡了，起来接客！"

"睡美人"的清梦几次三番地被扰，又被一花臂猛男袭了臀，骂了句脏话。

他抬手捞了个抱枕朝着旁边的人砸过去，声音就像他的名字一样带着浓浓的倦意，沙哑又不耐烦："我接个屁，滚。"

"……"

一个非常暴躁的社会哥。

后来熟悉了以后，蒋寒每当说起第一次见到林语惊的时候，都会露出很神奇的表情。

"就穿着条小裙子站在那儿，眼睛干净得跟玻璃珠似的，一看就是个乖宝宝，和周围气质太不搭，"蒋寒摇了摇头，"我也有看走眼的一天。"

但此时此刻，林语惊连他叫什么都不知道，脑子里全都是他的脏辫拖把头，大写的"拖把一号"。

拖把一号反应很快，在抱枕砸上脸的一瞬间举远了烟，抬手一挡，抓住了抱枕。

他手腕转了一圈，将抱枕抱进自己怀里，将烟重新叼进嘴里，神情凝重："好功夫啊。"像一个二傻子。

这二傻子一副完全不觉得自己傻的样子，见叫不醒人，转过头来笑眯眯地挥了挥手，配上他的脏辫和大花臂，有种说不出的狰狞："妹妹，不好意思啊，我们老大精神状态不太好。"

"……"

林语惊不知道这人为什么有一种能把"他精神状态不太好"说得让人觉得像是"他有精神病"似的气质。

她看了一眼他举起来朝她热情挥舞着的手臂，又瞥了一眼躺在沙发上、睡得看起来像是死过去了一样、那位叫沈倦的社会哥的——屁股。

别说，还挺翘。

林语惊对这两人有了一个粗略的初步判断：不像是直的。

她点点头，想说"没事，我就随便看看的，你让他睡吧"。

结果话还没来得及说出口，拖把一号已经单手抱着抱枕，另一只手往沙发边一搭，手肘再次戳上睡着的那位暴躁老哥。

沈倦昨天一晚上没睡，上午又出了门，刚睡了没几个小时，正处于睡眠不足、情绪不稳、极端暴躁的"丧尸状态"，又被人第二次袭臀。

他烦躁又低沉地"啧"了一声，反正睡不下去了，翻了个身平躺在沙发上，抬手将脸上蒙着的毯子一把扯了。

有一瞬间，林语惊以为自己会看到一个拖把头四号。

毕竟一家人嘛，就是要整整齐齐。脏辫、文身、大花臂，情侣款，亲密无间的象征。

头上顶着的深灰色毯子被扯开,社会哥露出了庐山真面目:从外形上来说一点儿都不社会,和他的"好基友"不怎么"亲密",甚至看起来应该也没比她大多少,还是个少年社会哥。

少年社会哥乌黑的短发理得干净利落,单手撑着沙发垫坐起来,垂着头,手臂搭在膝盖上,衣服袖子卷着,露出一截冷白消瘦的手腕。

他慢吞吞地抬起头,漆黑的眼,眼形狭长,眼尾稍扬,此时眼皮子耷拉着,全身散发着"老子不太耐烦"的气场。

他缓了十几秒,终于慢吞吞地眯着眼看过来。

大概是刚刚平复了一下起床气,倒也没很暴躁地迁怒到林语惊,只是拧着眉打了个哈欠,站起来:"文身?"声音里带着没睡醒时的沙哑,还有一点点鼻音。

林语惊随口应了一声:"啊。"

"哪儿?"沈倦转过身去,将刚刚蒙在脑袋上的毯子拎起来,随手搭在沙发靠背上。

从背面看,两条腿笔直,长得让人想吹口哨。他的黑衣服压得有些皱,边缘塞在裤腰里,露出一段皮带。

林语惊视线不受控制地扫向他那被袭击了两次、确实挺好看的屁股上,低声无意识地脱口而出:"这屁股……"语气似赞赏,似叹息。

空气寂静了。

拖把一二三号再次机械地抬起头。

沈倦回过头来看着她,神情困倦漠然。

林语惊本来觉得自己说这话的时候声音不大,就是自言自语的音量,但屋子里一片安静,显得就格外清晰。

话说出口的下一秒她就回过神来,在对方转身的瞬间已经迅速反应,四目相对时她甚至调整好了表情,眨巴着眼安静又无辜地看着他,似乎还带着小羞涩:"就文在……"

她顿了顿,十分不好意思的样子:"可以吗?"

沈倦扬眉:"可以。"

看见了吗？多么淡定！

不愧是见过世面的社会哥，不就是文个臀吗？人家什么大风大浪没见过！！

这牛皮既然已经吹开了头，就有吹下去的必要和义务，林语惊心一横，开始翻看墙边长木桌上的图案册子和乱七八糟散开的各种铅笔草稿纸，假装研究着弄个什么图案好。

毕竟这位暴躁的社会哥已经醒了，她如果还用"我就随便看看，你继续睡吧"把人家推回去可能会挨揍。

"哎，"林语惊捏起了张上面画着个奇丑无比的哆啦A梦的纸，不明白这么一堆高端、精致的作品里，为什么会出现这种属于十岁以下小朋友的作品，"这个哆啦A梦好可爱啊。"

沈倦已经走过来了，帘子唰地一拉，角落那一片放着沙发、坐着人、休息区似的地方和外面的工作区域被划分开，他走到她旁边瞥了一眼纸："Hello Kitty。"

"啊？"

"这是个Hello Kitty。"

"……"

林语惊仔细一瞅：哦，有耳朵，那行吧。

她干巴巴地笑了两声："这是家里小朋友画的吗？"

沈倦又打了个哈欠，声音很好听，就是带着鼻音，听起来有点闷闷的："我画的。"

"……"

兄弟你别骗我吧？

你告诉我就你这个画工真的是个文身师吗？

林语惊沉默了几秒，决定换个角度："那，文身的位置不同，会有什么特别需要注意的地方吗？"

这个问题问得合情合理，总不会出错了。

"疼痛、保养都不一样，"沈倦靠着墙站着，无精打采地拖着声，"你要是信风水命理，那就还有说法。"

"哪里最疼？"

"皮肤薄的地方。"

"哦，"小姑娘缩着脖子，看着好像还挺怕的，"那哪儿比较不疼啊？"

沈倦也看出来了，这位朋友就是看他醒了，也不好意思再把他撵回去，强行没话找话随便问问的，他干脆连电脑都不打算开了。

他顿了顿，直勾勾看了她一会儿，才似笑非笑地说："就你要文的那个地方。"

林语惊："……"

林语惊七扯八扯地和沈倦聊了五分钟，绞尽脑汁地把自己脑子里能想到的关于文身的问题全都问了一遍，看着时间差不多了，大大松了口气。

到最后，两个人已经没有任何话了，沈倦就靠着墙懒洋洋地站着，林语惊能感受到他冷淡的视线，她也懒得理。

走的时候，还是拖把一号塞了张工作室的名片给她，让她考虑得差不多了再来。

沈倦全程都保持着那一个姿势，站得像没骨头一样，依然一副困得睁不开眼睛的样子。

蒋寒刚准备关门，回头看见他打哈欠，拍拍门框："你昨天晚上是不是偷地雷去了？"

沈倦坐进旁边的懒人沙发里，随手从桌边捞了个飞镖，半眯着眼一边又打了个哈欠，一边对着屋子另一头墙上的黑色镖盘丢了过去："生活不易。"

绿色的塑料小飞镖，浑身上下都写满了粗制滥造，末端还有塑料薄片的毛毛边，咻的一下，飞过半个屋子稳稳地扎在镖盘上。

蒋寒看了一眼，距离比较远，跑过去两步才看得清，小飞镖正好落在小小的红色靶心上，半点都没偏。

"我倦爷还是那么地帅气，"蒋寒不是第一次见了，还是觉得叹为观止，离得远，光线又暗，他在那个位置甚至都看不清靶心在哪儿。

蒋寒回身过去把门关好，趴过去小声说："刚刚那妹子，有点好看啊。"

沈倦看了他一眼，没说话。

"就身上那个小仙女的劲儿，你懂吧？和外面的那种装的不一样，是真仙。"

沈倦的视线在空中停了停，脑子里忽然蹿出那位小仙女刚刚的样子。

人是好看，腿又细又直，皮肤白出了透明感。

就是眼睛里什么东西都没有。

她看着他的时候可能和看着地上的石头也没什么两样，空洞洞的。左眼写着"不在意"，右眼写着"随便吧"，合起来就是"我是谁""我在哪儿""我到底在干什么"。

一个十分茫然、丧得很不明显的颓废少女。

总之，不是真的像看起来那么仙。

两秒钟后，沈倦重新垂下眼帘，情绪也不高："你不是就喜欢蒸汽朋克风的吗？"

"什么叫我就喜欢蒸汽朋克风？"

蒋寒一脸严肃地捋了把自己的脏辫："我欣赏一切风格的养眼美少女，刚才那个，也太可爱了，像个偷偷干坏事怕被人知道的小朋友，我都能听出她说话时的紧张来。"

沈倦挑了下眉，不置可否。

蒋寒越说越觉得后悔："我怎么刚刚没想到下手呢，我怎么就给了她工作室的名片呢？我应该直接加个私人联系方式什么的啊，多纯多乖的家养小奶猫！"

沈倦抬头瞥了他一眼，觉得有些好笑地重复："乖？"

他的视线落在木桌上那张奇丑无比的 Hello Kitty 上："就这小猫，你真下手，她能让你骨头都剩不下。"

蒋寒觉得他完全就是对人家姑娘有偏见，因为她的到来打扰了他老人家补觉。

蒋寒往旁边一靠："这种涉世未深的小仙女，寒哥撩起来自己都害怕。"

"哦，"沈倦把长腿往前伸了伸，用食指在桌沿上轻敲了两下，懒洋洋地说，"你撩。"

林语惊出了文身工作室以后又逛了逛才回去,天黑了大半的时候,她接到了关向梅家里司机的电话。

司机姓李,她只在刚下飞机的那天见过他一次,从机场到新家一路上都很安静,话虽不多,但是人看起来很好相处。

接到电话的时候她刚从药店出来,小白塑料袋里花花绿绿的小盒子,各种治感冒、发烧、流鼻涕的药一大堆。

哥哥讨厌归讨厌,也不能真的天天跟他吵得天崩地裂。

林语惊用手指勾着塑料袋甩来甩去,单手抓着手机凑到耳边,没出声。

她以前朋友也不多,走心的更少,两个发小——陆嘉珩和程轶都是这边电话一接通,那边就开始直接自顾自噼里啪啦讲的人,所以她习惯性等着对方先开口。

安静了两秒钟,对面始终没声音,她反应过来,后知后觉地补了句"您好"。

"您好您好,"电话那头也连忙回了话,"林小姐,我是老李,没什么事,就是问问你什么时候回来。"

"我马上回去。"林语惊漫不经心道。

那边顿了顿,又说:"你给我发个定位过来吧,我去接你,天快黑了,小姑娘一个人人生地不熟的,不太安全。"

林语惊顿住了,抬眼扫了一圈周围的环境,半天才说:"不用了,那多麻烦您,我一会儿自己回去就行。"

老李笑道:"什么麻烦不麻烦,我一个司机,就是干这个的,或者你拍张附近的照片发过来,我就能找到你。"

林语惊垂着眼,这边的天气不仅热,而且雨后潮湿得像是泡在水里,让人一时半会儿难以适应。她答应下来,挂了电话以后拍了张照片发过去。

她本来就在家附近不远,没过几分钟,一辆黑色的宾利停在路边。

林语惊扫了一眼车牌号,拎着袋子走过去,打开后座车门坐进去。

老李跟她问了声好,她微微欠了下身:"麻烦您了。"

老李反倒有点不好意思:"不麻烦,应该的。"

林语惊没有说话,看着窗外陌生的街道,车子里一片安静。

老李咳了一声："后天开学了吧？"

林语惊回过头来："嗯。"

"需要的东西都买齐了吗？还缺什么跟我说就行。"

"没什么了，都买了。"

"那就好，还缺什么就告诉我。"老李又重复了一遍。

"好。"小姑娘声音轻轻的，"谢谢。"

尬聊结束，林语惊重新扭过头去，看向车窗外，开始发呆。

她小时候经常挨骂，林芷是个完美主义者，不能接受她身上的任何毛病，或者在林芷看来，她这个十月怀胎生下来的女儿根本没有优点，哪里都是错的，所有地方都是"跟你那个爸一个样"，而孟伟国根本不怎么管她。

小时候，她还会沮丧一下，会觉得难过委屈，会一个人躲起来偷偷哭，然后努力读书、考试，希望林芷也能夸奖她一次。

后来她发现习惯真的很可怕，无论什么样的事情，只要习惯了以后，身体和思维就会自然地做出反应。

就像她早就习惯了管教训斥、糟糕的家庭关系和永远不被肯定的眼神，也能熟练应对孟伟国的漠然、关向梅的虚伪、张姨防备不屑的态度，和她那位还没见过面的哥哥的冷漠敌意。

但面对这个还算是陌生人的长辈的真挚善意时，她还是有点不知所措、不习惯，也不太熟练，尤其是这种没有第三个人在的环境下，除了道谢，她不知道该说些什么。

车子很快开进院，停在门前。九月的白天没那么长，晚上近七点，天色渐暗。林语惊再次跟老李道了谢以后才下车，转身往门口走，掏出钥匙开门进去。

偌大的房子里安静无声，林语惊穿过前厅走到客厅里，水晶灯璀璨又明亮，电视开着，茶几上摆着洗好的水果，沙发上没人。

她忽然觉得非常烦，那种有点茫然的烦躁，原因连她自己都不知道，突如其来得甚至让人有点惊慌。

林语惊走到厨房，从柜子上抽了个玻璃杯倒了杯水，冰凉的水滑过喉管，她长出了口气，端着水杯站在中岛台前看了会儿手机，才转身出了厨房，准备上楼。

她刚走出来没两步，一抬头，就看见沙发上多出了个人。

男人也正看着她，长得还挺帅，眉眼轮廓跟关向梅有点像。

林语惊用大概 0.5 秒的时间反应过来，迅速叫了一声："哥哥。"

她从小到大没锻炼出什么本事，就是嘴非常甜，必要的时候还可以让自己变得特别乖。

果然，男人的嘴角有些僵硬，似乎还抽搐了一下，只是依旧没说话，眼神防备，表情不善。

林语惊走过去，从包里翻出个白色的小袋子，放到他面前的茶几上，小声跟他道歉："对不起，我下午的时候是开玩笑的，不是故意让你打消防电话，但是因为你说你烧到四十度了……"

"……"傅明修的脸更黑了。

林语惊没看见似的："你注意身体，多喝开水。"

"……"傅明修气得差点站起来。

"热水，对不起。"林语惊飞快地纠正道，看他时的表情小心翼翼的，像是看着什么妖魔鬼怪似的。

对手服软道歉的速度太快，傅明修觉得自己一口气就这么吊着，上不来下不去，更难受了。

等他反应过来的时候，林语惊已经兔子似的蹿上楼不见了，傅明修拉过茶几上她放下的塑料袋子，看了一眼，里面是几盒感冒药和退烧药。

"……"

傅明修愣了愣，觉得有点不自在，心情十分复杂。

有些时候，有些情绪是没办法控制的，尽管明白自己的无端排斥来得挺不讲道理、莫名其妙，但是就是一时之间接受不了，对这个空降的妹妹完全生不出什么好感来。

还好她也没有很讨厌。

还不够讨厌？这才第一天，就又"消防"又"开水"的。

傅明修想不到以后的日子要怎么过。

等回过头去确认了一下少女确实上楼了，傅明修手里的袋子往茶几上一摔，食指伸出来指着塑料袋瞪眼："什么意思？'温柔刀'是不是？想讨好我？没用！我告诉你——没、有、用！"

林语惊是被饿醒的。

她醒来的时候夜幕低垂，夜光的电子钟显示现在才九点，她从上楼进了房间就开始睡，睡了两个小时。

这期间她还做了个很惊悚的梦，梦见那个叫沈倦的社会哥拿着个电钻似的、不知道是什么玩意儿的东西看着她。电钻发出吱吱的声音，沈倦面无表情地说："把裤子脱了，我给你文个 Hello Kitty。"

林语惊说："不行，我屁股长得那么好看，你的 Hello Kitty 画得实在是丑，配不上我的屁股。"

沈倦说："那我给你文个夜光手表。"

林语惊觉得比起饿醒，她应该会先被这个梦吓醒才对。

她撑着身子坐起来，靠在床头，先是发了一分钟的呆，才后知后觉地想到自己应该去吃点东西，饥肠辘辘，饿得难受。

下午从商场回来到现在，她只喝了一杯水，本来还想着吃个晚饭再回来的，结果老李一个电话打过来，她忘记了。

林语惊伸手端过床头矮桌上的水杯，咕咚咕咚又一杯水灌下去，饥饿感有所缓解。

她重新躺回到床上，盯着天花板，不知道怎么就想起了老李。

如果她有一个那样的爸爸，那她是不是也可以撒娇、发点小脾气？

林语惊感觉自己现在有些莫名其妙，她从来都不是那种多愁善感的人，大概是换了陌生的城市、陌生的环境，还有即将面对的陌生生活，都让她太没安全感，所以整个人都变得敏感了不少。

毕竟是离开生活了十几年的地方，林芷和孟伟国离婚这件事，对她多多少少也有点影响。

以前再不堪，怎么说也还是个家，现在她连家都没了。

肚子适时地咕咕叫了两声，打断了她的多愁善感，林语惊抬手揉了揉脸，又随手抓了抓睡得有点乱的头发，翻身下床，随便套了条裤子，抓起钥匙和手机下楼准备出门觅个食。

厨房里应该会有吃的，但是为了避免不必要的麻烦，她不太想在这个时间点自己一个人擅自翻找。

别墅区附近的地灯和柱灯光线柔和且漂亮，毕竟是二三十万一平方米的房子，灯光的艺术水平堪比意大利灯光艺术节。

坐老李的车回来时，林语惊还没觉得有多远，而此时自己走了好一会儿才出了大门，街道上灯火通明、车水马龙，处处透着股大城市的味道。

林语惊凭着记忆往老弄堂那边走，今天下午来的时候好像看到过一家7-11便利店。

她方向感还可以，走了差不多十分钟，就看见7-11红绿色的牌子散发着亲切的光芒。

林语惊走进便利店，拿了一个饭团、一瓶混合果汁，又要了份关东煮——只剩下的三个脆骨丸子、菠菜豆腐，还有一块鱼排。

她付完钱，捏着纸杯出了店门，蹲在门口扎个脆骨丸子塞进嘴里。

这个城市晚上不像下午的时候那么热，到了夜里还有点温差，风带着潮湿的凉意，也不太冷，刚刚好的舒服，吹散了到这儿以来持续不断的阴郁烦闷。

林语惊心情很好地嚼着丸子，垂头去扎第二个，把丸子咬进嘴里，再一抬头，她看见从对面街角拐出来几个人。

刚开始距离太远，她没看清。

后来几个人走到路边准备过马路，明显是往她这个方向来的时候，她才看清楚——拖把一、二、三号，最后面跟着睡不醒的社会哥。

社会哥应该是下午又补了觉，终于看起来不困了，还是下午那身衣服，加了件衬衫当外套，手揣在裤袋里，垂着脑袋听旁边的人说话。

不知他们说了什么，前面两个人笑了起来，穿过马路，向林语惊这边走。

拖把一号终于看见她了。

林语惊迟疑着要不要跟他打声招呼，其实她根本没准备再去那个文身工作室，更以为自己大概碰不到他们了，结果人生处处有缘分。

不过，既然工作室开在这儿，这片大概也是他们的活动区域。

她把最后一个丸子整个塞进嘴里，竹签子丢回纸杯，刚要抬手象征性地打个招呼，走个过场，那边的拖把一号却突然转过头去，低声跟旁边的人说了些什么。

然后沈倦抬起头看过来，两人的视线对上。

他们已经过了马路站在路边，便利店和路灯昏黄的光线糅合在一起，拉出长长的影子。黑夜的沉浸让少年的五官看起来沉郁又立体，像是加了噪点的老照片，黑眸藏匿在阴影里，看不清情绪。

三秒钟后，沈倦没什么表情地垂下头。

林语惊愣了愣，眨眨眼，嘴里的丸子被嚼巴嚼巴吞进肚子里。她也没在意沈倦他们，重新捏起竹签子，专心致志地扎了个菠菜豆腐。

她刚扎起来，从道路的另一头传来一阵噪音，又有六七个人出现在街口，往这边走。

拖把二号骂了句脏话，开始撸袖子，进入了备战状态。

林语惊顿悟了。

这是一场预约制的，社会哥之间的比试和较量。具体流程大概是"先礼后兵，先文后武"，大家在7-11门口碰头，老大之间寒暄一下，直到肢体上有了第一次触碰，这个过程叫点炮。

再下一个阶段，就是嘴炮输的那位恼羞成怒，一言不合瞬间掏出自己五十米大长刀的同时，叫一下自己的兄弟们，可以开始干架了。

她看着两拨火力十分旺盛的中二少年距离越来越近，最后停在7-11门口。

对方为首的那个看起来也没多大，十八九岁的模样，叼着烟，面色不善，脸上写满了"我是狠人"。

这么两伙人聚在一起，路过的人基本上全都绕着走。林语惊蹲在便利店门口的台阶上，手里拿着一杯关东煮，就显得有点醒目。

狠人大哥侧过头，看了她一眼。

林语惊也不是没有见过世面,她仰着头,直接以注目礼回敬给他,嘴里还嚼着脆骨丸子,嘎嘣嘎嘣的,目光不避不让。

大哥的视线滑到她穿着短裤的细白长腿时停住,吐出一口烟来,刚要说话。

沈倦忽然侧了侧身,往前走了几步站到少女面前,挡住了他的视线。

"那边聊?"沈倦抬了抬下巴。

狠人大哥:"?"

沈倦非常有原则:"打扰人家吃关东煮,多不礼貌。"

第二章
和社会哥做同桌

原本蒋寒嚷嚷着要去撩妹的时候，沈倦也就随口应了一声，他压根儿就没觉得会再遇到。

人家摆明了就是随便看看的，不知道那二傻子在开心个什么劲，还跟他打赌这仙女什么时候会再来、她到底想文个什么。

结果没想到，今天还没过去，晚上就见到了。

而且这姑娘也不知道是胆子肥，还是真的打算把她"随便吧"的生活态度贯彻到底，明知道怎么回事，看着对面六七个浑身写满了"我是来干架的"男人浩浩荡荡走过来，她还蹲在那儿吃得浑然忘我、雷打不动，而且好像还有点把他们当戏看的意思。

陈子浩看着她的时候，她甚至还津津有味地跟人家对视上了，什么毛病？

陈子浩是个什么货色沈倦多少了解一点，读了个职高大概也没去上过课，在小旅店租了个单间，上午下午进出的都不是同一个姑娘，每天就这么混着，拼尽全力挥霍着他廉价青春里的最后一点余热。

沈倦觉得自己虽然不算什么正义使者、好好少年，但是好歹和这姑娘也有一面之缘，没有看着的道理。

好在陈子浩对他的兴趣比漂亮妹子要大，而且他这会儿比较上头，后面还有一帮兄弟看着，便把这句话当作是一个有效挑衅。

红牌一次，敌方BOSS愤怒值上升10点。

陈子浩沉默了一下，没说话，他对沈倦其实也有些忌惮。

陈子浩念中专的时候，对面就是沈倦的学校——十四中，那个时候沈倦上初中，两个人见过几次，沈倦的很多事陈子浩也听说过，当时他还不以为意。

直到后来，他亲眼看见过一次：沈倦那时候还没怎么开始长个儿，拽着个比他高了一头的人的衣领子，一路拖进小巷子里，哐的一声将人甩在了铁皮垃圾桶上。

垃圾桶翻了个个儿，骨碌碌地滚出去老远，一大堆塑料袋子撒出来。

那人小声呻吟着说了句什么，沈倦冷笑了一声，冷到了骨子里，带着阴沉又尖锐的戾气。

再后来沈倦惹了事，说是差点把谁打成了植物人，因为家里有钱，所以摆平了，很多人半信半疑，陈子浩却觉得八成是真的。

今天这事本来跟他没有半点关系，是他新认识的兄弟和沈倦这边的人起了冲突。他之前不知道，也根本没想到沈倦会来，如果知道了，他大概都不会帮忙出这个头。

陈子浩叼着烟看着他，笑了一声："怎么，倦爷今天这么闲，来给兄弟出头？"

陈子浩语气还算客气，确实不想惹他。

大佬一般都是会考虑很多的，陈子浩作为狠人大哥，思路自然九曲十八弯，两秒钟内在"怎么办，要装完吗"和"不怎么想惹他，要么撤吧"之间疯狂跳跃、考虑对比、迅速衡量，还没来得及做出抉择。

沈倦往7-11门口一指，平静地说："不是，我来买瓶水。"

"……"

陈子浩有一瞬间的茫然，不明白是什么让这个拥有无数传奇的大佬现在看起来这么佛。

茫然的不止他一个人，安静了几秒钟，沈倦身后的拖把二号王一扬发出一声撕心裂肺的哀号："爸爸！您咋回事啊！！"

林语惊咬着鱼排没忍住，笑着抬起眼来，想看看拖把二号说这话时的表情，结果什么都没看到。

沈倦很高，又因为两人距离太近，把她一半的视线都遮住了。而且她蹲着，他站着，从这个角度他的腿看起来更长。

林语惊一边欣赏社会哥的好身材，一边把鱼排吃掉，竹签子往纸杯里一扎，却扎了个空。

她低头看了一眼——关东煮吃完了，就剩下了一点汤。

她意犹未尽地将纸杯放在旁边台阶上，又把饭团拿出来，开始剥包装袋。

透明的塑料包装袋，剥起来有哗啦哗啦的声音，在这个剑拔弩张的氛围下，肆无忌惮得非常嚣张。

沈倦回过头来，垂眸看了她一眼。

林语惊没发现，低着脑袋认真又专注地和饭团包装袋做着斗争，这东西包裹得严严实实，不太好扯开。

她在终于撕开了包装的时候，听见沈倦说："我有点困。"

少年的声音淡然中带着一点点鼻音，显得松松懒懒的："所以动作快点吧，要上一起上，解决了好回去睡觉，后天开学了，我明天得补作业。"

众人："……"

安静得诡异。

林语惊看不见其他人是什么表情，反正她是吓得手一抖，刚撕开的饭团啪叽一下掉在了地上。

这到底是一个怎么样的社会哥？

他的班主任一定很欣慰：在赶场打架的百忙之中，竟然还惦记着要在暑假的最后两天抽出时间来补作业。

狠人大哥倒是很沉得住气没有出声，不过他的身后有人忍不了了。林语惊也觉得沈倦这个人确实欠揍，完全没把人当回事，语气里全是"你们这群浪费老子睡觉时间的智障"，打群架的态度十分不端正。

陈子浩身后那人往前几步走过来，比沈倦还要高上半头，看起来很壮，穿着黑色的背心和运动短裤，露出结实的腱子肉，眼神挺凶。

"你很牛啊，"腱子哥气势逼人，"浩哥叫你一声是给你面子，还真把自己当爷了？倦爷？你是不是觉得自己很牛……"

沈倦往前走了一步，一拳砸在他的胃上，下手很重，林语惊听见了肉体撞击的沉闷声响。

腱子哥的话没说完就被直接打断，他干呕了一声，弓着身，弯下腰去，还没来得及反应，沈倦一手抓着他的头发猛地往下一扯，膝盖顶起来，哐的一声撞上去，腱子哥就用那张脸热情地亲吻沈倦的膝盖骨，沈倦另一只手对着腱子哥的胃又是一拳。

腱子哥叫都没叫出声来，沈倦拽着他的头发再次往上拉，他被迫抬起头来，鼻血滴答滴答地往下淌，红着眼睛瞪着沈倦，张了张嘴巴，似乎是想出声。

沈倦扯着他头发的手松开，一脚踢在他的膝盖上，腱子哥被踹得一个趔趄，堪堪站稳后腿一软，扑通一声跪在了地上。

没人说话，连林语惊都没反应过来。

腱子哥一身的腱子肉仿佛是奶油充起来的，人跪在地上，单手撑着地面，捂着痉挛的胃干呕，胃里酸水直往上反，却什么都没吐出来。

沈倦垂眸，神情漠然地看着他，勾唇笑了笑："倦爷肯定牛啊。"

腱子哥大概也算是敌方阵营二把手之类的人物，总之他挨了一顿揍后，对方觉得被羞辱得十分彻底，于是沸腾了，伴随着各种国骂就往上冲。

拖把二号张牙舞爪地扑了出去，脏辫在空中飞舞出十分摇滚的节奏感，他一边咆哮着，一边挥出一记漂亮的左勾拳："老子自己的事自己解决，来啊！都来打我啊！打死我啊！！！"

"……"

林语惊觉得现在的不良少年怎么都这么有意思呢。

饭团刚刚掉地上了，她用包装袋包着捡起来，想去丢进垃圾桶里。结果她一转头，就看见7-11便利店的大玻璃窗后，收银员小姐姐慌乱地挂上了电话，里面的几个店员聚在一起，都在往这边看。

她顿了顿，在"自己一个人偷偷溜走"和"告诉他们一声"之间犹豫了几秒，还是抬起手来，轻轻拽了拽站在她面前的少年的袖子。

沈倦正在旁边看戏看得津津有味，他们这边虽然人少，但是蒋寒、王一扬都比较能打，对方又废了一个正趴在地上吐的，所以应该也没什么问题。

他再一看表，十点多了。

他正准备偷偷溜回家去洗个澡睡觉，突然感受到从身后袖口处传来一点点轻微的拉力。

沈倦回过头去，垂眸看了眼自己的袖子被两根手指捏着。

细细白白的手指，指甲修得圆润干净，末端带着一点点白色的小月牙，再往上是漂亮纤细的手和一截白得透明的手腕。

他掀掀眼皮子，视线上移，看向拉着他袖子的姑娘，扬眉，表示疑问。

林语惊松开手，指了指便利店里的收银员，低声说："我刚刚看到她好像报警了。"

那边正激烈地近身肉搏着，噪音很大，沈倦没听清，皱了皱眉俯下身子，脑袋凑近了点："嗯？"

林语惊也配合着往前探了探头，凑到他耳边重复道："刚才，那个小姐姐好像是报警了。"

沈倦闻到一点清清淡淡的甜香味，像是花园里的花香混合着刚出炉的水果挞和牛奶。

他不动声色地偏了偏头，拉开一点距离，直起身来："那走吧。"

林语惊愣了愣，跟着站起来："啊？"

"不是报警了吗？"沈倦打了个哈欠，往7-11里面走。

林语惊沉默了两秒，实在没忍住："你怎么还没睡醒？"

叮咚一声，感应玻璃门打开，沈倦看了她一眼，朝墙上挂钟的方向扬了扬下巴："十点半了，最佳睡眠时间。"

"……"

合着您还是个养生的社会哥。

林语惊翻了个白眼，看着沈倦在店员小姐姐惊恐的注视下淡定地在冷柜前遛了一圈，拎了一个饭团，顺便还真拿了瓶水。

后来他又拿了一包湿纸巾一起结账，然后在店员小姐姐把饭团塞进微波炉里加热的时候，他撕开湿纸巾的包装，抽出来一张，倚靠在收银台前慢条斯理地擦手，大概是因为他刚刚揍了腱子哥。

少年身形修长清瘦，懒懒散散地靠着收银台，安静又专注的样子，半点没有刚刚把人脸往膝盖上砸时的狠戾，手很漂亮，在便利店的灯光下显得冷白，能看见淡淡的青色血管。

他低着头，鼻梁很高，额发自然下垂，半遮住漆黑狭长的眼，睫毛不算很长，却十分浓密，尾睫上扬，眼尾微挑，冷漠又多情的眼形。

林语惊看了一眼明明有点害怕，却又忍不住一直偷看他的店员小姐姐，内心"啧"了一声。

就这张脸，之前就不说了，以后得祸害多少小姑娘啊。

微波炉叮咚一声转好，沈倦停下动作，抬起头来，看着收银的店员。

小姐姐还在看着他，愣了两秒才反应过来，红着脸匆匆别开视线，打开微波炉，用纸巾包着饭团拿出来。

沈倦接过来道了声谢，将湿纸巾丢进垃圾桶里，转身出了7-11。

林语惊跟着他出去。

夜风温凉，两个人绕过门口一群打打杀杀的中二少年，迅速撤离犯罪现场。走出去一个街口后，林语惊停下脚步，回头看了一眼，好像隐隐约约看到了警察叔叔们的身影。

天降正义，不良少年作鸟兽散。

她回过头来："你真不管你朋友啊？"

就这么溜了，你还想不想当个有信服力的社会哥了？

沈倦"嗯"了一声，没回头看，将手里的饭团递给她。

少年漂亮的手伸到她面前，林语惊愣了愣，眨巴两下眼："嗯？"

"刚刚那个不是掉了？"沈倦说。

不知道是不是因为围观了一场紧张、刺激的打架消耗掉了不少精神，林语惊晚上睡得特别好，是她到这边来后，这三天里睡得最香的一觉。

一夜无梦，第二天早上，她睁开眼睛的时候，甚至有些恍惚，有那么一瞬间以为自己还在原来的家里。

她眨了眨眼，看见烟粉色坠着蕾丝边的厚重窗帘和奶白色的长绒地毯，才慢慢回过神来。

平心而论，关向梅表面功夫做得其实十分到位，在林语惊还没过来的时候，就已经帮她准备好了房间，甚至还有配套的毛绒玩偶和几套看起来就很贵的睡衣，非常走心。

林语惊裹着被子滚了两圈，爬下床，洗了个澡，换了衣服后下楼，和傅明修一起吃了个十分窒息的早饭，然后就上楼回房间去了。

她刚进房间关上门，孟伟国打来电话。

林语惊盘腿坐在床上，看着窗外接起来："爸爸。"

"小语，是我。"关向梅笑道。

林语惊一顿，乖乖问了声好。

关向梅应了一声，声音温柔："明天开学了吧？"

"嗯。"林语惊的视线落在窗前的桌子上，那上面放着个黑乎乎的东西，林语惊眯了下眼，盯着看了一会儿。

"我之前帮你联系好了学校，明修下个礼拜才开学，明天让他带你去。"

"嗯。"

噢，是昨天那个饭团，忘记吃了。

"要开学了，别紧张，也不用害怕。"

"嗯。"

这是开学还是上战场？

关向梅："有什么事情就跟明修说，不用不好意思，还好他的学校离得也近，平时他能照顾着你点。"

"……"

林语惊扬了扬眉，对傅明修照顾着她点这件事不抱任何期望。

"好，谢谢阿姨。"林语惊说。

关向梅交代得差不多后，挂了电话，林语惊放下手机，坐在床上发了一会儿呆，叹了口气。

作为一个后妈，无论是真心还是做戏，关向梅做得都不错，至少到现在，好像哪里都很到位，挑不出任何差错来。

她以前开学的时候，林芷都没有这么关心过她。

林语惊把手机丢在床上，爬下床，走到桌前拿起那个饭团，看了一眼保质期：0～5℃，三天。

她拆开包装，咬了一口，变质白米馊了的酸味在口腔中蔓延。

"……"太恶心了。

林语惊冲进洗手间里把那口饭团吐得干干净净，又漱了好几次口，才觉得那股味道淡了点。

回来看着桌上那个咬了一口的饭团,林语惊突然觉得有点对不起沈倦,浪费了一位不良社会少年、江湖扛把子,用他仅存的一点温柔和善心给她买的饭团。

关向梅虽然说让傅明修带她去学校,林语惊却并不觉得傅明修真会带她一起。

第二天一早,她差不多时间下楼的时候,楼下果然没人。

林语惊喝了杯牛奶,吃完煎蛋,捡了片儿吐司面包往外走,出了院门,她看见老李正站在车边,低着头看手机。

林语惊走过去,微微倾了倾身。

老李匆忙抬起头来,脸上的笑容还没来得及收回去,忙道:"林小姐早。"

林语惊叼着吐司上了车,含含糊糊地回了一声:"李叔早。"

林语惊的新学校和新家不在一个区,正常开车过去大概半个小时。

九月初,不少学校开学,又是上班早高峰,车堵得一串一串的,看见八中的校门已经是一个多小时后,堵在学校外的一条街,前面车山车海的。

她干脆下了车,自己走过去。不少穿着校服的少男少女骑着自行车从旁边的自行车道过去,显得街道上堵得长长的那一串豪车格外智障。

林语惊走到校门口,先是仰头欣赏了一下恢宏的八中校门。

昨天关向梅给她打电话之前,她甚至连高中剩下的两年在哪里读都不知道,现在看来,这学校应该还挺好,至少看起来还不错。

大门进去的一个小广场,正对着一排看不到尽头的行道树,左手边是几个很大的室外篮球场,右手边各种建筑,不知道都是什么。

林语惊走到小广场旁边的指路标前,顺着指路标一直往前走,看见了大概是主教学楼的大楼。

四层高的凹型建筑,她站在门口有些茫然,不知道高二是不是这栋,也不知道教师办公室在哪层。她一转身,刚好看见从里面出来个老师,林语惊连忙上前两步:"老师好。"

老师样貌和蔼可亲,一头地中海,笑呵呵地应了一声,就急着往外走。

林语惊连忙说:"我是新来的转学生,我想请问一下,高二的教学楼是在这儿吗?"

刘福江是高二十班的班主任,自从接了这个班,他无数次反思自己,到底是什么时候惹到学校的管理层了。

八中重理轻文,理科班十个班,文科班六个班;一班实验班,随便拉出来一个都是拿过各种奖的风云人物,十班随便拉出来一个,也是"风云人物"。

教生物的刘福江五十多岁,佛了这么多年从来没当过班主任,不明白为什么第一次当班主任就变成了一帮"风云人物"的管理者。

但是既然要做,那就要尽力做到最好。

刘福江觉得,没有教不好的孩子,只有教不好孩子的老师。所以开学之前,他看了一个礼拜的《犯罪心理学》《监狱心理学》和《做一个合格的狱警——御囚有术》。

在听说即将会有一个转校生要来的时候,刘福江还沉浸在对未来教育事业的美好憧憬中,热情洋溢、情绪高涨,准备掐着点到校门口去迎接新同学。

结果他刚出教学楼,人就给他碰上了。

高二生物组教师办公室。

刘福江笑眯眯地看着她:"你叫林语惊?"

林语惊点点头。

刘福江上下打量了她一番:女孩子还没领校服,白T恤,黑裙子,扎了个干干净净的马尾辫。挺漂亮的一个小姑娘,不像是不听话的问题学生。

刘福江把桌上的《御囚有术》默默地用试卷压藏在下面:"你是从帝都那边过来的?"

"嗯。"林语惊又点了点头。

"附中的吧?"刘福江又问。

林语惊继续点头。

刘福江笑呵呵的:"附中怎么样?没咱们学校大吧?"他的表情挺自豪,"咱们学校多大啊!"

"……"

林语惊小鸡啄米似的点头,附和道:"可太大了!"

刘福江看起来对她很满意,然后从校园环境聊到了教学质量:"我们学校虽然在 A 市不算是数一数二的名校,但也算是排得上号的重点,教师素质和教学质量基本是可以保证的,别的我都不说,就去年,去年你知道咱们学校的升学率是多少吗?"

"……"林语惊好奇极了,"多少?"

刘福江桌子一拍:"百分之九十八!"

林语惊:"哇!"

她的反应给刘福江带来了极大的满足感:"你知道去年咱们学校的一本上线率是多少吗?"

"不知道。"

刘福江:"百分之九十!!"

林语惊:"哇!!"

隔壁桌生物老师:"……"

刘福江对这位新同学非常满意,又说了几句话,预备铃刚好响起,于是带着她往十班走。

上课铃还没打,同学们陆陆续续地往班里面走,教学楼的走廊光线明亮,几个男女生打闹着呼啦啦跑过去,刘福江心情很好地拔高嗓子朝前面喊:"走廊里不许打闹!"

林语惊被他突如其来的一嗓门吓得一个激灵。刘福江注意到,侧过头来:"吓到你了?"

林语惊连忙摇头:"没有没有。"

刘福江笑了:"行,那你做好心理准备。"

"……"

林语惊琢磨着自己读个书还要做什么心理准备吗?

十班的教室在四楼走廊的最里面,她手里抱着个空书包,跟着刘福江走进教室。

林语惊垂着眼,站在讲台旁边,忽然有点明白刘福江刚刚为什么让她做好心理准备了。

上课铃响起,下面一群人黑压压的,乱糟糟一片——女生坐在桌子上嘻嘻哈哈地笑成一团,还有一个男生拎着拖把杆哐哐砸后面的黑板:"谁动我菊花茶了?!"

刘福江清了清嗓子,温声道:"同学们好啊,大家都安静一下,要上课了。"

没人理他。

刘福江也不生气:"我是刘福江,从今天开始就是你们的班主任了,我们即将度过你们人生中最珍贵的两……"

后面那个举着拖把杆的男生有了新发现,愤怒值达到临界点:"谁把浓汤宝扔我菊花茶里了!!!"

刘福江锲而不舍:"……两年,我也是第一次当班主任,我坚信'没有教不好的学生,只有不会教学生的老师'。"

"……"

林语惊总觉得,刘福江刚刚说的那个百分之九十八的升学率是诓人的。

她提着空书包站在讲台旁边,不动声色地往讲台上一靠,垂着头听刘福江又开始说起自己教学这么多年的神秘往事。

某一个瞬间,教室里突然安静了。

刘福江的声音显得格外清晰:"我当时还年轻,脾气不怎么好,我就问那个学生你为什么迟到,你们猜当时他跟我说什么?他说'老师,我昨天通宵补作业,没起来',我还能生起气来吗?多好的孩子啊!"

下面一片寂静。

林语惊抬起头来,顺着众人的视线往门口看了一眼。

沈倦站在门口,穿着一身校服,白外套,黑裤子,头发看起来还没来得及打理,稍微有些乱,眼皮耷拉着,声音沙哑,带着浓浓的鼻音:"老师,我昨天通宵补作业,没起来。"

平心而论,八中在 A 市虽然不是什么顶尖的好学校,但也算是重点校的尾巴,属于每年都有大批家长花足了钱、铆着劲想把孩子往里塞的学校行列。

而且这学校非常有钱,图书馆的藏书量惊人,学生宿舍建得跟高级公寓似的,食堂顶层还有意大利菜,虽然基本没什么人去。比起高级餐厅,大家更喜欢去学校外面吃板面和麻辣烫。

八中地处内环却占地面积惊人,升学率扛把子的一中还没它一半大。

刘福江确实有自豪的资本,我们学校大吧?我们学校还、有、钱!

而沈大爷这种程度的风云人物,在学校里比较出名这件事,林语惊也早有预料,毕竟躁动的青春期,还是长着那么一张脸的社会哥。

但问题就出在,A 市有那么多的高中,他为什么在第八中学的高二十班出名。

林语惊觉得有些时候不信邪不行,她和沈倦确实算是有缘,她来这个城市一个礼拜,见着这个人三回了,比见到她那个住在同一栋房子里的哥哥的次数还要多。

她看着他的时候,沈倦也看见了她。

少年看起来没什么太大的反应,只微挑了下眉,又恢复到了他非常标志性的漠然困倦样子,用狭长的眼盯着她。

一、二、三、四、五。

看了五秒,沈倦对着她打了个大大的哈欠。

林语惊:"……"我是长得十分催眠还是怎么?

她翻了个白眼扭过头去,决定对这份妙不可言的缘分视而不见。

刘福江之前是在北楼那头教高三的,每天深居简出,从不关心除了教案和上课以外的事,更不怎么了解现在的小年轻整天在校园里的这些事。

他不认识沈倦,只看着这男孩校服穿得整整齐齐,说起话来慢条斯理的,还挺讨人喜欢,长得也好,瘦瘦高高的,垂着手站在那儿的时候看着有点懒,那背却挺得跟竹竿子似的笔直,像个小男子汉样,就是没背书包。

嗯?没背书包?

刘福江说:"迟到嘛,开学第一天,晚两分钟就晚两分钟,没事。"

沈倦鞠了个躬:"谢谢老师。"

刘福江和蔼地看着他:"那你作业呢?"

"……"沈倦沉默了两秒,"我忘带了。"

众人:"……"

兄弟,你这个话说得让人家没法接了你知道吗?

补了一个通宵的作业说忘带就忘带了,也太真实了。

林语惊都不知道该摆出什么表情好了,这如果换成她在附中时的那个暴脾气班主任,现在他应该都要被赶出去了。

好在刘福江是个佛爷性格,并且非常乐于相信同学,也没说什么,就让沈倦自己找座位坐着去了。

沈倦走进教室,站到讲台前,扫视了一圈寻找空位。

高二分了文理科以后,班级都是重新分的,所以现在一个班里的同学基本一半一半,有些认识,有些不认识,座位也都是先到先得,随便乱坐的。两人一桌,竖着四组,横着六排,一个班四十八人。

沈倦最后一个来,窗边和后排的位置都被坐满了,讲台正前方是热爱学习的好同学,只剩下靠着墙那边的第一排,和隔着一个过道的旁边还有一个位置。

沈倦挑了靠墙的那个,走过去垂头看着坐在外边的那个男生,声音平静,非常有礼貌地说:"让让,谢谢。"

自从沈倦进来以后,十班刚刚还热火朝天的一帮人,就跟被掐住了嗓子的小鸡崽似的,半点声音都没有。

此时,所有人的视线也都跟着过去,安静地对大佬的入座仪式行注目礼,连刘福江都被这个气氛感染,教学生涯中那些令人怀念的人和事也不讲了,就跟着一起看着。

林语惊也不知道这到底有什么好看的,但既然大家都在看,那她也看吧。

然后,她就看见那个坐在外面的男生,在所有人的注视下,哆哆嗦嗦地从桌肚里掏出书包,抓起桌子上的水瓶子站起来,走到隔着个过道的旁边那桌坐下了。

林语惊:"？"

林语惊回忆了一下，沈倦刚刚说的确实是"让让"而不是"滚开"。

所以说，这个沈倦在八中到底有着什么样的传奇，把人吓成这样，连跟他做同桌的勇气都没有？

沈倦倒是没什么反应，很淡定地就进去了，在靠着墙的第一排坐下。

整个班级里，大概只有刘福江一个人觉得毫无异常，他非常满意地转过头来，看了一眼林语惊，终于意识到她已经站在这儿十来分钟了，笑呵呵地说："行，那林语惊你也回座位吧。"

看见林语惊点了点头，刘福江继续说："位置就先这么坐着，如果有坐在后排看不见的同学下课可以来找我，我给你们再微调一下。其实我不太爱给你们换座位，因为很多时候啊，你们人生中的选择往往是很奇妙的，这个选择的范围很广，从大到小，甚至包括你们现在选的这个座位，既然你选择坐在这儿了，那就说明这个地方、这个位置和你是有缘分的，这块地儿啊，这个磁场和你是对的，你们俩相互吸引，所以你选择了这里……"

"……"

林语惊面无表情地抱着书包绕过讲台，走到全班唯一一个空位置前，别无选择地坐下了。

沈倦趴在桌子上无精打采地听着刘福江开始了新一轮的长篇大论，这次他的演讲环境很好，所有人都很安静。

"小鸡崽子"们的目光时不时落在坐在第一排的大佬后脑勺和因为趴着而弓起的背上。

之前被人将浓汤宝扔菊花茶里那位哥们儿刚巧就坐在林语惊后头，林语惊听见他用很低的音量跟他同桌说："我去，沈倦跟咱们一个班啊。"

他的同桌没说话。

"菊花茶"继续道："那他就相当于休学了一年啊，我以为他得被勒令退学了呢。"

他的同桌"安静如鸡"。

"菊花茶"："上次出事的那个，是不是就是他同桌啊，这大佬好牛的，除了新同学谁还敢跟他坐一起，也太可怕了。"

他的同桌求生欲非常强,一个屁都没放。

林语惊侧头看了沈倦一眼。

少年靠着墙,懒洋洋地半趴在桌子上,手背撑着脸,后脑磕着墙面,神情没什么变化。

"菊花茶"终于反应过来了,用更低的声音说:"哎,咱们现在这个音量说话,大佬能听见吗?"

安静了两秒。

沈大佬直起身来,转过头去,表情平静,语气淡漠,就是鼻音依然很重,听起来像是感冒了:"能。"

"菊花茶":"……"

"菊花茶"脸都白了,结结巴巴的:"对对对不起啊,我没说你坏话,真没。"

大佬没说话,回过头来,恢复成刚刚的那个姿势趴着。

讲台上刘福江大概对现在的安静环境非常满意,说得慷慨激昂的,又一段发言终于接近尾声。

刘福江清了清嗓子:"咱们现在是新班级,是不是?新的班主任,新同学,也是新的开始,以后大家就都是一个集体,是十班人。你们都是有个性的小孩,你们在以后的学习生活中,可能会有摩擦,会存在一些矛盾,但是因为这个搞分裂,在我这里是绝对不允许的!"

刘福江笑容一收,表情突然变得认真了起来:"我知道你们有些同学互相之间认识,有些还不认识,所以现在,我布置作为你们班主任,要你们完成的第一个作业,大家——所有人都转过身,面向你的同桌,和他对视一分钟。"

"??"

从沈倦进来后,一直非常安静的教室里,第一次传来了阵阵骚动,所有人都被这个作业震惊了,发出不满的抗议。

"老师我做不到啊!"

"太二了吧,老师!"

"江哥!这就别了吧!"

"宋志明你是傻子吧？你别这么含情脉脉地盯着我！"

刘福江看着挺佛的，在这种他觉得很能促进同学爱、其实并没有任何意义的事情上却出人意料地坚持，最后大家没辙，不情不愿地开始跟同桌对视。

林语惊无语地转过身去，发现沈倦也正看着她，对上少女一言难尽的眼神后，他平静地扬了扬眉。

讲台上，刘福江开始计时："预备！开始！"

林语惊面无表情地看着沈倦，尽量让自己开始走神。

"十秒。"刘福江说。

这才过了十秒？

"二十秒。"

林语惊整个人都开始僵硬了。

"三十秒。"

林语惊开始疯狂思索能跟他说些什么，再不说句话，她的面部肌肉都要开始抽搐了。

再看看沈倦，还是刚刚那个没骨头似的姿势，挺淡定地盯着他的新同桌看。

沈倦对于异性的长相没有什么分辨的能力。有时候，蒋寒、王一扬他们争辩哪个姑娘长得好看，各执一词来问他的意见，他觉得也就那样吧，看着好像都差不多。

但他这个新同桌，长得倒是很有辨识度。

马尾辫，百褶裙，踩着双黑色小皮鞋，过膝长袜包裹着细长漂亮的腿。

杏眼微翘，眼皮很薄，皮肤细白，这个距离太近，沈倦甚至能看清她鼻尖上细细小小的绒毛，睫毛是真挺长的。

他以前怎么没发现，蒋寒这弱智眼光不错啊。

"五十秒！"刘福江掐着点还不忘给他们鼓励，"坚持！马上了！胜利就在前方！"

新同桌忽然小声地问道："你是感冒了吗？"

"嗯？"沈倦盯着她的睫毛，还有点走神，漫不经心地"嗯"了一声，

"有点。"

"你那个饭团……"新同桌又说,"我那天晚上忘记吃了,第二天起来发现坏了。"

"坏就坏了吧。"沈倦也不怎么在意那个饭团她是吃了还是没吃。

"好!时间到!"

就在林语惊觉得自己尴尬得快要意识模糊了的时候,远方终于传来了刘福江拯救的呼唤。

林语惊肩膀一塌,长出了口气转过身去,感觉自己终于活过来了。

刘福江看起来很兴奋,可能觉得自己终于迈出了作为班主任的第一步,他偷偷瞥了一眼讲台上摊着的那本《当你凝视着叛逆少年的时候,叛逆少年也在凝视着你》:

第二步"说"。当你过了第一步"看"这个难关的时候,你就已经成功了一半,毕竟第一步永远是最难的,所以你现在要让他们能够开口去"说"出自己的善意。你要知道,现在你面对的都是一群叛逆的……

后面的内容得翻页了,刘福江决定按照自己的理解来。

他捏了根粉笔,转过头去,在黑板上唰唰唰写了四个很漂亮的大字——我的同桌。

刘福江拍了拍手,笑呵呵地转过头来道:"现在,我给大家三分钟的时间,想一下刚刚对视的过程中,你的同桌给你留下的第一印象是什么,一会儿每个同学都要到前面来,说说你对新同桌的第一印象,在你眼里,他是什么样的。"

"???"

这还没完,刘福江的手往墙边她那桌一指:"就从这边开始吧。林语惊,你先来。"

林语惊:"……"

第三章
跟同桌相亲相爱

一方水土养育一方人。此时此刻，林语惊觉得这地方的人都太奇葩了，这得是什么样的水土才能养出来这样的人？

她原本以为，开学最尴尬的事情是自我介绍，结果刘福江用实际行动告诉她：不是的，我还能让你更尴尬，让你介绍你第一次见面的同桌，嘿，我机智不机智？

林语惊压抑了很久，让她几乎已经快要忘了的、不良少女叛逆之魂正在蠢蠢欲动。

放在过去，她还年少的时候，这会儿大概就撂挑子不干了。

但这毕竟不是过去，没有人能一直想着过去，一直活在过去。

她深吸了口气，开始回忆沈倦这个人。

第一次见到他是什么时候来着？三天前。

少年脑袋上蒙着个毯子，在沙发里睡得昏天黑地，腿长，屁股翘，性取向让人存疑。没了。

但肯定不能这么说吧。

于是林语惊决定从今天开始算，她把自己代入到一个普通的高中生少女，转学到新学校来，开学第一天，组织上就给她分配了个校草级别的大帅哥同桌。

啊，这可真是让人兴奋。林语惊面无表情地想。

刘福江的意思是，这次让大家自我介绍加上对同桌的第一印象，不过林语惊因为是转学生，刚刚站在前面已经自我介绍过了，所以她就一个项目——介绍她不知道校霸和校草哪个名声更响亮一点的大佬同桌。

讲台上刘福江手一抬："好，三分钟时间到，让我们掌声欢迎林语惊同学。"

啪啪啪，台下响起一片热烈的掌声。

林语惊站起来，回过头看了一眼：沈倦终于换了个姿势，直起身来侧靠在墙上看着她。

沈倦看见她回头，大概以为他的同桌正在等着他的鼓励和支持，犹豫了两秒，抬起他两只修长的爪子，懒洋洋地跟着也拍了两下，非常给她面子。

林语惊："……"我谢谢你啊。

她走到讲台前，台下一片寂静，大家看着她的眼神甚至有点怜悯，就好像她说完下台后，沈倦就会从桌肚里抽出一把大菜刀把她切片了一样。

林语惊沉默了几秒，开口："我的同桌……"她想了想，"非常爱学习，开学的前一天，为了补作业不仅熬了个通宵导致迟到，还得了重感冒。"

班级里一片安静，只剩下呼吸的声音。

"结果作业还忘带了。"林语惊最后还是没忍住补充道。

"……"一片死寂，这回连呼吸的声音都没有了。

"菊花茶"满脸惊恐又敬佩的表情，看着她像是看着一个背着炸药准备去炸碉堡的勇士。

这回没人敢鼓掌了，都怕一不小心哪里不对劲就触到了大佬的逆鳞。

林语惊就非常淡定地在众人钦佩的目光下走下去了。

第二个本来是沈倦，结果林语惊人刚坐下，教室门口就有个老师敲了敲门，刘福江出去跟她说了两分钟话，等他再回来："下一个到谁了？"

没人动，也没人说话，所有人的视线都落在了沈倦的身上。

沈倦耷拉着眼皮子，淡定又懒散地打了个哈欠："我刚才讲完了。"

他说完，侧头用余光瞥了坐在后面的"菊花茶"一眼。

"菊花茶"迅速意会，一脸忍辱负重地站起来："老师，到我了。"

万事开头难，林语惊开了个头，后面大家都流畅了不少，等一个班的人终于历尽千辛万苦介绍完自己和同桌，上午连着的两节课也过去了，下课铃一打，所有人都松了口气，一窝蜂地冲出了教室。

沈倦在介绍同桌活动进行到一半的时候，就已经趴下去开始睡觉了。

下课的时候，刘福江过来提醒林语惊，叫她别忘了去艺体楼领校服，又怕她找不着，随手抓住正要往外跑的"菊花茶"，让他带着林语惊去，顺便介绍介绍八中的校园环境和设施。

"菊花茶"叫李林，人其实挺好的，就是有点过于热情。

八中确实很大，绿化很好，大门往左边拐还有个人工湖。

李林先是带她去图书馆转了一圈，图书馆有两层，一楼是借阅室和自习室，正门口立着块巨大的天然石，上头刻着"敦品励学，弘毅致远"八个大字。

图书馆出来再往前走是食堂，比起图书馆，李林明显对食堂更熟悉一点。

此时还是上午，食堂里没什么人，李林带着她在里面穿行："这边是食堂，一楼就都是这种，我觉得菜其实烧得味道还可以，不过也没太多人吃，就高一刚入学那会儿被学校忽悠着去，后面大家就都去外头吃了。"

两个人从食堂出来往艺体楼走，绕过一大片绿化和篮球场，三个室外的篮球场挨着，每一个都有男生在打篮球，几个篮球架下和球场旁坐着小姑娘们，有的在看打球，有的聚在一块聊天。

八中的校服是运动服外套和运动裤，夏季就换成半袖，女生也都穿着校服长裤，放眼望去，整个校园里全是白上衣黑裤子。

林语惊没校服，虽然也是上身白、下身黑，但是百褶裙下边一双笔直修长的腿，看起来将近一米七的个子，依然非常打眼，尤其是，她长得也很打眼。

几个男生运着球看着这边，吹了两声口哨。

林语惊懒得理他们，李林扭头看了一眼，"我去"了一声，回过头来小声说："新同学，你同桌啊。"

林语惊一顿，回过头去。

沈倦坐在一个篮球架下，大咧咧地张着腿，手臂搭在膝盖上，手里捏着瓶矿泉水。

他应该是刚下来没多久，眼神看着还没怎么聚焦，带着刚睡醒的惺松感。

他旁边有个男生坐在篮球上,看着林语惊,跟他说了句什么。

沈倦抬眼,往她这边看了一眼。

两人对视1.5秒后,林语惊扭头继续往前走:"走吧,艺体楼远吗?"

李林对她的淡定表示惊叹和敬畏,屁颠屁颠地跟着她:"新同学,你知道你同桌是谁吗?"

林语惊很认真地回答问题:"沈倦。"

"唉,不是,你知道沈倦是谁吗?"

"不知道。"林语惊看出来他的倾诉欲望,很配合地说,"校草?"

李林点点头:"唉——对的。"又摇摇头,"不过也不全对。"

两个人此时已经走出了篮球场,李林回头看了一眼,说:"刚刚那帮打球的,高三的。"

"噢。"林语惊点点头。

李林:"沈倦以前的同班同学。"

林语惊一顿,抬了抬眼:"以前?"

"对,正常的话,他现在应该也高三了,"李林低声说,"沈倦高二的时候犯过事,差点把他同桌给打死。人浑身是血地被抬出去的,好多同学都看见了,当时他那个眼神和气场,据说贼恐怖。"

"啊,"林语惊想起了少年打架时候的样子,随口问了一句,"为什么啊?"

"我也不知道为什么啊,没几个人知道为什么吧,跟他关系好的也没人敢去问啊。反正后来他就没来了,我以为他是被开除了或是转学了什么的,结果没想到就休了一年学,还跟我一个班了,还就坐我前面,我说他坏话还全让他给听见了,"李林一脸面如死灰的样子,"新同学,你觉得我还能不能活过端午?"

"……"林语惊特别认真地纠正他,"端午节在五月,最近的那个是中秋。"

李林:"……哦。"

篮球场，何松南盯着林语惊的背影，"啧"了一声："看来今年新高一的小学妹颜值很能打啊，这个能封个'南波万'了。"

沈倦没搭理他，拧开水瓶子，脖颈拉长，喉结滚动，自顾自地喝水。

"你看见她刚刚回头的那个眼神没？像个女王，浑身上下都透着一股'你算个屁'的气场。"何松南说得很带劲，想了想又反应过来，"不对吧？高一现在是不是还军训呢，那是高二还是高三？我见过不可能没印象啊。"

沈倦慢条斯理地把瓶子盖拧上，随手往斜对角一扔，矿泉水瓶在空中画出一道圆弧，一声轻响，准确无误地掉进垃圾桶里："高二的。"

"转学过来的？"

"嗯。"

"我说怎么没见过，"何松南啪啪鼓掌，"你消息十分灵通啊，才刚回来，连漂亮妹子哪个年级的都知道了，那哪个班的你知道吗？"

"十班的，我同桌。"

何松南定住了，用五秒钟消化了一下这个消息："你新同桌？"

"啊。"沈倦身子往后仰了仰。

"那你降级降得就很幸福了啊，"何松南看着走远了的林语惊，满脸羡慕，"你这个同桌有点东西的，这'腿玩年'啊倦爷。"

沈倦看了他一眼。

何松南还在伸长了脖子看，顺便抬手往前比画着："你看啊，就这裙子和过膝袜之间，这一块，你知道叫什么？这叫绝对领域。"

沈倦平静地叫了他一声："何松南。"

"嗯？"何松南应道，没回头，视线还停留在越走越远的"绝对领域"上，目光很贪婪。

沈倦抬脚，踩在他屁股下面坐着的那个篮球上，往前一踢。

篮球滚出去老远，何松南一屁股坐在地上，他嗷地叫出声来，终于舍得回过头来，哀号着："倦爷！您干啥啊！！！"

沈倦看着他："那是我同桌。"

"我知道是你同桌，"何松南揉着屁股爬起来，疼得龇牙咧嘴的，"那怎么了？"

"不是你同桌。"沈倦说。

何松南不知道沈倦抽的什么风，揉着摔得生疼的屁股回了教室。

八中是可以住校的，不过不强制要求，离家比较近的同学可以选择回家住。

林语惊之前读的附中没这个，所以不知道，结果听见李林给她介绍了一下学生宿舍的所在地后，她奋不顾身地决定住校。

只是因为她来得晚，别的同学已经提前交过了寝室申请，没有她这个"空降兵"的位置了，而且还得家长签字同意。

林语惊都不知道自己现在到底算不算是有家长，不过"可以每周回一次家"的吸引力实在太过于巨大，所以当天晚上，林语惊还是给孟伟国打了个电话。

孟伟国前所未有地耐心，甚至破天荒地问了她新学校的环境怎么样，同学好相处吗，老师好不好。

林语惊也没打算直接说她想住校的事情，她想了想，觉得孟伟国这个简单的问题，此时听起来却让人感到十分艰难。

刘福江这个老师，你说他好还是不好呢？肯定是好的，而且能看出来非常负责，就是第一次当班主任有点不太熟练，而且一大把年纪了，十分坚信爱能拯救世界。

同学也挺好相处的，同桌是个据说差点把他上一任同桌打死的大帅哥。

林语惊决定还是委婉一点："挺好的，学校很大，同学、老师都……热情。"

孟伟国心情不错："本来你关阿姨想把你送去一中的，我没让，这学校也不比一中差多少，你哥之前就是在这儿毕业的。"

林语惊反应了好一会儿，才意识到"你哥"这个陌生的称呼指的是傅明修。

她哽了一下，还是没反驳，决定进入正题："爸，我想住校。"

孟伟国沉默了一下："什么？"

"八中可以住校，我们班很多同学都住校，我也想住校，"林语惊飞快地说，"我之前也没住过校，所以想试试。"

"不行，"孟伟国拒绝得很干脆，"你没干过的事多了，你都想试试？"

林语惊慢吞吞地说："我早上到学校来会堵车，也很浪费时间……"

"你哥之前也是回家住的，怎么人家行，你就不行？"她还没说完就被孟伟国有点不耐烦地打断了，刚刚那点好心情，听起来也消失了，"你这么不喜欢在家？"

林语惊觉得这男人好像大脑发育得不太健全，她的"想住校"到了他那儿怎么就变成了"不喜欢在家"。

她开始觉得有点烦："我没有不喜欢在家。"

"你关阿姨对你还不够好？什么事情都考虑得周周到到，你妈什么时候这么关心过你？你现在是想住校，想自由一点，这事如果我跟你关阿姨说她会怎么想？"

孟伟国的声音变成了背景音，像是飞机起飞的时候，发动机嗡嗡嗡地响，那声音不停地从耳朵进入，锁在脑子里出不来，搅得人脑浆都混在一起，发涨。

"你们入赘的凤凰男心思都这么敏感吗？"林语惊语气平静地问。

空气中像是被人撒了凝固剂，孟伟国顿住了，似乎是觉得不可思议，他安静了五秒钟，艰难地发出一声："你说什么？"

林语惊把电话挂了。挂电话，关机，一气呵成。

她盯着床上的手机看了一会儿，忽然翻身下床，跑到房间角落里拉出皮箱来，翻出手机盒子里的取卡器，把 SIM 卡也卸了，这才算完。

这房子隔音很好，关上门以后，外面的声音一点都听不到。

林语惊坐在床上，茫然地环顾了一圈，搬到这里一周以来，她第一次仔细打量起她的房间。她还记得她来的第一天，关向梅带着她上来，说："给我们小公主看看她的房间。"

小套间，开门进来是一个小起居室，纱帘拉开里面是卧室，欧式宫廷风格的装修和家具，大、空得像个样板房。

林语惊觉得有点讽刺。

她有些时候真的不能理解孟伟国的想法。

她只是想住校，就这么简单的要求在孟伟国看来都是不懂事，她似乎就应该感恩戴德、十分开心地接受新的环境，并且表现出对新家的喜爱之情，一点想要远离的想法都不能有。

第二天，林语惊起了个大早，下楼的时候张姨还在弄早餐，看见她，有些诧异地抬起头来："林小姐？那个早餐我……"

林语惊问了声早，摆摆手："没事，您不用急，我去学校食堂吃吧。"

避开了上班早高峰，路上终于没那么堵了。林语惊到班里的时候人还不多，不少同学手里拎着早餐，正往里进。

教室里坐着的几个人，无一例外全都坐在座位上嘴里咬着包子，头也不抬地奋笔疾书着。

林语惊被这浓浓的学习氛围惊住了，开始有点相信刘福江说的百分之九十八的升学率了。

她拎着书包坐下，回头看见正在奋笔疾书的李林，好奇多看了两眼，发现他正在写生物："昨天生物有作业？"

开学第一天，刘福江是唯一一个没给他们布置作业的人，李林当时还在后头热泪盈眶地抱着他同桌，感动不已。

不过刘福江的下一句就让人笑不出来了："暑假作业明天得交了啊，各科课代表明天收一下。"

果然，李林头也不抬："不是，暑假作业。"

林语惊懂了，这浓厚的学习氛围是因为全在补作业。

高二虽然刚分班，之前带他们的老师也都不一样，但暑假作业都是一样的，年级统一印完发下来，每科三十套卷子，一天一套，全月无休。

"每天学习六小时，健康快乐五十年，幸福生活一辈子。"李林一边奋笔疾书，一边咬着包子含糊地说。

他的桌子上铺着满满的卷子，已经到他同桌那头去了，林语惊就这么倒着随意扫了两眼，跟考试的卷子差不多，前面选择填空，后面大题简答，语文和英语还有作文，题倒是不难，基本都是基础知识。

不过语数外和理综，加起来也一百来套卷子了，摞起来厚厚的一沓，就算是抄，一个通宵也得抄得手抽筋吧。

林语惊觉得沈倦八成是在吹牛，而且他一个休学的，到底哪里来的作业可以补。

林语惊转回身来，看了一眼课程表，第一节课是英语，她翻出英语书，打了个哈欠，趴在桌子上随手翻看着。

看了两分钟，林语惊一顿，想起昨天刘福江说的，住校需要家长写回执并且签名的事。

她随手抽了个本子出来，撕下来一张纸，拿起笔来唰唰唰写了"孟伟国"三个字。

林语惊的字大，很飘，不像是女孩子写出来的，以前她看那些女同学的字，一个个都整齐秀气、精致得不得了，也特地学过，但学不来。

后来她也就放弃了，飘就飘吧，反正也不丑。

昨天她自我介绍的时候，在黑板上写了自己的名字，还被刘福江夸了字很好看，大气。

这就是问题的所在了——刘福江看过她的字，但是她又写不出第二种字体。

林语惊拿着笔，换了个字体，别别扭扭、一笔一画地又写了一遍孟伟国的名字，像小朋友画画，丑得没眼看。

她叹了口气，撑着脑袋在纸上继续划拉着。

大概过了十分钟，她的桌角被人轻轻敲了两下。

林语惊下意识地偏头，看见一只骨节分明的手。

不知道怎么着，她突然想起很久之前看过的一个不知道是微博还是帖子：你觉得男人的哪个地方最性感。

里面的答案千奇百怪，不过票数最高的是手，还有锁骨。

她抬起头来，沈倦站在她旁边的过道，垂着眼看着她，嘴里还叼着袋豆浆。

林语惊目光不着痕迹地从他锁骨那块扫过去，看见了白色的衣领。

少年身上的校服外套穿得板板正正，拉链拉到胸口，校服洗得很干净，鼻尖能闻到一点点洗衣液的清新味道。

这跟林语惊以前认识的或者看到过的那些校服不好好穿、上面画得花花绿绿的校霸大佬完全不一样。

而且眼皮没耷拉着，眼神看着也不困。

看来大佬昨天的睡眠质量还不错。

林语惊放下笔，站起来，沈倦进去坐下。

他今天倒是背了书包来，就是书包看着轻飘飘的，让人怀疑里面是不是真的有东西。

沈倦随手把书包丢进桌肚里，往黑板上写着的、今天一天的课程表上扫了一眼，抽出英语书，咬着豆浆翻开到第一页，另一只手伸进桌肚里的书包中开始摸。

摸了大概一个世纪那么长，就在林语惊以为他是在做什么奇怪事情的时候，这人终于西天取经似的，历尽千辛万苦、九九八十一难，不紧不慢地抽了支笔出来，唰唰唰在英语书的第一页签上了大名。

字写得还挺好看，跟她印象中那种写着一手狗爬字的文盲社会哥也不太一样。

这个人的出人意料还真是层出不穷。

看着他那一手好看的字，又看看自己写了一整页纸、依然写不出来的鬼画符，林语惊手指敲着桌沿，短暂地思考了几秒，然后往他那边靠了靠："哎，沈同学。"

沈倦没抬头，叼着豆浆，垂着头，认真地看着英语书，边看书边唰唰转笔。

还看英语书，你能看明白吗你？

林语惊又小声叫了他一声："沈倦？"

沈倦没听见似的。

林语惊有点不耐烦了，但是有求于人，不得不低头，她压着火趴在两人桌子之间，眨巴着眼看着他："同桌桌？"

啪嗒一声，沈倦手里的笔掉桌子上了。

他停了两秒，没什么表情地转过头来："你好好说话。"

林语惊决定委婉一点，对这种大佬，目的性不能太强，她指指他的英语书:"你有不会的单词可以问我。"

"谢谢,"沈倦沉默了一下,似乎觉得有必要为自己正正名,"我英语还可以。"

林语惊一脸"你快别扯淡了"的表情看着他,条件反射一般,没过脑地脱口而出:"你们社会哥进入社会之前的第一堂课是学习如何吹牛吗?"

林语惊脱口而出的瞬间也反应过来了,刚想收住,一时间又找不到合适的圆法,就这么愣神的半秒钟,话已经说完了,和"这屁股"似曾相识的"车祸现场"。

这回更惨,是真没办法圆,稀碎稀碎的,惨不忍睹。

林语惊看着沈倦,张了张嘴。

大佬大概从来没被人这么说过,也愣住了。

他愣了三秒钟,就在林语惊以为自己即将成为下一个"差点被他给打死的同桌",前任的昨天就是现任的今天的时候,沈倦忽然开始笑。

他把英语书往前一推,直起身转过来,背靠着墙,肩膀一抖一抖的,看着她笑得十分愉悦。

沈倦第一次见到林语惊的时候,就觉得她应该不怎么乖,至少不像表现出来的那么无害,像是启动着某种自我保护的装置,可能是她那种对外界完全漠然、还有些没缓过神来的迷茫状态,让她身上的刺有所收敛。

这种认知,在那天晚上,7-11门口再次看见她的时候得到了证实:没见过这么淡定围观中二少年打架的。

后来他仔细了想那时候的情景,沈倦甚至有一种错觉,如果当时就那么让她和陈子浩对视下去,她可能会跟人家打起来。

少女的眼神当时确实是不耐,空洞洞的"随便吧"混上了一点点很躁的、不易察觉的不耐烦。

于是沈倦对林语惊的定语又多了一层——

一个情绪十分茫然,表得很不明显,并且脾气不太好的颓废少女。

沈倦不是爱管闲事的人,"关我屁事俱乐部"终身荣誉会员,不太关心他小同桌的颓废后隐藏着什么故事。

但他没想到的是,她这才几天就装不下去了。

小猫终于伸出她锋利的小爪子，挠痒痒似的试探性地挠了他一把，把他因为感冒没睡好所带来的那点头昏脑涨的不爽全给挠没了。

他感冒比较严重，拖了好几天才意识到，昨天吃了药，现在还有点低烧，嗓子火辣辣地疼，说话声音都显得又沉又哑，笑起来声音就更低了，像一个立在耳边的低音炮，轰得人耳朵发麻。

林语惊趴在桌子上，莫名其妙又面无表情地看着他，不明白是哪里戳到了社会哥的笑点。

坐在他们后头的李林和他同桌叶子昂也觉得很胆战心惊。

林语惊和沈倦说话就正常音量，坐在后面能听个七七八八，尤其是新同学那一句"你们社会哥进入社会之前的第一堂课是学习如何吹牛吗"脱口而出的时候，李林腿都吓软了。

李林和前排的大佬们空出了一段安全距离，然后安静地等待着一场血雨腥风，不过他觉得新同学是个女孩子，校霸怎么说也会手下留情吧。

结果他们就听见，校霸开始笑。

这位"杀人不眨眼"的社会哥在听到他同桌骂他的时候，不但没生气，愣了一会儿神后竟然还笑得很快乐。

李林和叶子昂再次对视一眼，看到了对方眼中和自己一样的情绪：别是个精神病吧？

……

沈倦就这么看着她笑了好一会儿，就在林语惊觉得自己下一秒可能会忍不住直接把手里的英语书扣他脑袋上的时候他才停下来，然后舔了舔嘴唇，声音里还带着没散的笑意："吹牛那是得学。"

林语惊："……"这人说话的语气怎么能这么欠揍呢？

"沈同学，我觉得同桌之间要相亲相爱，"林语惊睁着眼睛开始说瞎话，"我是想跟你互帮互助的，咱们俩共同学习，共同进步。"

"行吧，相亲相爱，"沈倦低头笑了一下，咬着字重复了一遍，"你想怎么跟我相亲相爱？"

他这会儿斜歪着身子靠在墙上，懒散的样子看着像个吊儿郎当的少爷，刚刚塑造的那点好学生的假象又全都没了。

林语惊自己说的时候真没觉得什么，结果被他这么重复一遍，就觉得哪里不对劲了。

她忽略掉那一丁点不自然和小僵硬，也不打算拐弯抹角浪费时间了，干脆直白地跟他谈条件："我想让你给我在回执上签个字，就签个名字就行，以后你学习上有不懂的地方我都可以给你讲。"

"你这个条件不太诱人啊，"沈倦慢悠悠地说，"我们社会哥只吹牛，从来不学习。"

林语惊："……"

这个话题没能进行下去，早自习上了一半，昨天刚任命下来的各科课代表开始收暑假作业。林语惊不用交，就看着沈倦从他那个看起来空瘪瘪的书包里翻出了一叠卷子。

林语惊扫了一眼，不知道他从哪儿弄来的卷子，还真跟李林他们的一样，卷子上基本都只写了选择题，大题全空着，偶尔有两道上面画了几条辅助线，解题过程也没写。

ABCD 那补起来肯定快啊。

林语惊就看着沈倦无比自然地，把他那些基本都只写了 ABCD、空着大半的暑假作业给了课代表，不明白是什么让他这么自信。

课代表估计也想劝他一下：你写成这样还不如不交，反正你休学回来的本来就不用交。

但是大佬的传说太让人闻风丧胆，课代表光速接过沈倦的卷子，又光速撤退，在这个地方多停留半秒钟的勇气都没有，更别提多说一句话了。

等作业都磨磨蹭蹭、连催带抄地交完，早自习也刚好结束，英语老师抱着教案走进教室。

英语老师是个挺漂亮的女老师，看着也年轻，特别"元气"地跟他们打了个招呼。

班里只有一半的人回应她，高二十班的另一半成员充分体现出了他们作为差生的自我修养，抄完了暑假作业后心里一块大石头落地，各自寻找着最舒服的睡姿趴下。

有些人把脑袋搭在桌沿掏出手机，打开手游，开始了新学期、新一天的战斗。

有几个热爱学习的同学回应得很热情,英语老师看着也没怎么受影响,非常愉快地跟那几个同学互动,互动了一会儿后让大家把书翻到第一课,开始上课。

林语惊用余光偷偷瞥了一眼旁边,沈倦把英语书翻到了不是第一课、差不多是整本三分之二的后面,正垂眼捏着笔,唰唰在笔记本上写着什么,看起来还挺认真。

下一秒,一声清脆的撕纸声音,沈倦把他刚写好的那页笔记纸撕了,推到林语惊面前。

"……"

她接过来看了一眼:签什么名?

林语惊觉得自己的字已经够大、够飘了,沈倦这个字已经快要飞起来和太阳比肩了,但还是好看,笔锋凌厉,间架结构都漂亮。

她于是也拿起笔,在上面写:你们社会哥上课也不说话,靠传纸条?

沈倦其实是因为感冒,嗓子不舒服,不怎么太想说话。

不过既然同桌都这么说了,他把纸随手往旁边一推,转过头去说:"你要签什么?"

到底还是在上课,林语惊是有好学生包袱的,看了一眼讲台上的英语老师,侧着身子靠过去,凑近他。

沈倦又闻到那种花香混着牛奶的甜味。

他垂眼,视线刚好落在女孩子薄薄的耳郭上,看见耳郭上有一个不太明显的、小小的耳洞,视线下移,白嫩的耳垂上两个耳洞。

沈倦不动声色地移开视线。

林语惊没注意到,趴在桌子上凑过去,小声跟他说:"住校的回执。我想住校,刘老师说必须得有家长签字同意的回执,但是我爸不同意,不给我签字,我自己又签不出来他的名字。"

沈倦听明白了:同桌想住校,她爸不同意,所以她想找他签一张假回执。

"所以?"沈倦似笑非笑地看着她,声音带着一点鼻音,发哑,"你想让我给你当一回爸爸?"

林语惊:"……"

林语惊想把沈倦的脑袋按墙上,让他知道什么叫"爸爸"。

但是想想,人家说得也没错,就是开辟了一个新的思路,再加上这人懒洋洋、带着点哑的声音说出来,感觉比较欠揍,绝对不是故意这么说的。

不是个鬼。

林语惊看着他,沉默了两秒说:"沈同学,接下来我们还有两年的路要走。"

沈同学挑眉:"威胁社会哥?"

"……"你还没完没了了?

林语惊长长地叹了口气:算了,忍一时风平浪静,退一步海阔天空,更何况她有事相求。

"对不起。"

讲台上英语老师正在念一段课文,一边念一边给他们翻译了一遍。

林语惊压着声音,下巴搁在他桌边低声说:"我不应该说你是社会哥,我就随口一说,不是故意的,向你奉上我最诚挚的歉意,希望我同桌能大人有大量,饶了我这一次。"

女孩子的声音本就好听,此时压低了,带着轻轻落落的柔软。

她说完,沈倦没说话。

林语惊有点忍不下去了,她这个"杀人不眨眼"的同桌真是有点小心眼。

林小姐也是有点小脾气的,天干物燥的大夏天火气比较旺盛,再加上这段时间以来的不爽,以及昨天又被孟伟国那么一搞。

她心情本来就非常糟糕,真上头的时候亲爹她都不惯着,更何况一个认识了一共也没几天、还不算太熟的同学。

多"社会"都没用,我还能哄着你了?

林语惊把手臂和脑袋从属于沈倦的那张桌子上收回去,不搭理他了。

就这样持续了一上午。

林语惊转学过来的,因为横跨了几乎半个中国,学的东西多多少少也有点不一样,需要去适应,所以她整个上午都在听课,倒也没觉得什么。

八中的升学率不低还是有点可信度的,虽然她的同学们有一半都不像是在学习听课,但老师讲课的水平确实很高,重点也抓得很准,一节节课过去得还挺快。

沈倦也不是话多的人,应该说这人从英语课下课后,就一直在睡觉。他往桌上一趴,脸冲着墙,睡得天昏地暗、日月无光,在此期间脾气暴躁的物理老师,在全班同学的提心吊胆下,丢了两个粉笔头都没能把他弄醒。

直到中午的放学铃响起,沈倦才慢吞吞地直起身来。

睡了一上午,脑子还有点昏沉沉,他坐在位置上缓了一会儿,侧过头去。旁边没人,小同桌已经走了,再看看时间,十二点,应该是吃饭去了。

沈倦想起早上的时候,女孩子瞪着他看了好一会儿,然后动作极小地磨了磨牙。

沈倦没忍住,舔着发干的唇笑出声来。

这会儿大家都去吃饭了,教室里除了他没别人,窗户开着,从外面隐隐约约地传来说笑的声音。

少年低低的、沙哑的轻笑声在空荡荡的教室里响起,有点突兀。

他当时一时间没反应过来,感冒发烧把脑子烧空了一半,反应迟钝。

等他反应过来,又一时间没想到要说什么。

然后他就听见"小猫"嘎吱嘎吱地开始磨牙,脾气是真的大。

沈倦半倚着墙打了个哈欠,视线落在林语惊桌上的两张纸上,一顿。

那上面密密麻麻地写了一大堆字——三个字的人名,横七竖八、有大有小,有的规规矩矩,有的龙飞凤舞,唯一的共同点就是丑得没眼看。

他眯了眯眼,盯着那上面的字辨认了一会儿,才直了直身,慢条斯理地随手抽了个笔记本,从上面撕下来一张纸,拿起笔又靠回去了。

他刚落下笔,就听见走廊里一阵鬼哭狼嚎:"倦宝!你在吗倦宝?!"

何松南的脑袋从门口探进来:"我在你们楼下等你十分钟了,打你电话你也不接,我还要爬个四楼来找你,累死我了。吃饭去啊!你干什么呢?"

沈倦"嗯"了一声,没抬头,捏着笔写:"等下,马上。"

他一开口,何松南愣了愣:"你嗓子怎么了?"

"感冒。"

"哦,上火了吧?"何松南倚靠着门框站着,垂头看着他,笑得很不正经,"每天对着你的长腿美女同桌,倦爷,上火不上火?"

沈倦瞥了他一眼,没说话。

"上呗,"何松南还在骚,"喜欢就上,想追就追,不要浪费你的颜值,在你朝气蓬勃的青春时代,留下一段浪漫唯美的爱情故事。别等以后兄弟回忆起高中生活,提起沈倦都觉得是个性冷淡。"

沈倦没看他,就晾着他在旁边尽情地表演,继续垂着头唰唰唰地写。

何松南自顾自地说了一会儿见没人搭理他,也就闭了嘴,跟着倒着看了一眼他手里写的那玩意儿,边看边断断续续地念:"同意学生林语惊住校……家长……"

他还没念完,沈倦已经写完了,笔一放,把手里的纸折了一折,随手拽过旁边林语惊桌子上放在最上面的一本书,把纸夹了进去。

何松南看得很茫然,还没反应过来:"林语惊是谁啊?"

沈倦懒得搭理他,把书放回去,站起身来。他上午睡觉的时候校服是披着的,他拎着校服领子抖了下。

何松南看了一眼那本书:"你同桌?"

"嗯。"

何松南一脸不理解地看着他:"倦爷,您干啥呢?这才两天,怎么就给人小妹妹当上爸爸了?玩情趣的?"

"滚,"沈倦笑着骂了他一句,"你当我是你?"

"你不是我,你是性冷淡。"何松南说。

这么一会儿,他结合了一下刚刚那张纸上的字弄明白了,这是冒充家长给他同桌写住校回执呢,再结合上次一脚把他踹地上的事,何松南觉得有点无法接受:"怎么回事啊倦爷,真看上了?"

沈倦套上校服外套,一边往教室外头走,一边垂头拉拉链,声音淡淡的:"看上个屁。"

"'看上个屁'你上赶着给人当爸爸呢,"何松南跟他并排下楼,"还有上次,我就看看腿你就不乐意了,还踹我!踹你的兄弟!!你不是看上人家了？"

"跟这个没关系，"沈佺微仰着脖子，抬手捏了两下嗓子，"你直勾勾盯着人家姑娘腿看，不觉得自己像个变态？"

"我不觉得，"何松南回答得很干脆，完全不带要脸的，"爱美之心你没有吗？你不也盯新同桌盯得直上火吗？嗓子给你疼这样了，这火得上成什么样啊？"

沈佺踹了他一脚。

两个人一路下楼，楼下站着几个男生，低着头边玩手机边说话等着。

八中的校服虽然长得都一样，但是每个年级也有一点点细微的区别——校服裤子和袖口两块的线，高三是浅蓝色，高二紫色。

高三的教学楼和高二不在一块，平时除了在球场、食堂之类的地方以外，基本上看不到高三的学生。

所以此时此刻，站在高二教学楼下，这几位穿着浅蓝色竖杠、代表着这个学校最高年龄段校服的几个人就显得有点显眼。高二一些买了盒饭打算回教室里吃的人，路过都会稍微看两眼。

这几位其中的一个，玩手机的间隙抬了个头，看见出来的人，把手机一揣，忽然抬手啪啪拍了两下。

剩下的三个人也抬起头来，动作非常整齐地也把手机揣进兜里，四个人立正在高二教学楼门口站成一排，看着台阶上的人，齐声喊道："佺爷中午好！佺爷辛苦了！恭迎佺爷回宫！"

少年们的声音清脆，气势磅礴，直冲云端。

路过的高二学生们："……"

沈佺："……"

沈佺面无表情地绕了过去："弱智。"

何松南笑得腰都直不起来了，朝他喊："怎么样大哥！拉风吗？！"

沈佺回头，抬手指着他："我嗓子疼，一句废话都不想说，你别让我揍你。"

何松南朝他敬了个礼："明白了大哥！吃饭吧大哥！吃米粉吗大哥？！"

第四章
我说我上面有人

八中旁边吃的很多,出了校门右拐,再过个马路,一条街上开的全是小餐馆。

麻辣烫、米粉、砂锅、板面、烧烤,还有炒菜什么的,一应俱全,最前头还有家火锅店。

林语惊没有认识的人,一个人来吃午饭,挑了家砂锅米粉的店,进去发现没有空桌,就最角落的一个小姑娘旁边还有空位。

林语惊走过去,问了她一声:"同学,你旁边有人吗?"

小姑娘正低着头安静地吃米粉,听到声音忽然响起,吓了一跳,匆忙地抬起头来,连忙摇了摇头,瞪着大眼睛,嘴里还咬着米粉,鼓鼓的,说不出话来。

挺可爱的一个小姑娘,眼睛很亮,皮肤稍微有点黑,脸圆圆的,像一团巧克力棉花糖。

林语惊觉得自己烦躁了不知道多久的心情,稍微被治愈了那么一点点。

林语惊在她旁边坐下,点了一份米粉,开始想孟伟国这事到底怎么解决。

她是说什么都不想在那个家待着的,但是转念想想,就算她搞到假回执,等孟伟国回来,也免不了一顿吵。

那她塑造了多年的清心寡欲乖宝宝形象不就毁了?

林语惊已经完全忘记了她昨天晚上大骂"你们入赘的凤凰男"这回事。

学校旁边的餐馆上菜速度都挺快的,米粉这种就更快,没一会儿就上来了。林语惊回过神来,垂头对着面前的砂锅米粉发了五秒钟的呆,才意识到没有筷子。

她抬头看了一圈,看见放在桌子里面靠墙那边的筷子盒,刚准备伸手过去拿，面前就出现了一双筷子，还有一只肉肉的、有点黑的小手。

林语惊侧了侧头，"巧克力小棉花糖"拿着双筷子递到她的面前，看起来有点不好意思，朝她眨了眨眼。

林语惊接过来，说了声谢谢。

小棉花糖："不、不用……"

她声音很小，在嘈杂的小店里几乎听不见，林语惊还是因为就坐在她旁边，才听见的。

"要、要醋吗？"小棉花糖很小声地、结结巴巴地说。

林语惊反应过来是在跟她说，摇了摇头："不用，谢谢。"

"没、没……"她连"没事"都没说出来，这也太紧张了。

林语惊长了一张人畜无害的"不粘锅脸"，她自己也很清楚，自己看起来应该是很好相处的好人，不明白为什么这姑娘害怕得连话都说不利索。

小棉花糖没再说话，两个人就这么安静地吃了几分钟。

林语惊掏出手机来，开了机。从昨天晚上到现在，她的手机一直关着。

果然，刚开机短信、微信就一条条地往外蹦，孟伟国的名字占了满满一屏幕。

孟伟国：你刚刚说什么？你给我再说一遍。

孟伟国：林语惊，你现在是翅膀硬了啊？

孟伟国：我对你不够好？我供你吃供你喝，给你送到好学校，你妈不要你，是我养着你……

咔嗒一声，林语惊面无表情地把手机锁了，屏幕瞬间恢复了一片黑，世界终于安静了。

她把手机放到桌边，继续吃米粉。

她刚咬了一口鱼丸，从店门口传来一阵嬉笑声。几个女生走进来，最前面的那个喊了一声："没桌了啊？"

"没了！"

"那等一下吧，我今天就想吃米粉啊。"

"等个头，烦都烦死了。"

"唉，这不是有空位置吗？拉个椅子过来拼一下呗。"

旁边的"小棉花糖"明显僵硬了一下,林语惊侧了侧头,看见她低垂着头,挺长的睫毛覆盖下来颤了颤。

整个小店里就剩下她们这桌还有空位置。四人位的长桌,林语惊和小棉花糖坐在一边,对面本来还有个人,刚刚吃完走了,此时空着。

外面几个女生商量了两句,走了进来,然后不知道谁忽然笑了一声:"这不是我们意姐吗?"

那人一只手按在林语惊她们那桌的桌边上,挺干净漂亮的手指,手腕上戴着条款式简单的红绳:"意姐也来吃米粉?那就拼个桌吧。"就是这个音调听着让人讨厌。

两个女生直接在对面坐下,还有一个拉了把椅子过来坐在林语惊旁边。她们点完餐以后就边聊天边等,笑得很大声,有点吵,还刺耳得很。

林语惊叹了口气,加快了一点速度,想快点吃完回去。

没过几分钟,那三个小姑娘视线一转,落在了林语惊这边,看着她旁边的小棉花糖:"意姐,米粉好吃吗?"

小棉花糖没说话,林语惊侧了侧头,看见她捏着筷子的手抖了抖。

"哎,意姐,同学跟你说话呢,你怎么不说话啊?你对同学友好一点呗。"

之前手腕上戴条红绳的那个姑娘笑了起来:"让她说什么啊,一个结巴。"

小棉花糖低低垂着头,一动没动,看不见表情。

"意姐,怎么这么闷呢,你说句话呗,说句话给我们听听,这么没礼貌呢。"

"就喜欢听你说话,"另一个女孩子掐着嗓子学,"你你你们讨厌!还还还给我!"

她声音很大,说完小店里的人都看过来,三个人爆发出一阵刺耳的嘲笑声。

林语惊感觉到她身边的女孩子连身体都在抖,她闭了闭眼。

这时候,"红绳"她们的米粉也好了,老板娘夹着三个小砂锅过来,放在她们这桌上。

几个人笑着拿了筷子,又去拿醋,倒完醋后"红绳"忽然"哎"了一声:"意姐,你吃米粉不放醋吗?我给你放啊,这些够吗?不够再来点……"

女孩拿着醋瓶的手伸过来,直接把盖子拧开,哗啦啦整整一瓶醋全倒进了小棉花糖的那个小砂锅里,浓烈的酸味在空气中弥漫开来。

三个女孩又开始笑,其中一个笑得不行,啪啪拍着桌子,小店里看起来质量本就不怎么好的小桌子,因为她的动作很危险地晃了晃:"李诗琪你过分了啊,怎么欺负人呢?"

"我哪儿欺负她了?""红绳"笑着说,"我不体贴吗?"

小棉花糖一声都没吭,埋着头,肩膀一抖一抖的。

林语惊听见了一声很轻很小的、微弱的吸鼻子的声音。

啪嗒一声,林语惊的脑子里,紧绷了不知多少天的神经跟着这一声一起断了,像是一直晃啊晃的可乐瓶,里面的气憋得满满的,瓶盖终于不堪重压,啪的一声被崩出去了。

林语惊推开面前的砂锅,抬起头来,筷子往桌上一摔,发出一声脆响。

三个女生安静了一下,"红绳"拿着醋瓶的手还悬在小棉花糖的砂锅上方,转头看过来。

林语惊舔了舔嘴唇,看着她:"你缺心眼吗?"

那女生愣住了:"什么?"

店里很安静,所有人都看着这边的动静。

"什么什么?我说什么你听不见?你是不是不只缺心眼你还聋?"林语惊现在浑身仿佛冒着火,语气很冲,每一个字都透着烦躁和不耐烦,"哔哔哔哔的,烦死了,吃还不上你的嘴?"

那女生气笑了:"我们说话关你屁事啊,你谁啊你……"

"我谁?"林语惊眯起眼,"我是你十爹,要么闭上你的嘴安静吃,吃完了滚,要么干爹就替你爸爸教教你什么叫礼貌和素质。"

林语惊觉得自己是一个很清心寡欲的人,脾气非常好。一般的事情她都能忍住,自我调节一下,深吸两口气,默念两遍佛经,也就不生气了。

人生就像一场戏,因为有缘才相聚。

何必呢?

但是当你的生活中充斥着全是智障和一百个不顺心的时候,人就很难能做到心平气和了。

林语惊觉得自己和这个城市大概八字不合,吃个米粉,都能遇到缺心眼。

这种欺负人的手段,她一直以为是初中小孩玩的。

她看了一眼对面的三个姑娘,觉得有点烦。

其实她是不太想和姑娘打架的,麻烦,而且很难看。

女孩子打架,除了挠就是抓,像泼妇骂街,总不能配合着她们互相抓着头发破口大骂吧,那你说是打还是不打?

沈倦对于吃什么没什么意见,全都听何松南他们一帮人闹腾。

何松南想念学校门口的那家米粉想了挺久,一行人浩浩荡荡地往外走,走到米粉店门口,何松南往里面看了一眼:"啊? 没位置了,换一家吧。"

"嗯,"沈倦点了点头就要往前走,余光一扫,顿住了。

"走吧,那吃个炒河粉? 快点的,这都十二点多了,吃完了我想回去睡个午觉。"何松南边往前走边说,走了两步,没见后面的人跟上,回过头去。

沈倦还站在米粉店外,嘴里咬着没点的烟,一动不动地看着里面。

何松南倒退了两步,顺着他的目光又往里看了一眼,也没发现什么异常:"怎么了? 熟人啊?"

"啊,"沈倦牙齿咬着烟蒂,"熟人。"

何松南又仔细瞅了瞅,认出来了,往里一指:"哎,那不是李诗琪吗? 不容易啊,你还记着她呢,我以为你早忘了。"

沈倦扭过头来,迷茫地看着他:"谁?"

"……之前和您同班的班花小姐姐,"何松南说,"倦爷,您当着人家面别这么说啊,人姑娘追了你一年多呢。"

"啊……"沈倦一点印象都没有,仰了仰头,看见那女生把整整一瓶醋都倒在了对面姑娘的碗里。

何松南也看见了,瞪大了眼睛:"那个是不是徐如意啊?"

徐如意这个名字，沈倦倒是有点印象。

他之前还在三班的时候，后座有个小结巴，话很少，动不动就脸红，沈倦高———整个学期几乎没怎么带过笔，都是跟她借的，一年借下来也算是发展出了能说上几句话的友谊。

后来还是听他们闲聊听来的：小姑娘农村的，家里没什么钱，因为学习好，学校全额奖学金招进来的特招生。

米粉店里，李诗琪和她的两个朋友正在拍着桌子笑，边笑边把手里的醋倒了个空，徐如意就那么坐在那儿，垂着头，一声不吭。

于是几个女孩子笑得更开怀了。

何松南看着有点震惊：他、沈倦和里面的徐如意，还有李诗琪那几个女生以前都是一个班的。平时在班里，何松南从来没注意过她们这些女孩的事，只知道徐如意外号叫"小结巴"，因为她口吃，说不清楚话。全班都这么叫，他偶尔也会跟着叫一声，也没太在意。

但是现在这种，明显就是在欺负人。

何松南皱了皱眉，刚想进去，就听见一个挺好听的女孩子声音："你缺心眼吗？"

李诗琪愣住了。

何松南也愣住了，他偏了偏头，从侧面看那个出声的女孩子的脸，漂亮又熟悉，皮肤很白，黑发简单扎成高高的马尾，规规矩矩的校服，领子上面露出一段白皙的脖颈，线条看起来柔韧、纤瘦。

何松南认出来了，"绝对领域"。

那个眼睛里写满了"你算个屁"，倦爷家的女王大人。

女王大人语气挺冲："我是你干爹，要么闭上你的嘴安静吃，吃完了滚，要么干爹就替你爸爸教教你什么叫礼貌和素质。"

非常能激起别人战斗意志的，那种轻蔑、不屑、烦躁，还带着点"我是你爷爷，你是我孙子"的嚣张。

这台词也太熟练了，一看就是见过世面的小姐姐。

何松南没忍住吹了声口哨，转过头去，看了一眼旁边的沈倦。

倦爷没看他，眯了眯眼，嘴里咬着根本没点燃的烟，牙齿磨了一下。

九月初,天气还很热,小店里挤满了桌子和人,更热。

林语惊背对着门坐,没看见外面站着的人,对面的三个小姑娘气得直笑,其中一个一拍桌子站了起来,凑近了看看她,又扫了一眼她校服的袖口:"你有病吧?我跟我同学聊天你在这儿装什么啊?还干爹,你平时干爹找得挺熟练呗?你一高二的……"

林语惊话都没说,她用余光瞥了眼桌上刚上来的砂锅米粉,里面的汤滚烫,这要是扣脑袋上可能得来个烫伤。

她把握着分寸,一手把她面前的米粉往前推开,另一只手按着女生的后脑,砰的一声按在桌子上。

女生根本没想到对方会直接动手,人都没反应过来,脸和油腻的桌面直接正面接触,她尖叫了一声,挣扎着想要抬头,却被人死死按住。

"小姐姐说话注意点,给自己积点口德,"林语惊趴在她耳边说,"不然下次你这脑袋我就直接给你按砂锅里。"

旁边戴着红绳的那位也反应过来了,抬手就要抓过去。

林语惊站起身来,向后倾着身躯过去,按着那姑娘的手也没松,另一只手一把抓住"红绳"的校服衣领子,抬脚勾起刚刚坐的那个塑料椅子踢过去,塑料椅子重重地撞上"红绳"的膝盖,林语惊顺势拽着她的领子往旁边一甩。

店内空间本来就狭窄,"红绳"人都没站稳,被这么撞了一下,又被甩开,就直接往旁边摔去,哗啦啦撞倒了旁边摞在一起的蓝色塑料椅。

店里一片混乱,女孩子的叫声和椅子翻倒声,老板娘匆匆从后厨出来。旁边的小棉花糖坐在那儿都吓傻了,脸上还挂着眼泪,好半天才哆哆嗦嗦地伸出手来去拉林语惊的校服:"别……别别打,别别,打架,求……求……"

林语惊垂头看了她一眼,小棉花糖吓得整个人都快缩成一团了,哭得肩膀一抽一抽的。

林语惊拽着小棉花糖的手,把她拉起来就往外走。

小棉花糖被她拉着趔趄了一下,乖乖跟着她,走到门口,迎面站着几个人,林语惊头都没抬,擦着对方的胳膊拉着小姑娘就走过去了,过马路,再往前，拐进了另一条路上。

这条道饭店和餐馆相对少一些，旁边就是一个便利店。

林语惊看了眼身边的少女，走进去买了一把棒棒糖出来，挑了一根草莓味的递给她。

女生不再哭了，正坐在便利店门口的台阶上揉着眼睛，看起来可怜巴巴的。

林语惊在她旁边坐下："哭什么？别人欺负你，你就揍她，揍两顿她就老实了，你哭她以后就会不欺负你了吗？你越好欺负就越被欺负。"

女生捏着棒棒糖抬起头来，眼睛通红："我，打、打不过。"

"打不过就骂，骂不管用就用阴的，"林语惊随手捡了根荔枝味的棒棒糖，剥开糖纸塞进嘴里，"身边有什么东西就全往她们脸上招呼，打架就是要先下手为强，把她砸蒙了，让她们反应不过来，然后就去告老师，坐在老师办公室里哭，就像你刚才那么哭，说她们欺负你，她们打你。"

小棉花糖都听呆了，愣愣地看着她。

林语惊笑了，漂亮的眼睛弯弯地看着她："是不是觉得我说得很有道理？"

棉花糖脸红了，"我我我我"了半天，什么都没"我"出来，最后结结巴巴地说："谢……谢谢……"

"没事，"林语惊站起来，"其实也不是因为你，刚好我心情也很不爽，她们在旁边叨叨得我脑袋疼，烦死了，她们要是以后还欺负你，你就去高二十班找我。"

一顿中饭吃了一半被搅和了个彻彻底底，看时间再吃点别的也有点来不及了，林语惊最后去学校食堂买了两个包子回去，坐在教室里边玩手机边吃完了。

午休结束，沈倦是掐着点回来的。他回来的时候林语惊已经睡着了，小姑娘趴在桌子上侧着头，睡得挺熟。校服外套有点宽大，套在她身上显得她更单薄了，瘦瘦小小的一个。

沈倦没叫醒她，也没急着进去，斜靠在前门门口看了她几秒。

他忽然想笑。

刚刚在米粉店门口，这人看都没看他一眼。后来李诗琪她们几个反应过来骂骂咧咧地追出去，还是被他给拦下的。

沈倦看出林语惊"收"的这个意思。

她动起手来确实干净利落、毫不手软，还熟练度惊人，而且下手有分寸，脑子很清醒。

上课铃响起，林语惊皱了皱眉，慢吞吞地从桌子上爬起来，一抬眼，看见她的同桌站在门口看着她。

少女午觉没睡够，满脸写着不高兴，皱着眉迷迷糊糊地和他对视了一会儿，慢吞吞地抬手，长长的、毛绒绒的睫毛垂下去，用细细白白的指尖揉了揉眼睛。

沈倦眼皮痉挛似的跳了一下。

过了十几秒，林语惊才反应过来，站起来给他让位置。

沈倦坐下，没人说话。林语惊还处于半梦半醒的混沌状态，坐在座位上睡眼迷蒙地打着哈欠。

下午第一节课是化学，也是化学老师的第一节课。

沈倦从一摞书里抽出那本崭新的化学书，翻开第一页，唰唰唰签了个名字。

林语惊发现，他这个同桌特别爱签名，就跟小朋友发下来新书要在第一页写上班级姓名似的，他也要写，而且每科、每本都写。"沈倦"两个字写得龙飞凤舞，占了大半页的空白，和他的人一样嚣张。

沈倦注意到她的视线，也转过头来。

林语惊看着他，眨眨眼，有一种偷看被抓包的不自在。

少年看起来倒是很自在，略微侧着脑袋看着他的小同桌："你刚刚打架的时候，跟人家说什么了？"

林语惊一顿，大脑宕机了两秒，剩下的那一半没睡够的瞌睡虫全被吓没了。

林语惊："什……什么？"

"就是你按着人家脑袋，趴在她耳边说的那句话。"沈倦说。

林语惊从惊吓到茫然,而后面无表情地看着他,看起来就像是在琢磨着现在杀人灭口来不来得及一样。

林语惊:"你看见了?"

"嗯。"沈倦大大方方地说。

林语惊回忆了一下,那家米粉店很小,并没看见有同班的在:"我没看见你。"

"刚好路过,在门口。"沈倦还是有点好奇,当时就看见她趴在人家耳边低声说了什么,那姑娘从拼命挣扎到一动不动,效果十分惊人,"所以,你当时说什么了?"

林语惊忽然看着他人畜无害地笑了一下。

沈倦是第一次看见她这么笑,她五官长得太乖了,笑起来眼睛弯弯的,十分纯真无辜的样子,微挑着的眼形,像只涉世未深的小狐狸精。

沈倦愣了愣,眼皮又是一跳。

"我说,我上面有人,"小狐狸精慢吞吞地说,"我社会大哥沈倦就在门口看着呢,你再动一下我就要叫了。"

沈倦:"……"

林语惊是在三天后才发现书里多了张回执的,本来她已经放弃挣扎了。

下个礼拜傅明修开学,两个人这些天除了吃晚饭的时候基本没怎么见过面,等他开学以后估计更见不着。

林语惊不想惹麻烦,也不想因为这些事情跟孟伟国争吵,实在没什么必要。在家就在家吧,反正房间门一关,完全清静,也没人会管她。

结果前一天晚上,她下楼去倒水,听见张姨和傅明修在客厅里说话。

晚上十点多,用人都睡了,房子里很空,张姨压着嗓子,声音不大:"我看那孟先生带过来的孩子,像个老实孩子,这段时间一直也一声不吭的。"

林语惊走到楼梯口,一顿。

傅明修没说话,张姨继续道:"不过看也看不出什么来,现在的孩子藏得深着呢,傅先生留给你的东西,你必须得争取……"

"张姨,"傅明修的声音有点不耐烦,"我不在乎那些,我也不是因为这个才不喜欢她,我就是——"他沉默了一下,声音低低的,"我就是不喜欢。"

张姨叹了口气:"我知道你不在乎,你这孩子从小就这样,但是是你的就是你的,你总不能最后让自己家的东西落到外人手里去。"

"夫人说是让你放心,一分钱都不会白送出去,但是谁知道这父女俩有什么手腕呢?

"而且那小姑娘看着讨人喜欢,就这样的才最危险。你跟傅先生像,都是嘴硬心软,别到时候让人骗……

"我看着你长大,你是张姨放在心尖上的小少爷。在我看来这个家里的就你一个,什么二小姐,我都不承认……"

林语惊手里端着个空杯子,安安静静上楼去。

那一晚上她没喝一口水,忽然之间不知道怎么,又不觉得口渴了。

房间里关了灯,一片黑暗。笔记本电脑没关,放在床尾凳上,莹白的屏幕放着电影,光线一晃一晃的。

林语惊平躺在床上,看着天花板伸出手来。

她茫然地眨了眨眼。

第二天,林语惊四点多就爬起来了。

她下楼的时候,客厅餐厅都没人,静悄悄的一片,像是万物都在沉睡。林语惊看了眼手机上的时间,五点半。

她出了门,老李当然还没来。林语惊一个人慢悠悠地往外走,出了别墅区顺着电子地图找地铁站,路过 7-11 的时候,她顿了顿。

一周前,她在这里见证了一场血雨腥风的大佬之战。

林语惊进去买了两个豆沙包,拿了盒牛奶当早餐后,继续往地铁站方向走。

这边的地理位置很好,车什么的都很方便,还真有到她学校附近的地铁,看着也不怎么绕远。

清晨六点,地铁上人也还不算多,林语惊上去的时候还有个空位。她坐下,一边给老李发了条信息,一边把那盒牛奶喝了。

结果到了学校,不算走路的时间也才用了半个多小时,和平时老李送她在路上堵的时间差不多。

林语惊到的时候班级里一个人都没有,她往桌子上一趴,就开始补觉。

一直到早习过去,第一节上课铃响起,林语惊爬起来,她的同桌都没来。

林语惊觉得有一个不准时来上课的同桌也挺好的,至少补觉的时候不会被打扰。

一直到第三节课快上课了,社会哥才姗姗来迟。

第三节是老江的课,刘福江性格好,除了磨叽以外没有什么别的问题。一个礼拜后,学生跟他也熟悉起来了,对他的称呼也从"刘老师"变成了"江哥""老江"。

老江上课跟他人一样磨叽,也可能是因为开学的时候提了解过高二十班的平均水平,怕他们跟不上,一个孟德尔豌豆杂交实验讲到现在,林语惊也懒得听,书摊开在桌面上,撑着脑袋百无聊赖地往后翻了翻。

结果她就看见了里面的那张回执。

林语惊愣了几秒,分辨了一会儿,没认出这个是沈倦的字。

感觉也不像他平时像是绑了蹿天猴大礼炮,下一秒就能咻的一声飞上天的字,笔画看着还挺沉稳、庄重的,一字一字的,最后落款一个——家长:孟伟国。

虽然字和他平时写出来的不一样,但是除了他,好像也没第二个人知道这事。

林语惊扭头,看向旁边坐着的人。

沈倦正在看视频,软趴趴地撑着脑袋,手机立在高高一摞书后头,教材刚好给他做了个纯天然的手机支架。

这人的每一本书上面几乎都只有一个他的名字,上课的时候从来没见他动过笔,在上面记过什么,最多装模作样地画两个横,假装标一下重点。

林语惊看着他欲言又止。

这张回执是什么时候写的,她完全不知道。

她根本没想到沈倦会真的帮她写回执。

再回忆一下这两天她不怎么热情友好的态度,林语惊还觉得挺抱歉的。

她是一个有情有义、知恩图报、非常讲究江湖义气的少女,也不喜欢欠别人人情。

而从开学这一个礼拜,沈倦上课除了睡觉就是看视频,没事的时候看看书也像是没过脑似的,从懒懒散散翻着的样子来看,人家说的确实没错,社会哥从来不学习,可能不太需要她在学习上提供什么帮助。

中午午休,林语惊把回执交给了刘福江,刘福江毫不怀疑。

林语惊回执交得晚,寝室基本上都已经分完了。林语惊的这个情况得到时候找后勤老师问问,看看怎么分。

刘福江笑呵呵地跟她说完,又问了她学习近况:"怎么样?感觉平时学习压力大不大?能跟上吗?"

"嗯,还好。"林语惊谦虚地说。

刘福江的办公桌前还站着一个少年,少年就穿了件校服外套,下身穿着紧身牛仔裤,骚得不行,头发倒是理得利利索索。

林语惊看了他一眼,觉得有点眼熟,忍不住多看了一眼。

少年也是一直盯着她,眼睛一眨没眨。

从来不惧怕跟别人对视的小林歪着脑袋,跟他对着看。

对视没持续几秒就被刘福江打断,林语惊交完回执转身出了办公室,关上门的时候还听见刘福江语重心长地跟"紧身牛仔裤"说:"你妈妈跟我说了,我觉得没事。年轻人嘛,你一会儿回班……"

林语惊以为这人是刘福江教的其他班的,被叫过来训话了。

结果中午吃好饭回来,刚进班级,就感觉到一阵风唰地从身边掠过,伴随着少年的鬼哭狼嚎:"爸爸!您真把我一个人撂局子里啊!"

林语惊看着那个趴在自己的桌子上、拼命往沈倦身上扑腾的紧身牛仔裤,有点蒙。

沈倦也没反应过来,茫然了几秒,看清人以后"啊"了一声:"你也十班的?"

"是啊爸爸,您咋说走就走,不叫我一声的?我跟蒋寒他们直接被警察叔叔天降正义了,被我妈领回去以后差点没被打死。"

林语惊想起来了,这张脸确实见过——拖把二号、脏辫、小花臂。

只不过现在少年的脏辫被拆了个干干净净不说,连头发都被剃了,长度直接在耳朵上面,露出额头,看起来干净清爽,让人差点没认出来。

拖把二号不愧是"亲儿子",他爸爸沈倦打个群架直接把他丢那儿,让他自生自灭他也丝毫不记仇,看起来还像是很习以为常了。

他沉痛地描述了一下自己在警察局蹲到半夜,还写了份标题为"我以后再打架我就是孙子"的检讨,凌晨被他妈领回家以后,又挨了一顿混合双打外加把他一头辫子剃了个干干净净。

他就那么撅着屁股、趴在林语惊桌子上跟沈倦说话,林语惊也坐不得,就在门口站了一会儿,一边看手机一边有一搭没一搭地听着。

"爸爸,真的,"拖把二号还在诉说衷肠,"您不知道我听说跟您分一个班了以后有多高兴,您不高兴吗?我是您的儿子啊!您的亲儿子王一扬回来了!还跟您一个班!回来孝敬您来了!!"

沈倦脚踩着桌边的横杆笑了一声:"行了,知道你孝顺,说完了吗?说完滚吧,我同桌等着呢。"

突然被点了名的林语惊还在消化"亲儿子"和"亲爹"在一个班里这件事,有点没反应过来,放下手机,抬起头看过来。

王一扬眨眨眼,眼睛里终于不再只有他"爸爸"。他扭过头来,看了林语惊一眼,那眼神看起来挺热情的。

"小姐姐,"王一扬走过来,笑嘻嘻地看着她,"又见面了,好有缘啊。实不相瞒,我第一次见到你就觉得跟你有缘,你长得有点像我亲妈,感觉就特别亲切。"

林语惊:"……"

当时打架,这少年挥舞着拳头高喊着"打死我啊"的时候,她就应该看出来的,这拖把二号的脑子八成有点不好使。

王一扬热情地望着她:"你那个文身,考虑得怎么样了?想好文什么图了吗?"

林语惊茫然地看了他一会儿，才想起来还有这么个事。

"啊，"她发出了一个单音节，看了沈倦一眼，"还没决定。"

王一扬很紧张，生怕林语惊不在他们那儿文了似的，严肃地看着她："小姐姐，我说真的，我爸技术贼好，真的，都不怎么疼，你就让他给你做。"

林语惊："……"

沈倦："……"

怎么听怎么觉得哪儿不对劲，但是又好像没哪儿不对劲。

沈倦脑子不受控制地冒出来一大堆乱七八糟的有色想法，额角青筋一蹦，下意识地看了林语惊一眼。

小姑娘张了张嘴，不知道说什么好，看起来有点茫然，还没反应过来。

王一扬还生怕林语惊不信，撸起校服外套来，露出他的小半截花臂："我的就是他给我弄的，你看，这雾面——"

沈倦忍无可忍，从桌底抬脚踹了他一脚："闭嘴。"

王一扬闭嘴了。

王一扬开学没直接过来，一头脏辫被他妈强行剪了，他闹了个大笑话，叛逆了一个礼拜才回来上学。

班里本来四十八个座位是双数，齐的。他回来以后，刘福江让他去后勤又搬了套桌椅，坐在沈倦前面，讲台旁边。单人单桌，帝王待遇。

下午第一节英语，英语老师声音温柔，堪称最催眠的课，没有之一，再加上午后刚吃完饭，本来人就容易犯困，全班都昏昏欲睡。

英语老师却丝毫没有受到影响，课讲得行云流水，讲到兴起时还能自己和自己互动。

林语惊翻着单词表，看了沈倦一眼：少年把英语书摊开在桌面上，一手撑着脑袋，另一只手的三根手指捏着笔唰唰转，隔一会儿还翻一页书装装样子。

就是老师上面讲着第二单元，他已经翻到后面七八单元去了。

林语惊清了清嗓子，身子侧过去一点，小声说："我上午去交回执了。"

"嗯？"沈倦转笔的动作停了，抬起头来，有点迷茫，过了几秒才意识到她说的是什么,"啊。"

林语惊看着他:"那个……"

"嗯?"

少女不出声了。

沈倦疑问地扬了下眉。

林语惊想道个谢,真心实意的那种。

这事说起来也挺奇怪的,平时她不觉得感谢有什么的,有不走心的时候、敷衍的时候;故意就想哄人卖乖的时候,好听的话、感谢的话也是可以张口就来,一连串都不带重复的,说得人开开心心的。然而现在真想说一声"谢谢",反倒让她很难开口,甚至有点尴尬。

一句"谢谢"而已,两个字。

林语惊看着他,憋了好半天,最终挫败地吐出一口气来,把手伸进校服外套的口袋,声音很小,跟小猫似的:"你伸手……"

沈倦看着她,甚至都没过脑子,听她这么说,就伸出手来。

林语惊从口袋里翻了一会儿,捏着个东西放在他手心里。

少女的手白白小小的,指尖擦过他的掌心,有点凉,紧接着手里就落下一个微凉的东西,带着一点点重量。

沈倦垂眸,一根棒棒糖安静地躺在他手心里。

白色的棍,玻璃纸包裹着糖球,粉粉嫩嫩的颜色,水蜜桃味。

林语惊给沈倦的那根棒棒糖,是之前给小棉花糖买了剩下的。她当时买了一大把,每个口味都挑了一根,现在口袋里还有不少。林语惊全翻出来放在学校里,自习课没事的时候就咬一根。

王一扬是个自来熟,他见过林语惊两面又在学校碰见后,已经把林语惊划分到"非常有缘的幸运朋友,长得也亲切"的行列里去了。他的座位又在林语惊前面,一整个下午,把她的桌子当自己的桌子,一节课里有半节课都是转过来聊天的。

最后沈倦实在没耐心听他叨叨,笔一摔,面无表情地看着他:"王一扬,闭嘴,滚。"

王一扬做了个把嘴巴拉上拉链的动作,干脆利落地闭上嘴转过去,非常听他爸爸的话。

周五下午，马上周末放假了，大家的心思都有点飘。最后一节是自习，刚开学，各科老师对自习课的争夺还没正式开始，林语惊早上起得实在太早，写完了两张英语卷子，就趴在桌上打算睡一会儿。

结果一觉就睡到了下课铃响，教室里乱哄哄的一片，整个班级的人都争先恐后地往外跑。

林语惊爬起来，叹了口气，甚至有点希望这个自习课能上到地老天荒，直接上到下周一开学。

她不情不愿地开始收拾书包，把发下来的作业卷子都装好，侧头看见她同桌的桌上和之前一样：卷子都空着放在桌上，人家甚至带都没带走。

林语惊这人事情算得很清楚，沈倦帮了她忙，一根棒棒糖也不能就当作这人情还清了，林语惊将收拾了一半的书包放回去，抓起一支笔来扯过沈倦的卷子，扫过第一道选择题，写了个答案上去。

刚写完，笔一顿。

越俎代庖了啊你，林语惊。人家的卷子呢，你这算怎么回事啊。

林语惊又把卷子重新放了回去。

刚好轮到李林他们做值日，几个男生活也不好好干，拿着扫把坐在教室后面的桌子上开黑。看见林语惊站起来，李林抽空抬头看了一眼："新同学，周一见啊。"

林语惊摆了摆手，没回头。

李林看着她的背影吧唧了下嘴："不知道为什么，我就感觉我们这个新同学好酷啊。"

"肯定酷啊，"旁边一个男生头也不抬地打着游戏，"不酷敢跟沈倦坐一桌？还安安全全、完整地坐了一个礼拜。"男生说着，屏幕一黑，死了。

"不过漂亮是真漂亮，前两天三班就有人来找我问她的手机号了。我说我没有，我们新同学跟与世隔绝了似的，倒是想上去搭话，但她旁边坐了尊佛爷，这谁敢啊？"他抬起头来，看向李林，"哎，你就坐她后面，有没有她手机号啊？"

李林没什么表情地看着他："我？沈倦在的时候我话都不敢说，呼吸都得轻飘飘的，能多活一会儿是一会儿，我还能无视他去要他同桌的手机号？"

林语惊出了校门，往前过了一个街口，就看见老李的车远远地停在那儿。

老李知道她不喜欢车直接开到校门口，就每次都停在这边等她，林语惊脚步顿了顿，走过去。

"李叔好。"

"哎，林小姐。"

林语惊第一次见到老李的时候，他叫的是"二小姐"，林语惊头皮都发麻。老李心细，从那以后再也没这么叫过。

老李开车很稳，林语惊本来就困，撑着脑袋坐在后面昏昏欲睡："李叔，我跟学校交了住校的申请。"

老李愣了愣，从后视镜看了她一眼："住校啊？"

"嗯，学校那边宿舍得串一串，应该下周可以搬。"林语惊说，"到时候我提前跟您说，要不每天去学校的路上还得浪费不少时间。"

老李笑着点了点头："哎，行，"他犹豫了下，"您跟孟先生说过了？"

林语惊没说话。

老李叹了口气，他是真挺心疼这个小姑娘的。这确实是个好孩子，平时看着听话，其实脾气也是倔，有什么事情也不说，就这么一个人闷着。

她也就才十六七岁的小丫头，正是最好的时候，应该大声笑、大声哭的年纪。

老李给傅家开车也开了几十年，从来不多话。他忍了忍，还是没忍住说："瞒着也不行，您还是跟孟先生聊聊，话聊开了有什么矛盾也就解决了，孟先生也疼您，这个世界上哪有不疼自己孩子的父母。"

林语惊笑了一下，轻声道："对啊，哪有不疼自己孩子的父母。"

林语惊到家的时候，傅明修难得没在楼上的房间里，正坐在沙发上玩手机。

如果是平时,林语惊还会跟他打个招呼、说两句话,表达一下自己的友好。不过不巧她昨天晚上才听完那些话,现在一句话都不想跟傅明修说,问声好已经是她最大限度的礼貌。

反而是傅明修看见她进来,放下手机,看着她,一副欲言又止的样子。

林语惊平静地看着他。

过了几秒,就在她准备转身上楼的时候,傅明修才开口:"周一。"

林语惊脚步一顿。

"周一,我刚好也要返校,我送你去学校。"

"……"

林语惊差点以为自己穿越了,或者傅明修被人魂穿了:"什么?"

傅明修不耐烦地看着她:"我是因为有话想跟你说,想找个机会跟你谈谈,你不要以为我……"

"好的,"林语惊打断他的话答应下来,顺便鞠了个躬,"谢谢哥哥,辛苦哥哥了,我上楼了。"实在对他接下来的话没什么兴趣,也没耐心。

傅明修就单独和林语惊说过这么两次话,又一次被这么不上不下地卡着,难受得不行。

他拧着眉,瞪着背着书包上楼的少女背影好半天,憋屈地爆了句脏话。

林语惊周末也没什么事情做,她在这个城市一个认识的人都没有,就在房间里待了两天,除了饭点的时候下楼和傅明修尴尬地吃个饭,剩下的时间她都在房间里"种蘑菇"。

她总觉得如果一直这么下去,她迟早会得自闭症。

周六晚上,林语惊接到了林芷的电话。

林小姐和孟先生离婚以后,林语惊第一次接到来自母亲的电话,平时都是卡上按时来钱的。

看到来电显示的时候,林语惊愣了一下。

林芷还是以前那个风格,问的问题像是老师家访,甚至听不出她有什么感情波动:学习怎么样?上次考试拿多少分?钱够不够花?

"给你的钱就是给你的,你自己花,一分钱都不要给你爸。"林芷最后说道。

林芷对孟伟国的厌恶简直到了无以复加的程度,讨厌到林语惊所有的零花钱和生活费都是直接打到她的卡里,并且生怕孟伟国动她一分钱。

林语惊觉得做夫妻最后能做成这样也挺有意思的,点了点头,想起对面看不到,又补充了一声:"嗯。"

几个不能更模板化的问题问完,两个人对着沉默,都没话说。

最后还是林芷打破了这个僵硬的气氛,她的语气听起来难得有些软:"小语,不是妈妈不想带着你,只是……"

"我知道,"林语惊飞快地打断她,直勾勾地看着花样繁杂的壁纸,"我知道,我都明白。"

林语惊一直觉得,她跟林芷的关系更好一点。

比起孟伟国,她从小就更喜欢林芷。

不知道是不是母亲和父亲还是有一些区别,孟伟国对她几乎是不闻不问的状态,而林芷,虽然态度冷漠,但是会管她,会问她的成绩,问她的学习,林语惊从来没想过林芷会不要她。

不是妈妈不想要你,那是因为什么呢?

只是我有更多的事情需要去处理,只是我忙得没有时间,只是很多事情在我心里都是排在你前面的。

只是因为你不重要,只是因为我不爱你。

林语惊一点都不想知道"只是"后面的内容是什么。

一个"只是"已经说得够明白了。

第五章
相逢是缘火锅趴

林语惊出门的时候是黄昏,逢魔时刻。

日本有个传说:在远古之时,人们相信阴阳五行。妖魔总在白昼与黑夜交替时现身于现世,人类分不清走在路上的究竟是人是妖,所以黄昏被称为逢魔时刻。

这个典故还是程轶给她讲的。

那时候他们三个人,逃了晚自习去学校天台吹风,正是黄昏时分,头顶弥漫着红云,大片大片的天空被夕阳烧得通红。

程轶当时压着嗓子:"你走在路上,根本分辨不出跟你擦肩而过的究竟是人类,还是妖怪伪装成的。所以这段时间如果有人叫你名字,你千万不要答应,应一声,魂就被勾走了。如果有人朝你迎面走来,你要问他……"他清了清嗓子,沉声道,"来者何人?"

陆嘉珩当时靠在旁边:"程轶。"

"啊?"程轶应声。

林语惊:"程轶。"

"啊?"

陆嘉珩:"程轶。"

程轶莫名其妙:"啊?不是,你俩什么事啊?"

陆嘉珩就嫌弃地指着他:"就你这智商,以后这个点都别出门了,魂得被勾走个十回八回。"她在旁边笑得不行。

林语惊走过一个个小花园,出了大门,唇角无意识地弯了弯。

她走的时候没跟他们说,不过几家都熟,林家的事程轶和陆嘉珩没多久也就都知道了。

她到 A 市第二天，程轶就一个电话过来劈头盖脸地给她骂了一顿，花样繁杂，顺溜得都不带重样的。

林语惊当时也没说什么，就笑，笑完了程轶那头突然沉默了，一向聒噪得像永动机一样、不停哔哔哔的少年沉默了至少两分钟，才哑着嗓子叫了她一声："阿珩发脾气呢，鲸鱼小妹，在那边被谁欺负了就跟你程哥哥和陆哥哥说，哥哥们打飞机过去给你报仇。神挡杀神，谁也不好使。"

林语惊笑得眼睛发酸："谁是鲸鱼小妹？赶紧滚。"

街道上车水马龙，汽车的鸣笛声模模糊糊的，隐约有谁叫着她的名字，把她从回忆里拉出来。

林语惊回过神来，那人又叫了一声，她蒙了两秒，抬头看了一眼火红的天空。不知道为什么她忽然想起程轶那个十分智障的"有人叫你千万不要答应，来勾你魂的"的话。

还没等她反应过来，她的肩膀被人拍了一下。

林语惊回过头去。

王一扬和一个男生站在她的身后，王一扬手里拎着个袋子，笑呵呵地看着她。

另外那个男生林语惊不认识，她又看了一眼，才觉得有点眼熟，是之前在篮球场上，坐在篮球上和沈倦说话的那个，李林说是沈倦以前的同学。

王一扬脱了校服，又换上了和他之前那头脏辫风格很搭的朋克常服。可惜他脸长得白白嫩嫩的，又理了个学生气息很浓的发型，看起来更像个叛逆期的中二少年。

中二少年笑嘻嘻地看着她："语惊姐姐，这么巧啊。"他挺得意，扭头看向旁边的篮球少年："我就说了是她，你还不信。"

何松南翻了个白眼，心说：我什么时候不信了？我，光看这个背影，就已经看好几回了，我也认出来了行吗？

他不太想和这个小屁孩一般见识，很假地鼓了鼓掌："我扬好棒，我扬最强。"

王一扬很受用，美滋滋地扭过头来："姐姐，去文身？决定好图了？"

林语惊："啊？"

她抬头看了一眼，才发现这个方向再往前走，还真是沈倦那个文身工作室。

她刚要解释一下，她就是随便散散步的。王一扬说："不过今天不太巧，店里不接活了，我们吃火锅。"

林语惊低头看了一眼他手里拎着的两个塑料袋子，大概就是家里自己弄的那种火锅。

她还没想好说什么，就听见王一扬特别热情地说："一起来呗？大家都这么熟了。"

"……"

林语惊不知道王一扬是怎么得出"大家都这么熟了"的结论，她跟王一扬只有三面加一个下午的交情，然而这个人的自来熟程度，已经到了一种登峰造极的程度。他愣是把这一只手都能数得过来的几个小时相处时间，掰出了百十倍的效果，好像林语惊是他多年挚友一样。

林语惊正想着怎么拒绝，何松南在旁边笑眯眯地看着她："小学妹一会儿有约没？没有就一起吧。"他一脸过来人的样子，"休息日，多么奢侈的东西。等你到了我这个岁数，你就知道休息日和同学一起吃顿火锅的时间有多珍贵。"

"明年的这个时间，你就得在班级里坐着，奋笔疾书地写卷子。"何松南痛苦地说。

"……"那请问你现在怎么没在教室里奋笔疾书写卷子，跑这儿吃火锅来了？

王一扬这个人，虽然自来熟，还有点缺心眼，但其实并不是个好相处的人。

他对林语惊的热情邀请，完全来自何松南的怂恿，他只是说了句："唉，你看前面那个妹子，有点像我一个新同学。"

何松南就跟着一抬头，然后整个人都"燃烧"了。

倦爷家小同桌，腿又长又细，小脾气非常带劲的女王大人。

何松南跟打了鸡血似的，抽出手机就在群里啪啪打字：*兄弟们，带个*

妹子来啊，欢迎不欢迎？

蒋寒第一个回复：带啊，你带妹那不是常态，你还问的？

蒋寒：小姑娘来，你就别来了，兄弟帮你照顾着，你安心走吧，以后我弟妹就是你嫂子。

何松南笑得很不正经：别吧，不是我的妹子啊，你真想照顾怕是得脱层皮。

蒋寒：？

何松南：倦爷家的。

"……"

蒋寒差点烟从嘴里滑出去，啪啪拍桌子，伸着脖子喊："倦爷！！！"

沈倦在里间画画，没搭理他。

蒋寒："沈倦！何松南说刚才碰见你老婆了！！！"

里间一声没有。

何松南的话蒋寒明显没信，但是这并不妨碍他骚上一骚。

他乐颠颠地把烟按灭了，从沙发上站起来跑到里间门口，趴在门框上看着他："老沈，你坦白从宽、抗拒从严吧。退出江湖的这段时间，你欺骗了几个小姑娘？"

沈倦没搭理他，背对着门坐在地上，手里捏着根铅笔在画板上勾画，笔尖在纸上点了两下，继续落笔。

蒋寒语重心长："沈倦，你的就是我的，我的就是大家的，你可不能吃独食啊。"

沈倦随手抓起手边一个靠枕丢过去："赶紧滚。"

林语惊也不知道自己为什么就真的跟着王一扬他们，跑到这家没有名字的文身工作室门口来了。

可能是因为她刚接完林芷的电话，急需一点这种热闹的、能够让她转移一下注意力的事。再加上何松南和王一扬实在过分热情，那种热切劲甚至让林语惊觉得这两个人像传销，林语惊有种如果她再拒绝一次，王一扬就会抱着她的腿，坐在地上哭的感觉。

工作室还是老样子，巴掌大的小院，里面的植物生长得不修边幅、枝繁叶茂，门虚掩着，隐约能听见里面传出一点声音。

何松南推开门，林语惊进去。

里面和她上次看见的没什么区别，屋子里的区域划分得很清晰，沙发上堆满了抱枕；另一头，两张长木桌上堆满了画，旁边是一台电脑；再里面两扇挨着的门，林语惊猜测是文身室的洗手间什么的。

林语惊一进来，蒋寒就愣住了："小仙女？"

小仙女眨眨眼，有点不自在地抬了抬手："……嗨？"

一如他们初见时那般。场景回溯，时光倒流。

蒋寒觉得自己一颗万花丛中过的老心脏被击中了。

他扯着脖子朝里间吼了一嗓子："倦爷！出来接客！！！"

台词还是那句，不过林语惊那个时候觉得尴尬，现在不知道为什么，突然很想笑。

这次倒没有什么暴躁的反应，没过半分钟，里面第一个房间的门被打开，沈倦从里面出来。他穿着件白色 T 恤，上面没任何图案，一边的耳朵塞着耳机，另一边耳机线弯弯绕绕地垂在胸前。

他抬起头来，看见林语惊，站在门口停了停，微扬了下眉。

何松南笑得非常纯真："路遇你同桌。倦爷，相逢便是缘。"

"……"

不知道为什么，林语惊忽然想起程轶经常给自己发的那种老年人表情包：大朵大朵的红色牡丹花围绕着两个红酒杯，上面印着彩色的字，"相逢便是缘，为了友谊干杯我的朋友"。

小院里放了张桌子，电磁炉上一口锅，里面红通通的辣汤，看得唾液腺开始活跃起来。何松南他们一样样地拿出刚刚去买的食材，放在桌上。

林语惊去洗手，她刚进洗手间，蒋寒嗖地蹿过来，跑到沈倦旁边："倦爷，她刚刚跟我打招呼了，你看见了吗？"

沈倦拉开可乐拉环："没。"

"对，你还没出来。"蒋寒说，"太纯了，撩得我害怕。"

沈倦抬起头来，看着他。

这表情何松南太熟悉了。

一周前，他就是因为无视了这样一个没什么表情的注视，导致他从篮球上被踹下来，一屁股坐在了地上，尾巴骨到现在还隐隐作痛。

何松南觉得自己可能留下了病根，阴天、下雨屁股就会疼。

何松南看了蒋寒一眼。这人还完全没意识到危险的来临，捧着心，一脸悸动："这难道就是心动的感觉？"

何松南决定救兄弟一命，看了眼洗手间紧闭的门，压着声："你心动个屁。"

"那是倦爷同桌，"何松南指着他，"不是你同桌。"

蒋寒很茫然："非得是我同桌我才能心动吗？"

何松南还没来得及说话，洗手间的门开了，林语惊从里面出来，话题终结。

沈倦这个校霸，虽然传说听起来比较让人胆战心惊，但是这段时间的接触下来，实在不像是个不分青红皂白就差点把同桌打死的暴力分子。

尤其是回执这件事以后，林语惊把他暂时划分到好人的行列。

而且这人也没有那种很炫酷的、孤僻没朋友的人设。他朋友还算挺多的，每一个都非常有意思，吃个火锅热火朝天，一秒钟的冷场都没有。

沈倦话不多，偶尔说两句，大部分时间都在不紧不慢地吃。

中二少年们吃火锅，酒肯定少不了。蒋寒从里间推出来一箱啤酒，一人一瓶，发到林语惊，他笑了笑，收住了："小仙女，来一瓶？"

林语惊眨了眨眼，没马上接，顿了两秒："我不太会，就一杯吧。"

一群男孩子里，唯一算熟的也就一个沈倦，也只能说是同学，连朋友都算不上，林语惊没打算喝酒。

她本来想一杯意思意思就行了。

蒋寒他们一群老爷们儿，平时都糙习惯了，根本没想那么多。女孩子跟他们一群还不算熟的男的喝酒什么的，他们考虑都没考虑，就觉得小姑娘想喝就喝点，不想喝也不勉强，一杯也可以。

蒋寒开了酒，刚要去拿林语惊的那个空杯，沈倦忽然抬手，捏着杯壁倒了个个，杯口冲下，把她的杯子倒扣在桌子上，另一只手从旁边拿了听可乐，食指勾着拉环，咔嗒一声轻响，拉开后放在林语惊的面前："不合适，可乐吧。"

沈倦话一出口，所有人都停下了。蒋寒的胳膊横在空中，何松南抬起头来，王一扬正往嘴里塞一块鱼豆腐，啪嗒一声掉回到碗里。

何松南第一个反应过来，筷子一放，笑眯眯的："哎，怎么不合适了？妹妹出来吃个火锅，喝一杯热闹热闹，也没什么不行。"

沈倦看了他一眼："未成年。"

何松南被噎了一下，指了指旁边的王一扬："这货也未成年。"

被指着的未成年王一扬同学咬着鱼豆腐，端起啤酒瓶，咕咚咕咚对着吹了三分之一，爽得哈出一口气来。

何松南凑近了，笑眯眯地敲敲瓶子："怎么你小同桌不行？"

沈倦看出来了，这人就是故意的。

他放下手，身子往后一靠，微扬起头，挑着眉看着何松南，没说话。

何松南高举双手："得，明白，不行就不行，妹妹未成年，妹妹喝可乐。"

王一扬津津有味地看戏，爪子指了指何松南："南哥，你说你就老老实实吃不行吗，非得皮，皮这一下你开心了？"

何松南是开心了，王一扬看戏看得也很开心。

蒋寒就很蒙了，他怎么觉得好像有哪里不太对劲呢？

那一箱啤酒本来就只剩了一半，何松南他们几个人简直就是酒桶，喝啤酒像喝水一样，小半箱啤酒喝完脸色都没变，最后几瓶分完已经八点多了。

锅里已经没什么东西了，林语惊偶尔下一点蔬菜，边吃边听他们聊天。

男孩子聊起天来和女孩子不一样，林语惊其实早习惯了。她没什么特别好的女性朋友，以前跟陆嘉珩、程轶他们出去，也是听他们一群男生坐在一起聊天。这个岁数的男孩，聊的都是玩、游戏、球赛、女孩子，偶尔开开黄腔，大同小异。

天已经完全黑下来了，小院里挂着不少灯串，门口的廊灯也点着，光线昏黄又明亮。

弄堂里的文身工作室，巴掌大的小院子，咕嘟咕嘟冒着热气的麻辣火锅，鲜艳又热烈的少年，在这个陌生的城市，生动地在她眼前铺展开，有种奇异的感觉，一点一点被熨烫。

王一扬他们正聊到兴头上，一看才八点，准备去买酒接着来。何松南二话不说，拽着王一扬和蒋寒就往外扯："走了兄弟，买酒去。"

走出门还回头看了眼沈倦，眼神很有深意："倦爷，看家啊。"

林语惊嘴里咬着一根青菜，再抬头时乱哄哄的少年都不见了，小院子里倏地一片寂静。

沈倦安静地坐在旁边，靠在椅子里，手里把玩着林语惊那个一直没用的空杯子。

察觉到她的视线，他抬起头："吃饱了？"

他刚刚一直没怎么说话，乍一出声，声音有些哑，仿佛被夜晚和灯光刷过，带着一点奇异的质感。

林语惊点点头，视线落在他把玩杯子的手上。他的手很好看，手指很长，指尖捏着杯口，手背上掌骨微微凸起，看起来消瘦有力。

她忽然想起刚刚少年拿走她的杯子，拉开可乐罐拉环，放到她面前时的样子。

"家里有门禁吗？"沈倦忽然问。

"啊？"林语惊愣了下，摇了摇头。

沈倦椅子往后挪了挪："他们玩起来不知道什么时候了，你要是急的话我先送你。"

林语惊不确定他这个是不是逐客令。

吃饱了就赶紧走吧，还在这儿干什么呢？咱俩熟吗？

是这个意思？

她看了眼时间，八点半，缓缓点了点头："等他们回来吧，打个招呼，现在也没很晚，我自己走就行。"

沈倦看了她一眼，"嗯"了一声，没再说什么。

酒足饭饱，虽然没喝酒，但是林语惊每天和傅明修一起吃晚饭，实在是太痛苦了。她觉得再这么吃下去，她可能会得个胃病什么的。

她确实很久都没吃过这么舒服的晚饭了,此时她有点困。

她抬手,把还在咕嘟咕嘟冒着泡的电磁炉关了,单手撑着脑袋,懒洋洋地看着他家工作室门上挂着的那块刻着图腾的木牌,盯了一会儿:"这是你的店吗?"

沈倦抬了抬眼:"啊,"他眸光沉沉的,声音也有点哑,"算是吧,我舅舅的。"

林语惊注意到了,看了他一眼,换了个话题:"唔,文身是不是还蛮赚钱的?"

"还可以,我收得不多,赚个生活费。"他看了她一眼,"想文?"

林语惊愣了愣,摇摇头:"看着疼。"

沈倦似笑非笑地看着她:"你选的那地方不太疼。"

林语惊反应了三秒,才想起来他说的是哪儿,然后面无表情地看着他:"沈同学,你这样聊天就没意思了。"

沈倦勾唇:"行吧。"

"那你平时也住这儿吗?"林语惊问。

"嗯,"沈倦顿了顿,说,"这里是我家。"

林语惊不说话了。

沈倦这几句话说得实在太有深意了,听着让人没办法不想多。

这地方除了地段处在市中心以外,别的实在算不上好。这种老弄堂里的老房子,木质的地板看起来快要腐烂了,踩上去嘎吱嘎吱的,一层七八户,每户面积很小,隔音极差。

而且他舅舅的店,却是他的家。

只一瞬间,林语惊脑补出了无数内容。沈倦从一个狂踉炫酷的校霸变成了一个有故事的、要自己文身赚生活费来养活自己的小可怜。

林语惊托着脑袋,慢吞吞地眨了眨眼,脑补了五万字小故事,没忍住打了个哈欠。

小姑娘看着很困,打了个哈欠以后,眼睛水汪汪的,还有点红,眼尾的弧度扩开,眼角微勾,睫毛蔫巴巴地耷拉着。

她有点冷,始终幅度很小地缩着脖子,手指无意识地抱着小臂蹭。

沈倦看了她一会儿,将手里的杯子放下:"进去等吧。"

林语惊的指尖都冰了,她赶紧点了点头,站起来,跟在他身后进屋。

她在沙发上坐下,沈倦从旁边拿了条毯子递给她,林语惊道了谢,接过来扯开。

深灰色的毯子,绒毛很厚,手感软软的,暖洋洋的。

林语惊高举了五秒,虔诚地在心里默念了三声。

这可是大佬的毯子,大佬用来蒙脑袋的毯子,竟然给她盖了。

她小心翼翼地扯着一个角,搭在身上。

屋子里很暖,林语惊整个人陷进沙发里,怀里抱着个靠枕,仰着脑袋又打了个哈欠。

她才发现,天花板也是画着画的——

神殿前,长着翅膀的天使手里捧着一捧鲜艳的花;魔鬼握着三叉戟站在人骨堆成的峭壁上,脚下是鲜红滚烫的岩浆。

一半是天堂,一半是地狱。

林语惊本来想问是谁画的,她抬了抬头,没看见沈倦在哪儿。

可能是出去继续吃了,还没吃饱吧。

她歪着头,揉了揉眼睛。

沈倦进里间找了个空杯,饮水机开关没开,里面没热水,他又找到水壶,烧了壶开水。

他靠在厨房冰箱上等了一会儿,从口袋里翻出烟盒,抽了一根出来,咬着烟摸打火机,摸到一半,他往外看了一眼。

沙发上的人被挡住了大半,只能看见一段垂在沙发边的手。

沈倦把打火机重新揣回口袋里,将烟抽出米丢到一边。

水烧开没几分钟,沈倦倒了一杯出去,发现林语惊已经睡着了。

她歪着身子,整个人缩在一块,陷在柔软的沙发和一堆靠垫里,手里拽着毯子,还只敢拽着个边,毯子的一角盖住一半胳膊,看起来怪可怜的。

沈倦把手里的水杯放在茶几上,站在沙发边,垂头看了一会儿。

犹豫了半晌,他抬手拉着毯子往上拽了拽,拉过胸口、肩头。

门外传来男生说话笑闹的声音。下一秒,门被推开:"倦爷——倦啊——"

沈倦手一抖,毯子啪叽落了下去,正好蒙在林语惊的脑袋上。

何松南推门进来,看了一圈,最后视线落在角落沙发里的人身上。

沈倦站在沙发旁,一只手还顿在半空中举着,回过头来看着他。

沙发上鼓着的一团,被深灰色的毯子从脑袋开始盖得严严实实,只露出一小截白白的指尖。

何松南不明所以:"你们干吗呢?把小女王盖起来干什么?新情趣?"

沈倦压着嗓子:"闭嘴。"

何松南闭了嘴,看着沈倦又回头看了一眼那一团。他顿了两秒,抬手拉着毯子边拽下来了一点,少女的一张小脸露出来。

屋子里就开了两盏地灯,光线很暗。女孩子呼吸很轻、均匀平缓,皮肤白皙,长长的睫毛覆盖下来,又浓又密。

她眼底有一层阴影,微皱着眉,醒着的时候还没那么明显,此时安静下来,整个人都透着淡淡的疲惫,看起来像是很久都没睡好。

沈倦直起身子,从沙发另一头摸到遥控器,把两盏灯都关了。房子里暗下来,他走到门口,朝何松南扬了扬下巴:"出去。"

何松南乖乖地出去,沈倦跟在他后面,把门关上了。

外面蒋寒和王一扬正勾肩搭背地坐在一块聊天。

沈倦两人坐下,何松南张了张嘴:"老沈……"

沈倦抬眼:"嗯?"

蒋寒也抬起头来:"小仙女走了?"

"没,在里面睡觉。"

蒋寒点点头,说:"倦爷,你的事我听说了。"

沈倦侧了下头,不知道他自己有什么事。

蒋寒表情很严肃:"我之前就随口说说,你要是真喜欢,兄弟绝对不跟你争,但是你也争气点。就比如今天,你就放她一个人在里面睡觉?喜欢就陪她一起睡啊!"

沈倦好笑地看看他,不明白这人的脑子里每天都塞了些什么东西:

"你怎么得出这个结论的？"

蒋寒说："你不喜欢你为啥给人挡酒？"

晚上的风确实凉，沈倦出来的时候加了件外套。他从口袋里摸出烟盒和打火机，垂眼点烟："两码事。"

"怎么就两码事了？"蒋寒说。

"人家一个小姑娘，跟咱们也不熟，"沈倦咬着烟，往后靠了靠，"和一帮半生不熟的男的喝酒算怎么回事，不合适。"

"哦——不熟——"何松南拖着声，意味深长地盯着他，"不熟就熟悉熟悉呗，熟了以后合不合适？"

沈倦眯了下眼，笑了："不合适，滚，别想。"

林语惊做了个很长的梦。

她很久没做过记得清内容的梦了，搬过来以后睡眠质量始终不太好，梦倒是一直有，只是醒来后基本上都不记得。

上次记得清晰的梦还是第一次遇见沈倦的那天：少年手里拿着个文身机，要给她文个夜光手表。

这次还是他，漂亮的手指捏着一只玻璃杯，杯口冲下，扣在桌子上，声音朦朦胧胧，像是从很远的地方传来的："可乐吧。"

其实林语惊当时想说：她可乐只喝百事的，可口可乐她不喝。

情商这么低的话肯定不能当时说，于是只能在梦里说了。

果然，她说完，沈倦暴怒了。林语惊觉得自己可能会成为第二个"差点被打死的同桌"，直接命丧当场的时候，她醒了。

她刚睁开眼睛的时候还有一瞬间的茫然，四周太暗，什么都看不清。

林语惊撑着身子坐起来，摸到柔软的毯子，以为自己是躺在卧室的床上，又觉得哪里不对劲。

正恍恍惚惚缓神的时候，她听见有人说："醒了？"

一个属于男人的声音，近在咫尺，像是就在耳边，低低的，钻进耳朵里震得人浑身一个激灵。

她吓得差点叫出声，脑袋发蒙，僵着身子下意识地抬起手，冲着声源就是一巴掌。

沈倦在此同时摸到遥控器，按开了灯。

昏暗的灯光下，林语惊看见他一张没什么表情的脸。但是她的手伸出去已经收不回来了，林语惊瞪大了眼睛，听见啪的一声脆响，掌心的触感温热。

她结结实实地扇了他一巴掌。

这一巴掌清清脆脆的，把沈倦给打蒙了。

他根本没想到自己会挨揍，完全没准备，这一下力气不小，他头甚至往旁边偏了偏，发丝跟着唰地扫过来。

沈倦脱口而出一句脏话。

沈倦想起平时在教室里，林语惊每次睡着后被上课铃吵醒，都会皱着眉，一脸不爽地抬起头，然后至少要发个三五分钟的呆才能缓过神来。

他突然有点庆幸自己从来没叫过她，不然，估计在教室里她睁开眼冲着他就是两巴掌。

这丫头的起床气真是有点大。

他转过头来。

林语惊完全呆住了，微张着嘴，就那么看着他。

沈倦也看着她，黑眸沉沉，看不出情绪。

五秒钟后，扑哧一声，林语惊破功。

她没忍住，开始笑，先是憋着的一声，然后她憋不住了，抱着靠枕，靠在沙发里笑得前仰后合。

她刚睡醒，不是平时在教室里趴一会儿的那种睡，她把沙发当床睡了很沉的一觉，睡到后面整个人都横过来了。此时，她身上的毯子缠在一起，怀里还抱着抱枕，眼睛弯起来，亮亮的，头发被压得有点乱，整个人看起来都很柔软。

"对不起，"林语惊笑着说，"我没反应过来，刚刚你声音太近了。"

沈倦看得都气笑了。这小姑娘胆子也太肥了点。

他靠进沙发里，看着还在鼓着嘴巴、忍笑忍得很辛苦的少女，火发都发不出来，有点无奈："行了，有那么好笑？"

"没有，不怎么好笑。"林语惊揉了下笑得发酸的脸，乖巧地看着他，"对不起，我真不是故意的，你别生气。"

"我知道，没生气。"沈倦是真的无奈了。

警报解除，林语惊清了清嗓子，把身上的毯子拽下来，慢吞吞地叠："你刚刚那个眼神好恐怖，我以为下一秒你就要打我了。上一个扇你巴掌的人是不是已经不在这个世界上了？"

沈倦抬手，用拇指蹭了一下还有点发麻的嘴角："上一个扇我巴掌的人还没出生，你是第一个。"

他这个动作做起来有点帅，带着点漫不经心的痞气和性感，很勾人。

林语惊看着他眨了眨眼，"啧"了一声，摇了摇头。

沈倦没注意，站起身来，看她把毯子叠好放在一边："挺晚了，送你？"

林语惊也站起来，她翻出手机看了一眼时间：十点半，她睡了两个多小时。

这一觉睡得是真沉，她自己都有点意外，好像挺久没睡这么熟过了。

"不用了，我家不远。"林语惊随手抓了抓头发，咬着皮筋绑了个辫子，准备重新扎起来。

沈倦盯着那根黑色的皮筋看了一会儿，移开视线："附近？"

"嗯，"林语惊扎好头发，晃了晃脑袋，"旁边。"

沈倦也没多说什么，送林语惊到门口，小姑娘转过身来，跟他摆了摆手："同桌，周一见。"

沈倦靠在黑色铁门前，蒋寒他们不知道什么时候走的，挂着的小灯串都关了，只留下一盏昏暗的廊灯，给少年的五官打下阴影。

他唇角弯了弯，淡淡笑了一下："周一见。"

这个城市九月初还有蝉鸣，昼夜温差很大。

林语惊出来的时候没穿外套，此时没忍住搓了搓胳膊。

也不是太冷，就是那种潮湿的、裹着凉气的冷意让人忍不住牙齿打战。

路过7-11，她进去买了点零食，这次关东煮倒是剩很多，不过她晚上吃太饱，就没再买，只从收银台抽了条蓝莓味的泡泡糖，付了钱拆开包装,塞进嘴里。

回去的时候已经将近十一点,家里依旧没人。林语惊上了楼,刚准备回房间,隔壁房间的门打开了。

她愣了愣,刚想打招呼,傅明修已经面无表情地转身走了。

林语惊也转身,开了门准备进屋,傅明修忽然开口道:"你以后能不能安静点?"

林语惊转过头来,傅明修站在楼梯口,皱着眉看她:"几点了?你不睡,别人不睡?你这么晚回来吵得我很烦。"

"……"

林语惊差点笑了,他家这个隔音,把卧室门一关,她在门口破口大骂他可能都听不到,她上楼的声音能有多大。

这么蹩脚的找碴儿,就差脸上写满"我就是在找你不痛快,来啊来啊跟我吵架啊",林语惊肯定不会跟他吵,她很懂事地点了点头:"我知道了,我明天给你买个耳塞吧。"

傅明修:"什么?"

林语惊瞥了他一眼:"你不是嫌吵吗?这么好的隔音都不管用,那再配个耳塞吧。"

傅明修转过身来,往前走了两步,低头看着她,表情阴沉:"林语惊,我不管你以前是什么样的,是半夜回家还是夜不归宿。你既然来了我家,现在是我妹妹,就给我收敛点,不然我不会惯着你。"

林语惊垂手站在那里,看着乖乖的,抬手,把手里一袋子的零食冲他晃了晃。

傅明修皱起眉:"干什么?"

"吃的,"林语惊说,"我肚子饿,出去买点零食。"

傅明修"嗤"的一声:"冰箱里没有?没吃的还是没喝的了?"

"有,有很多,"林语惊看着他,平静地说,"但我不知道那些都是谁的,我不想第二天被人在背后说'这林小姐还真不是个好玩意儿,半夜偷偷地随便乱动东西,也不问是谁的'。"

她懒懒地抬了抬眼:"或者被人拉过来当面质问为什么不说一声就吃

他的东西。你可能不懂,但寄人篱下,我得注意。"

傅明修愣在原地,好半天没说出话来。

林语惊冲他甜甜地笑了一下,咬着泡泡糖,吹了个泡泡,一股蓝莓味:"我回房间了,晚安哥哥。"

周末过得很快,林语惊和傅明修周六半夜十一点,在房间门口进行了一段不怎么太愉悦的对话后,两人没再说过话。虽然每次吃饭的时候,这人都会偷偷瞥她两眼,不过大概是碍于张姨和用人在,他也没说话。

林语惊就当作看不见,吃完饭就撤,半个多余的眼神都没有。

周一一早,她下楼的时候,傅明修已经在楼下了。两人吃过早餐后,林语惊出门,傅明修也跟着出去。

老李果然没在,林语惊站在门口,看了傅明修一眼。

男人冷着脸,没说话,走了。

"……"

林语惊是真的不想跟他一般见识,也不明白这个比她大了好几岁的大二学生,为什么这么幼稚。

她翻了个白眼,穿过花园,出了院门,推开大门往前走。

她走到一半,身后忽然有人按了按车喇叭。傅明修开着车停在她旁边,皱着眉,是他惯常的表情:"不是说了今天跟我走吗?"

"你不是先走了吗?"

"我去开车过来。"傅明修不爽极了,"你在跟谁发脾气?"

"我真没,"林语惊叹了一口气,"我以为你临时改变主意,不想送我了。"

傅明修冷哼了一声:"上车。"

林语惊认命地乖乖爬进去。

她本来以为两个人又会发展出一段唇枪舌剑,结果并没有。

前面这人很安静,一路上一句话都没说,但是皱着的眉始终没松开。

半个小时后,车子开到八中前的一条街,林语惊拍了拍副驾的座位:"就到这儿吧,我自己走过去就行了,不然还要绕。"

傅明修看了她一眼，把车子停在路边，顿了顿，很大声地咳嗽了两声："哎。"

林语惊刚开了车门，回过头来，疑问地看着他。

"冰箱里的东西……"傅明修看了她一眼，转过头去，"都可以吃，没那么多讲究。"

林语惊愣住了。

傅明修非常不耐烦地"啧"了一声，瞪着她："行了，赶紧下去，你没看见前面堵成什么样了？我不用赶时间去学校？"

直到进了教室，林语惊都有点没反应过来。

傅明修这个人的性格其实很容易摸透，有钱人家小孩的臭脾气，骄傲、自我，觉得自己全世界第一厉害，自己是宇宙的宠儿，身边所有的东西都是他的。

所以林语惊的到来，让他觉得烦躁，让他有危机感。他的家庭，他所拥有的东西，以后可能都要分给另一个人一半。

就像张姨说的：林语惊是来占家产，抢那些本来只属于傅明修东西的。

他讨厌她，林语惊觉得挺正常。虽然他家的钱她不怎么稀罕，她自己又不是没钱。

她本来是这么以为的，但是今天她又忽然觉得，这个人和她的分析，好像也有不太一样的地方。

林语惊梦游似的进了教室，旁边一如既往没人——沈倦一般都要等到第二、第三节课的时候才会来。

坐在她后面的李林看见她进来，就像看见了生命之光一样，眼睛都亮了："惊儿，物理作业写了吗？"

林语惊"啊"了一声，从书包里抽出物理卷子递给他，顺便问了一句："数学要吗？"

"要要要。"李林接过来，感动得快要涕泗横流了，奋笔疾书得头也不抬，"我太感动了，毕生的幸运都用来遇见你这么体贴的前桌。你是我的衣食父母，是我的生命之光。"

李林在沈倦不在的时候还是很能说的,那个嘴就像榨汁机一样,能榨出无穷无尽的骚话来,只要沈倦一来,马上断电。

李林补着作业,林语惊侧着头有一搭没一搭地和他聊天。多数时候她是听着李林说,李林喝了口菊花茶:"真的,我就服你。你能这么无所畏惧地面对杀人不眨眼的校霸,这份勇气和胆识让我等凡人非常佩服。"

林语惊撑着脑袋,想起少年被扇了一巴掌以后的表情。

茫然、震惊、难以置信糅在一起,总之非常复杂,复杂到他都忘了生气。

林语惊本来都觉得自己的小命可能要交待在那里了。

校霸被人扇了一巴掌,还是个女的。这要是传出去,社会哥还用不用在社会上混了?

林语惊决定找个时间请沈倦吃个中饭,郑重地表达一下自己的歉意。

结果她没等到人:一直到中午放学,沈倦都没来。

林语惊一个人吃完饭回来,咬着瓶甜牛奶往学校走。她刚走到校门口,一个人影飞奔着跑过来,一猛子扎进她的怀里。

这学校还有这等投怀送抱法?

林语惊手里的牛奶差点被撞掉,后退了两步,看见小棉花糖焦急地看着她,表情看起来快要哭了。

她的校服皱皱巴巴的,头发也乱乱的;衣服上和头发上都有很多彩色的粉笔灰,各种颜色都有,面积很大、很显眼,一看就是被人故意涂上去的,眼角还有一块青紫,像是撞到了哪里。

旁边很多学生都看着她。

林语惊的表情冷下来:"谁弄的?上次那个'红绳'?"

小棉花糖不说话,只摇头,眼睛红红的:"她们,找、找你,就在你楼下,你……你先别回去。"

林语惊笑了:"找我?那挺好的,省得我找人了。"

她说着就往教学楼那边走,小棉花糖扯着她,开始哭起来,声音一哽一哽的,浑身都在发抖:"是我的事情,你别去,她们好、好多人,找了人……你别、别去……"

林语惊停下来看着她。

林语惊差不多有一米六八，小棉花糖很矮，又瘦又单薄，比她矮了一个头。她垂下头，看见女孩颤抖着的肩膀和乱糟糟的发顶。

林语惊叹了口气，抬手帮她整理了一下衣领："虽然还不知道你叫什么名字，但是我很喜欢你。"

小棉花糖抬起头来，脸上全是眼泪，哭得鼻子红红的，看起来狼狈极了。

林语惊微微俯下身去，在她乱糟糟的脑袋上拍了拍，轻声说："我喜欢的人没人能欺负。"

林语惊扯着小棉花糖往高二的教学楼走，远远就看见楼底下站着一群人，小棉花糖跟她说那"红绳"叫李诗琪，此时人正站在最中间，跟旁边的一个男生说话。

林语惊大概扫了一眼，四五个女生，一个男生。她离得太远看不清长相，只能看见那男生很高、很壮。

她们不知道林语惊是哪个班的，小棉花糖肯定不肯说，干脆就直接在教学楼楼下等着她。虽然林语惊也不明白，这隔了快半个星期的破事为什么不能当时直接解决，非得周一来找她。

是因为周一有升旗仪式吗？显得更有仪式感？

李诗琪也看见她了，一群人站直了身，其中一个膀大腰圆的男的，身上随便披了件校服，一看就不是八中的。

林语惊走过去，一看清那个男的就笑了。

她觉得挺神奇的：她在这地方见过的人一共就那么几个，还总有那么几个能碰见。

腱子哥。

7-11门口那个腱子哥。

7-11门口那个被沈倦两拳砸出胃酸来的腱子哥。

这也是一种缘分。

腱子哥应该没认出她来，毕竟那天她只是个背景板，这人估计都被沈倦砸蒙了，别人都没注意，因为他看起来依然很大佬。

林语惊转向旁边的李诗琪："小姐姐，什么意思？"

李诗琪抱着臂看她："没别的意思，我哥今天没什么事，我带他来跟你打个招呼。"她凑近了看着林语惊，"你跪下给我道个歉，打我那一下让我还回来，咱们就算是打招呼了。"

"……"

林语惊又开始怀疑八中升学率的真实性了，她想问问这个还当自己是初中二年级的社会少女：你是怎么考上高中的？

林语惊舔了舔嘴唇，笑了一下，说："这样吧，这个事我觉得不算大事，我有几个解决方法，你听听看，看看行不行。"

她声音很软，带着笑，完全没有了那天在米粉店里嚣张的戾气。

李诗琪也笑了，趾高气扬地看着她，表情很得意，她觉得自己这口气今天出定了。

午休时间操场上人很多，旁边的人都在往这边看。

林语惊掰着手指头，拇指竖起来："一、我揍你一顿，你叫我一声爸爸，然后给我朋友道歉。"食指竖起来，"二、我不揍你，你自觉一点，叫我一声爸爸，然后给我朋友道歉。"

林语惊心平气和地看着她，非常民主地征求她的意见："我这边目前就这两个解决方案，你要是有其他的，我们可以交涉，但是必须满足后两个条件。"

李诗琪估计从来没见过这样的人，好几秒之后才反应过来。她长得挺好看的，应该是学舞蹈之类的，属于那种有点气质的时髦少女。

此时时髦少女的表情非常扭曲，看起来像是恨不得立刻把林语惊剥了："你还真是贱得慌，你的爱好是挨打？"

林语惊歪着头笑了："我从来不挨打。"她眼睛弯弯的，笑得柔和又讨喜，"我爱好别人叫我爸爸。"

第六章
小林教你学物理

"从来不挨打"这话是吹的,林语惊小时候其实没少挨揍。

小姑娘那时候年纪小、脾气大,每天都冷着脸,又硬又烂的臭脾气,还没人管,像个小野丫头,整天把自己当个男孩子,经常满身是伤地回家去。

陆嘉珩和程轶不在的时候,她一个人和一群小孩打架,被按在地上也不服软,手脚都动不了还要咬人一口,像只发狂的小怪兽。

性格非常轴的一个小孩,和现在简直判若两人。

量的积累能达成质的飞跃,打架也是这么回事,挨揍挨多了,身体会记住。

林语惊在意识到自己确实爹不疼、娘不爱以后,性格开始发生变化,她的棱角变得越来越圆润,她满身的刺渐渐不动声色地收敛起来,十二岁那会儿又跟着陆嘉珩学了一年的柔道,从那以后只有她追着别人打的份。

后来,林语惊就很低调了。大家都是成熟的初中生,就不要再搞那些打打杀杀了吧,暴力能解决什么问题?没有什么比学习更重要,只有学习能够让她感受到快乐。

所以再后来,陆嘉珩和程轶出去打架,林语惊一般都不太凑热闹。少年们带着满腔热血,年轻又健康的身体伴随着各种国骂缠绕在一起,她就蹲在旁边给他们念古文:"口技人坐屏障中,一桌、一椅、一扇、一抚尺而已——"

陆嘉珩一拳撂倒一个,还不忘回头骂她:"林语惊你神经病吧!你什么毛病?"

林语惊澎湃激昂:"怒发冲冠,凭栏处!潇潇雨歇,抬望眼!仰天长啸,壮怀!激烈!!"

陆嘉珩:"……"

低调归低调,有的时候也会有些不长眼的玩意儿往她身上撞,有些人脑子一抽想找死,你挡都挡不住。

午休时间过了大半,林语惊看了眼时间,午睡的时间大概是没有了,有点小烦躁。

一行人浩浩荡荡地出了校门,穿过学校门口的饭店一条街,往前走到一片居民区的其中一个小区院里。

小区很旧,旁边一个自行车棚,蓝色的棚顶脏兮兮的,满是风吹雨打的痕迹,花坛的瓷砖破碎,角落里躺着一只三花猫,听见声音抬起头来,懒洋洋地喵了一声。

小棉花糖已经吓得话都说不出来了,紧紧拽着林语惊的袖子,想把她往回扯。

林语惊安抚似的拍了拍她的手,把她往自己身后拉了拉,迅速扫视了一圈。

她也听明白了,李诗琪今天才来找她,是因为她"哥"今天才有时间。她一个女孩子,就算再怎么凶,对上这么一个看起来像是健身教练一样的异性,肯定也会打怵。

李诗琪对林语惊也有忌惮,所以不想一个人过来,她得有个人帮她撑场子。

只要腱子哥一直在这儿,她的态度就会始终强势,撑场子的如果没了,那她就是个摆设。

"话先说清楚,今日事今日毕,"林语惊看着那位浑身肌肉的奶油小哥,"今天咱们把事情解决干净了,无论结果怎么样,不算回头账。"

李诗琪没说话,下意识地侧头去看旁边的人。

腱子哥其实就是过来撑撑场子,没打算真跟一个女孩子动手,女孩子之间打打闹闹的事,让李诗琪自己去搞,出口气也就算了。不然他说出去,把人小姑娘揍一顿,这得多丢人。

腱子哥看着她,点了点头:"行。"

他话音刚落,林语惊第一时间就冲了上去。

腱子哥的思维还停留在"让李诗琪自己动手解决"这个阶段，根本没想到人直接冲着他就过来了。

林语惊速度很快，两个人站得本来就不算远，几乎是一眨眼，少女就已经蹿到他的身边来了。

他很高，林语惊够不着他的脑袋，伸长了手臂拽着他的衣领，膝盖狠狠地撞上男人不可言说的"第三条腿"。

男人瞬间就僵了，声音都没发出来，弓着身子，夹着腿。林语惊迅速侧身背过身去，两膝伸直，一手扣死他的手肘，架着肩膀，哐当就是一个过肩摔。

小棉花糖尖叫了一声。

腱子哥平躺在小区水泥地砖上，后脑勺亲切地亲吻大地，一声沉沉的闷响，声势非常唬人。

他爬都爬不起来，捂着裆蜷在地上抖。

林语惊揉了揉右肩，她其实刚刚很没把握，心里也没底，毕竟是一个身高、体型都差不多是她二倍的肌肉猛男。沈倦砸他看着跟砸奶油似的，不代表她也能有这个效果。

李诗琪脸都白了，一言不发地站在那儿。

林语惊侧了侧头，这个时候，她的表情还是很平静："我还是那两个解决方式，"她淡淡看着李诗琪，"你陪你哥躺这儿——你不用觉得你们人多，就你们几个，腿还没你这哥胳膊粗，要么你们挨个躺，躺完给我朋友道歉，要么你自觉一点直接道歉，以后你准备你的高考，我读我的书，咱们皆大欢喜。"

沈倦昨天画画一直画到凌晨四点，开学以后他没什么时间，工作室里的活压了不少。这次的客户定了个图，周六来，满背的大活。他本来想着用两个小时先画个大概看看就去睡，结果一进去，再抬眼天都亮了。

等睡醒已经十一点了，沈倦洗了个澡，本来打算今天干脆就不去了，吃个午饭继续画，结果刚从浴室出来，就接到何松南的电话。

沈倦咬着牙刷接起来，没说话。

何松南:"喂,兄弟,别睡了,赶紧来学校。"

沈倦咕噜咕噜漱完口。

何松南:"李诗琪带人来堵你小同桌了,教学楼门口呢。"

沈倦一顿,把牙刷放回去:"谁?"

何松南:"不知道,不认识。看着不像学生,可能哪个职高的吧。你现在过来也不知道来不来得及了,不过你小同桌还没回来,我估计最多再有个十分钟吧,她怎么也回来了,你过来还要……"

"你先帮我看一下。"沈倦说完把电话挂了。

何松南听着手机那头的忙音嘟嘟嘟,放下手机,给他拍了张照片发过去。

沈倦半个小时后才到。

午休时间已经过了,校园里没什么人。何松南人靠在校门口晃来晃去地等着,一回头看见后面停着辆杜卡迪。

少年骑着个重机停在那儿,一条长腿支着,身上还套着八中土到掉渣的校服,有种洋气和村气完美融合在一起的校园非主流城乡气息。

还好人长得帅点。

何松南张了张嘴,看着沈倦把头盔摘了,甩了下脑袋,头发还湿着。

沈倦问:"人呢?"

"那边去了,我让人盯着了,总不能就在学校里。"何松南看着他,"您骑重机就非得穿校服吗?就不能穿得骚一点?您可是要去英雄救美的。"

沈倦一边往前走一边看了他一眼:"我,好学生,好学生都穿校服。"

何松南笑了:"我给你录的小视频,你看见没有?"

"没。"

"你怎么不看啊?"何松南很着急,"你小同桌是真的女王,太熟练了,帅得我合不拢腿,她要是一直在八中,校霸这荣誉称号应该没你什么事了。"

他们走得很快,沈倦步子大到何松南腿都捯不过来,穿过饭店街,再往前走到一个街口,何松南停在一个小区的院门口,冲沈倦招了招手。

沈倦走过去,进了小区院子,看见不远处自行车车棚旁边站着一群人。

李诗琪和几个女孩站在车棚旁边,地上还躺着一个捂裆的男的。

何松南被眼前的画面镇住了,抬腿刚要往前走,被沈倦一把拉住,侧了侧身,站在门口没进去。

"那么大个一猛男老哥,她给放倒了?"何松南压低了声音,指着地上的腱子哥,表情很夸张地做了个口型,"一个小姑娘……"

沈倦没说话。

徐如意背对着门口站在李诗琪她们面前,李诗琪正在给她道歉,声音很小,他们站在这儿都听不见。

"小姐姐,咱们大点声呗。"林语惊蹲在花坛瓷砖上,懒洋洋地撑着脑袋,看了一眼表,"我真没时间了,我们班下午第一节物理,王恐龙你知道吧?听说过吧?真特别凶。"

李诗琪瞪了她一眼。

林语惊指尖搭在嘴唇边,挑了挑眉。

沈倦侧了侧身,背靠在小区门口的墙上。

浅黄色的墙皮潮湿破落,角落里有一张蜘蛛网,上面一只很小的蜘蛛慢吞吞地攀着一根丝往上爬。

沈倦盯着看了一会儿,听着里面女孩子的声音,吐出口气。

他突然觉得自己像个神经病。

明明知道她不是什么好欺负的性子,就算打不过也不会善罢甘休,肯定不会让自己吃亏的一个人。

他还是放下电话,头发都来不及吹,套上衣服就赶过来,到底是为了什么?

怕打车堵,怕地铁慢,他就这么骑着车从另一个区一路飙过来,到底是为了什么?

裤子都穿反了。

林语惊回去的时候下午第一节课已经上了一半了,她还在校门口遇见了沈倦和何松南。

八中正门不关,但是午休结束以后会有出入校的登记。保安室里面,保安叔叔的眼睛雪亮雪亮的，不放过任何一个"小鸡仔"。

林语惊和小棉花糖徐如意去登记签名，一进去，就看见这俩人像是散步似的，不紧不慢地顺着球场往前走，完全没有已经旷了半节课的紧迫感。

何松南还说说笑笑的，回头看了一眼，看见她们，打了个招呼。

林语惊从来没见过心这么大的高三生。她以前在附中的时候，看见那些高三的恨不得连吃饭的时候脑袋都扎进卷子里。

徐如意和何松南一个班，在另一个教学楼。沈倦和林语惊一起，两个人一路往高二教学楼走。

林语惊心情挺好地看了一眼身旁的少年，他好像心情也挺好，大概是睡饱了。

经过这段时间林语惊对她这个同桌的观察，他只有三个状态：睡醒了、没睡醒和正在睡。

两个人进了教学楼，教学楼里面安安静静的，教室里传来各科老师讲课的声音，林语惊侧了侧头："我以为你今天不来了。"

"嗯？"沈倦似乎在想什么事情，发着呆，拾阶而上，他茫然了一瞬间，"啊，本来是这么打算的。"

高二十班在四楼，林语惊三步并作两步往上爬。物理老师叫王燃，性格还挺对得起他的名字，一点就着，外号王恐龙，是他们的副班。

林语惊还挺不愿意在他的课上迟到，结果一迟还迟了大半节课。

果然，等他们爬到班级门口敲门进去，王燃撑着讲台转过头来："你们俩真是同桌相亲相爱啊，你们怎么不下课再回来呢？我的课你们都敢逃？"

林语惊没说话，垂着头，手背在身后，乖乖地站着听训。

她平时上课都挺认真的，又坐第一排，各科老师对她的印象都好，挺文静的一个小姑娘。

"开学第二个礼拜就开始旷课了，要我说就是你们刘老师惯的你们，落我手里看我怎么收拾你们。"王恐龙手里的三角尺一拍，啪的一声，"说吧，挨个说，为什么迟到，什么原因，怎么想的，说不出来欧姆定律给我抄五百遍。"

林语惊手一抖，抬起头来，扭头看向沈倦。

沈倦也垂眸看着她，微挑了下眉。

少女的眼神充满了感情，沈倦从里面读出了六个字和一个标点符号——对不住了兄弟。

沈倦还没反应过来。

"王老师，他想逃课。"林语惊迅速转过头去，手指着沈倦，严肃地说，"作为他的同桌，我觉得自己有义务把他抓回来。"

沈倦最后被罚抄欧姆定律一千遍。

林语惊这一个礼拜的作业全对，上课听讲认真，随堂小测的卷子没错过，特别爱学习，平时安安静静的，还懂礼貌，说话都不大声。

她话说出来，王恐龙基本已经相信了一半。

这样的一个好孩子，哪里有逃课的理由？！

没有的。

只有一种可能，她是被她这个同桌拽出去的。

反观沈倦，不是睡觉就是不来上课。王恐龙根本想都不用想，没跑了。

林语惊眨眨眼，垂下头去，声音低低的，可怜巴巴，甚至还主动承认错误："但是我确实违反课堂纪律，迟到了。王老师，我罚抄完您就别生气了。"

刘福江正巧从办公室出来，在门口看了一眼，听见这话，感动得快哭了。

多好的孩子！谁说十班的孩子不好管的？有这样的榜样同学在，刘福江相信早晚有一天，十班的平均分不会再是年级倒数第一。

王恐龙："行，那你不用抄了，沈倦，你抄一千遍。"

"……"

沈倦抬起头来："？"

校霸的冷漠注视，对王恐龙这种层次和胆识的人民教师来说毫无杀伤力，王恐龙教了这么多届学生，见识过无数校霸，一言不合课上直接跟老师骂起来的都不少，目前来看沈倦还算是历任校霸里比较低调的，作业都会抄个选择题交上去。

"一千遍,你看什么看?"王恐龙拿着三角尺,敲了敲讲台边,"你跟你同桌学学,人家上节课小测又是满分,你再看看你,你上节课连个人影我都没看见,开学一个礼拜了,你说我见过你几回?欧姆定律公式你知道是什么吗?I 等于 U 比 R。抄!变形公式也都给我抄了!不会的问你同桌!我就不信了,我看你抄个一千遍还能给我忘?"

"……"沈倦真是服了。

下午,刘福江找来林语惊,跟她说了寝室的事。

八中这学校财大气粗,别人家高中寝室都是怎么能塞下怎么塞,八中不一样,男女寝室楼都好几栋,再加上本市学生多,住校学生有限,所以都是两人一间,还空下不少房间。

林语惊来得晚,班里住校的女生刚好是双数,她自己一个人分了一间。课间她去看了一眼,房间不大,但很干净,两张床一张书桌,有个几平方米的独立小卫浴。

她回到班级的时候,沈倦正在抄欧姆定律,一张纸上写得满满的全是:I=U/R,U=IR,R=U/I。看见她进来,他瞥了她一眼,手下动作停都没停。

沈倦英文写得也很好看,勾勾翘翘的,飘逸又不羁。做文身的,平时应该不少人要文英文什么的,想想也知道字不可能丑。

林语惊心里对他有愧,也觉得挺不好意思的。但是五百遍,抄这玩意儿,那她还是宁可不好意思。

她坐下,清了清嗓子,从桌肚里摸出来一根棒棒糖,小心翼翼地放在沈倦的本子上。

林语惊现在无比庆幸,她当时哄徐如意的时候这棒棒糖买了一大把。

沈倦笔一顿,垂眸看了一眼,橙色的玻璃纸包着糖球,橘子味的。

他侧头,小姑娘两只手放在腿上,眼巴巴地看着他,表情有点讨好的意思。

沈倦放下笔,慢吞吞地剥开糖纸,塞进嘴里,然后接着写。

林语惊松了口气。

少年懒懒散散地坐在那儿,手下唰唰地写着公式,嘴里还叼着一根白色的、细细的棍。

他握笔的动作不太标准,拇指扣着食指指尖,骨节微微凸出来,泛着一点点青白,每写完一行,会有一个手指微抬翘笔的小动作。

阳光明媚的下午,有点嘈杂的课间教室,叼着棒棒糖懒洋洋写字的男孩子。

林语惊眨眨眼,第一次在沈倦身上看到了某种名为少年感的东西。

她回过神来,清了清嗓子凑过去:"沈同学,吃了我的糖就代表原谅我了,咱们和好吧?"

沈倦看了她一眼:"就这个破玩意儿,"他咬着糖,声音有些含糊,"我替你抄了五百遍,你就一根放了一个礼拜的棒棒糖,打发要饭的?"

林语惊非常上道,迅速抬手:"三天早餐。"

沈倦没说话,笔下唰唰唰地继续写,嘴里的橘子硬糖咬碎了,嘎嘣嘎嘣的。

林语惊:"五天!"

沈倦把光秃秃的棒棒糖棍抽出来,抬手随意一丢,白色的小细棍从王一扬的脑袋顶上飞过,啪嗒一声掉进讲台旁边的垃圾桶里:"行吧。"

林语惊其实觉得无所谓,因为反正早餐无论送几天,沈倦早上都不会来上课。

结果这个人不仅来了,还连着一个礼拜都来了。

为了这顿早餐,沈老板每天风雨无阻,早上七点半准时出现在班级门口。经常是李林抄作业抄着一半他已经走过来了,阴影笼罩,李林一抬眼就看见校霸一张面无表情的脸。

就这么到了礼拜五,李林都快吓出失心疯了。但是每天看见大佬靠墙斜坐在那儿,嘴里叼着个甜豆浆,桌上还放着两个热腾腾的奶黄包时,他又觉得很神奇。

王恐龙在一周后的礼拜五那天,终于想起了自己罚沈倦抄欧姆定律一千遍的这个事,起因是沈同学在他课上睡觉。

沈倦睡起觉来非常投入,脸冲着墙,趴在桌子上,悄无声息。讲台上老师多响亮的演讲声,都没办法把他从睡神的怀抱里拉出来,一般没人叫他,他能睡一上午。

中午吃个饭,下午梦游似的听听课,放学,他小日子过得非常舒服。

从开学到现在,各科老师也都已经习惯了,安安静静、不扰乱课堂秩序就不错了,他睡觉老师一般都不管,只有刘福江还锲而不舍。

刘老师从教几十年,第一次当班主任。他坚定地相信自己能带出一个班的清华、北大学子,不放弃任何一个学生。

沈倦一睡觉,他就背着手站在他桌前,声音亲切,不紧不慢,甚至还很轻,生怕吓着他似的:"沈倦。"

"沈倦同学。"

"沈倦啊。"

"沈倦哪,起床啦,别睡了。"

"沈倦?"

什么时候叫起来什么时候算完。

除了他,也就剩下一个王恐龙。

王恐龙和刘福江简直像正负极,两个人非常互补。王恐龙语速快,脾气暴,你永远不知道他会在哪一秒突然发火。

"对了,昨天你们的作业我都看了啊,"王恐龙讲课讲到一半,捏着粉笔忽然回过头来,"电路图画得跟屎似的我就不多说了,马上月考了,你们考试的时候如果画成这样,我分全给你们扣了。尺有没有?都有没有?有,明天都拿尺给我画,没有尺的找我,我给你买。刚才讲到哪了?并联,并联电路——是使在构成并联的电路元件间电流有一条以上的,相互独立通路……"

王恐龙一顿,视线落在第一排靠墙边,角落里那颗黑漆漆的脑袋上,然后随手拿了黑板槽里的一截粉笔头丢了过去。

粉笔头砸在少年校服的袖子上,轻轻的、啪的一声。五秒后,沈倦一动不动。

教室里一片安静，所有人的视线都跟着看过去。

王恐龙捏着手里那根粉笔，嘎嘣嘎嘣地掰下来四五段，眯起一只眼睛来，大鹏展翅状甩了甩胳膊，他个子小，看着好像还不到一米七，扑腾起来像一只支棱着翅膀的老母鸡。老母鸡胳膊一甩，四截粉笔头啪啪啪啪接连朝着沈倦丢过去。

他浮夸的准备动作没有白做，扔得还挺准。

沈倦被连砸四下，终于慢吞吞地抬起头来："嗯？"

"嗯？嗯什么你嗯？"王恐龙站在讲台边瞪着眼，"沈倦我发现你挺有性格啊，你同桌是在旁边给你唱摇篮曲了？你睡得跟你自己家床上似的，欧姆定律抄了一千遍没记性？你给我说说，I等于什么？！"

林语惊悄悄地，把他抄了一千遍的那几张纸从一堆教材里抽出来，默默地放在他桌上。

但是社会哥太自信了，他看都没看一眼，拧着眉，眯着眼，眼角发红，一副明显还没清醒过来的样子，林语惊甚至觉得他根本没在听王恐龙到底问了些什么。

沈倦慢吞吞地直起身，往后一靠，瘫在椅子里，声音沙哑低沉，带着浓浓的睡意："3.1415926？"

王恐龙："……"

全班："……"

林语惊放下笔，由衷地想给她优秀的同桌鼓鼓掌。

人还知道圆周率呢！

还要什么自行车啊！！

我的同桌是多么地优秀！！！

放飞自我的结果，就是沈倦又被罚抄了一千遍欧姆定律。下课之前王恐龙还严肃地提醒他们：马上就要月考了，就他们现在这个学习状态，三十分都考不出来。

王恐龙说这话的时候，还特地看了一眼沈倦，表情很愁。

沈倦对此全无所知，懒懒散散地弓着个背，唰唰唰地抄着欧姆定律。

林语惊也愁，下课铃响起，她凑过去，真心实意地好奇："你欧姆定律抄了一千遍还没记住？"

沈倦打了个哈欠："我没听清他问什么。"

林语惊心说：兄弟你也太能吹了，你再没听清还能说出圆周率来？物理有 3.1415926 吗？

"行吧。"她干巴巴地说，"那你还行吗，再有一周要月考了。"

沈倦笔都没停，表情平静，举手投足之间散发出一种平静、淡然的自信："我物理还可以。"

林语惊："……"

你当初英语也是这么说的。

林语惊还欠着他一个回执的人情，想了想，她敲了敲桌边，忽然说道："你给我个手机号吧，或者加个 QQ、微信什么的。"

沈倦停下笔来，抬头看了她一眼，没说什么，直接掏出手机来，递给她。

他的手机没锁，密码都不用，滑开就是干干净净的桌面。林语惊加上他好友，把手机还给他，沈倦也没看。

下午的课都上完了，就剩下一节自习。林语惊用自习课把数学和物理作业写了，最后一道题写完，刚好放学。

周五的最后这一声下课铃太振奋人心，等她把卷子整理完，教室里人都已经走得差不多了。沈倦干脆自习课都没上，人早就走了。

林语惊看了一眼他摊开在桌面上的物理书，拿过来随手翻了翻，干干净净的，除了第一页签了个名以外，一个字都没有。

人情这个东西，早还早超生，越积越麻烦。

沈倦旷了个自习课回到工作室，和做满背的那个客户敲定了最终图案，一个个地约好了过来的时间，等全部都结束已经是晚上七点多，他晚饭都懒得吃，就开始继续睡。

他这段时间每天大概只睡了三个小时，他舅舅洛清河的这个文身工作室开了很多年，在业内其实也算小有名气，现在这地方归了沈倦，洛清河一辈子的心血，他不能让它垮了。

它从以前洛清河的信仰，到现在变成了沈倦的责任。

他舒舒服服地补了个觉,等再睁开眼睛,夜幕低垂,手机在茶几上嗡嗡地振动了两下,然后重新归于寂静。

沈倦缓了一会儿,抬手把手机摸过来,长久沉浸在黑夜里的眼睛突然看手机屏幕有点花,他眯起眼来,适应了光线后,看清屏幕上的字。

一条一分钟前、凌晨两点半发过来的信息。

沈倦第一眼看过去,差点以为有人给他发黄色小广告——

周末双休日

一个人的午夜寂寞难耐

更多激情尽在

小林教你学物理

后面跟着两个附件,一个 Word 格式,一个 PPT 格式。

——来自,某不愿意透露姓名、送温暖的小林。

沈倦:"……"

这位不愿意透露姓名、送温暖的小林,给他整理了两个复习资料发过来。文字版的 Word,还有个三十多页的 PPT,图文并茂,老师上课强调的重点、书上的知识点,一条一条,清晰易懂,后面还有针对知识点列出来的试题,每种题型两三道,附件的最后一页附带着这些题的正确答案。

沈倦用十分钟的时间看完了这两个附件里的内容,有些哑然。

凌晨两点半发过来的东西,还有一段堪比黄色小广告的台词。

他不知道她是不是弄这些东西就弄到了凌晨两点半。

沈倦觉得挺神奇的,就好像脑内开了一个模拟器一样的东西:林语惊这个人,从最开始第一眼见到她时的一个平面形象,一个纸片人似的印象,一点一点变得丰富起来。

她迅速自动建模、上色,从平面变成了 3D,整个人开始鲜活起来。

半个月前,她还是一个以为不会再见面的、丧得很不明显的颓废少女。

现在,沈倦不知道该怎么形容她,每一面都不一样,每一面都让人对她有了一个崭新的认识。就这么一个神奇的人,沈倦居然还奇异地觉得,她的每一种属性都融合得很和谐。

旧弄堂隔音很差，平时东门西户的声音都能传过来。凌晨两点多，万物寂静。

工作室里灯没开，窗外月光透过玻璃洒进来，光线幽微暗淡，隐约能够看得清窗口旁边的架子上摆着的一排排色料。

沈倦从沙发上爬起来，手臂撑在膝盖上，捏着手机就这么看了几分钟。

然后他垂下头笑了。

沈倦把手机随手扔在茶几上，直起身来，靠进沙发里，抬手搓了一下左眼，唇角的弧度一点一点往上扬，最后还是没忍住笑出了声。

安静的、空荡荡的工作室里，少年瘫坐在沙发上，捂着半张脸一个人笑，低低的笑声回荡着，有种说不出的惊悚。

也不知道为什么，他就是想笑，还停不下来，和何松南、王一扬他们混得时间太长，笑点和智商都变得越来越低，没救了。

沈倦觉得自己可能真是精神不太正常。

林语惊确实是整理知识点整理到凌晨两点半，发完以后，她困得眼睛都睁不开了，功成身退地拍了拍桌角，合上了物理书，觉得自己深藏功与名，心满意足地上床倒头就睡。

她觉得既然要做，那就走心一点，她也一直是这样的性格。王者林语惊，就算是复习资料，从她手里出去的也得是资料界的王者，拿出去最能打的那种。

而且就她优秀同桌的那个智商，欧姆定律抄一千遍都记不住，物理圆周率3.1415926的感人智商，林语惊觉得她不写得细致一点，她同桌可能根本不知道上面说了些什么。

于是她拿出刘福江讲课时的那种细致，甚至绞尽脑汁地分析了一下，这个年纪不爱学习的不良少年们最感兴趣的事情是什么。

林语惊想了想，给程轶发信息：**程总，你晚上一般看到什么样的消息会认真读？**

夜深人静的后半夜，程轶秒回：**美女出浴高清动图，激情澎湃黄色广告。**

林语惊也是这样觉得的。

她要是直接写个"高二物理选修电学知识点+试题详解",沈倦可能看都不会看一眼。

青春期嘛,一身熊熊燃烧、无处安放的荷尔蒙只能在午夜排解,她可以理解。

林语惊这个周末过得很平静,自从上次傅明修开车送她到学校去以后,两个人没再有过任何对话,甚至都没见过面。

林语惊也不知道上次他们之间的谈话到底算怎么回事,她当时没怎么藏着掖着,语气也算不上可爱。

但是傅明修的反应也让人很惊奇,甚至有种诡异的、向着妥协靠拢的趋势,让林语惊产生了一种"这人也许能好好相处"的错觉。

不过这种错觉一闪而逝,他的想法应该跟林语惊差不多:既然大家合不来,你不待见我,我也不待见你,那就干脆眼不见为净。

傅明修今年大二,开学以后住校,上周双休日也都在学校没回来,这个礼拜看来也是不打算回来了。估计大学生活很是丰富多彩。

周一那天早上,林语惊拖着个16寸小拉杆箱出来,然后把箱子塞进车后座。老李看着她欲言又止,不过最后还是没说什么,只叹了口气。

她上个礼拜一直都在学校宿舍住,就双休日回来。

林语惊本来就刚搬到这个城市来,几乎没什么东西,每个礼拜回来,就拖着个小箱子装个换洗的睡衣、内衣什么的。

孟伟国自从上次两个人通了个电话,不欢而散后再没消息,到现在也没回来。林语惊真心实意地希望他不要回来,她住校这件事,目前看来他还不知道,家里的用人也没跟他说,等他回来发现了肯定又是一阵血雨腥风,免不了要跟她吵一架。

到了学校,林语惊先回宿舍把箱子放下。周一的早上,大家还精力充沛,没被学习和卷子压垮脆弱又稚嫩的小心灵。李林甚至作业都做完了,早自习破天荒地没在抄作业,拿着手机跟班里的三个男生开黑。

其中一个男生,林语惊知道叫宋志明,也是一个平时很活泼,经常活泼着就活泼到了年级主任办公室里写检讨的选手。

林语惊对他的第一印象是刚开学那天，在刘福江说出"和你的同桌对视一分钟"这么智障的话的时候，这位宋志明选手是最热情配合的，第一时间含情脉脉地拉着他的同桌对视，一分钟过去了还依依不舍地送给他同桌一个飞吻，最后被他同桌按着揍了一顿，总之是 gay 里 gay 气的人。

周一的早自习时间，年级主任会拉着各科老师开个小会，一般不会过来。班级里乱哄哄的一片，干什么的都有，完全不担心老江突袭。

三个男生围在李林的座位旁边，宋志明就坐在林语惊那儿，见她进来，分出精力抬了抬头："林同学，你等一会儿啊，我们打完这把就给你让位置。"

他一边说着，一边从林语惊的座位上站起来，然后站在桌边继续打。

林语惊："……"

他嘴上这么说，身体还格外地诚实。

林语惊把书包放好坐下，有点好奇："你们玩的什么游戏啊？"

"新出的，狙击类的那种。"宋志明头都没抬，他戴着一边耳机，另一边的耳机耷拉下来，"你玩不玩？"

林语惊眨眨眼："我没玩过。"

"没事，我教你。"宋志明十分大方，二话不说就把自己的手机塞进林语惊手里，撑着桌子俯下身，指着屏幕给她讲，"也不是很难，手机比电脑简单多了。你看，这边，这个是开枪的，点这个往前走……"

沈倦是在早自习临结束还有十分钟的时候来的。

他一进门就看见他那个位置的过道围满了人，他的同桌正转着身子，手里拿着个手机，和旁边几个男生打手游打得火热。

她旁边的一个男孩子似乎是在教她玩，单手撑着桌子站在她旁边，弓着背，低着头。两个人靠得很近，男生的胳膊时不时地擦着她耳边，点在她手里的手机屏幕上："哎，这儿有个人，看见了吗？开镜，对着他的脑瓜门崩一枪。"

林语惊照做，中间的红准心对准那人脑袋，突突突就是一梭子子弹下去，结果那人完好无损站在那儿，一枪都没中。

男生"哎呀"了一声，手自然地搭在她的肩膀上："没事，第一次玩都这样。我教你,你这枪得压枪,压枪就是你想打他脑袋的时候……"他一边说着,一边往下低头,手指滑着屏幕演示。

沈倦站在门口,看着俩人这脑袋越靠越近、越靠越近、越靠越近。

沈倦走过去,站在林语惊旁边,抬手,指尖轻轻敲了敲桌边。

他一过来,周围气压瞬间就低了。宋志明手一抖,准星往旁边滑了下,一枪又打歪了,被瞄准的那个人听到这边枪声后,马上架枪秒过来,砰的一声把林语惊爆了头。

林语惊"啊"了一声,不开心地皱了一下鼻子,站起来给沈倦让位置,把手机还给宋志明,跟他道了谢。

"没事,多玩玩就好了。"宋志明笑嘻嘻地说,"加个好友?以后我们开黑叫着你。"

"行啊。"林语惊说。

俩人挺开心地加了个好友,林语惊在座位上坐下,转过身来,给宋志明加了个备注。

她一抬头,看见沈倦侧着身坐在那儿,面无表情地随手翻着书。

"同桌,早啊!早饭吃了吗?"林语惊心情挺好地和他打招呼。

沈倦没理她。

林语惊现在跟沈倦已经挺熟了,好像从那次去他工作室吃了顿火锅开始,两个人的关系就慢慢好了起来,有时候还会聊聊天。

不过大佬总有点自己的小个性,可能早上起太早了不太爽,林语惊也没在意,翻开第一节课要用的书看。

过了五六分钟,沈倦突然啪的一声把书合上,抬眼看她:"你挺喜欢打游戏的?"

"啊?"林语惊抬起头来,"没,我不怎么玩。"

"以后也别玩了,"沈倦语气不怎么好,"你那个技术,多玩两把游戏商都得被你气破产。"

"……"

林语惊听出来了,今天大佬的心情确实不怎么好,难道是学了一个周末的物理没什么进展,被电学难住了?

她回忆了一下自己给他出的那些练习题,都不难啊,挺基础的。

天妒英才林语惊,总不可能十全十美。

林语惊很淡定地想:而且我,一个善良的人,当然得给别人留条活路。

"对了,你周末学习了吗?"林语惊问。

沈倦:"没有。"

林语惊不死心,她写到凌晨两点半的资料呢:"物理呢?"

"没有,"沈倦面无表情地说,"我没跟你说过?我们社会哥从来不学习。"

"……"

林语惊其实很烦有人跟她摆冷脸,不管你由于什么原因抽风,心情不好,跟我又没关系。

这种人一般到她这儿,就是你跟我冷,我比你还冷,换了别人她这时候大概理都不会理,你自己一边冷去吧。

她努力搜刮出她最后的耐心来,也面无表情:"谁知道你说没说过,无所谓的事我从来不记着。"

沈倦一顿,看了她一眼。

小姑娘眼神冷飕飕的,话里已经开始有点小情绪了,这是要参毛。

他再不顺着毛捋一捋,小姑娘可能今天一整天都不会再搭理他。

他叹了口气:"看了,我同桌凌晨两点半给我发了个复习资料,我认真地看了一个周末。"

林语惊瞥他一眼,纠正道:"是不愿意透露姓名的送温暖小林。"

沈倦:"……"行吧。

沈倦耐着性子:"这位不愿意透露姓名的小林还给我发了个黄色广告,我差点当成垃圾信息过滤了。"

林语惊笑了两声,趴在桌子上看着他:"你这就虚伪了吧沈同学?我觉得人与人之间还是要坦诚,要不是那个信息长得像个黄色广告你会看吗?你们男生不就喜欢这种东西吗?"

沈倦扬眉:"你从哪儿听来的我们男生就喜欢这种东西?"

林语惊:"这还用从哪儿听吗?我就给你发成这样,你不是老老实实看了吗?还认认真真地看了一个周末停都停不下来,我要是给你发《高二物理选修电学知识点+试题详解》你会点开?"

"感谢我吧,沈倦同学。"林语惊叹息道,"感谢你的同桌,为了你熬夜到凌晨两点半,绞尽脑汁的奇思妙想,成功地让你记住了初中生都知道不等于3.1415926的欧姆定律,使你的物理成绩离三十分又近了一步。"

沈倦安静了几秒,没说话,缓慢地勾起唇角:"不愿意透露姓名的送温暖小林?嗯?"

林语惊:"……"聊着聊着就被他套路进去了。

虽然是这种你知我知大家心知肚明的小马甲,但它也是个货真价实的小马甲!

林语惊叹了一口气:"沈同学,你这样让我很难做,"她压低了声音说,"我做好事从来都不愿意留下姓名的。"

她话说完,安静了两秒,沈倦忽然笑了。

他的声音比起同龄人来偏沉一些,笑起来会更低,少了点少年感,多了种磁性的性感。

沈倦垂下眼,低笑着舔了舔唇,然后直了身子,抬手按在她的发顶,轻轻揉了两下,身子凑近了点,声音低低淡淡地响在耳边:"小林老师辛苦了。"

第七章
大佬考场秀恩爱

八中的月考在国庆之后,国庆法定七天假回来,到校第一天直接考试,所以这周的课是连着上七天,串休。

刘福江这个消息一宣布出来,所有人都一阵欢呼,欢呼完,才开始发愁。李林捏着他的校服领子在后面大喘气:"我觉得我快不行了,上个五天课我都感觉自己快要窒息了,五天已经是我能接受的、最高强度的授课时限。"

林语惊倒是没什么感觉,比起双休日回去,她更想待在学校里。她甚至已经开始琢磨着国庆能不能也不回去了,就说自己要准备月考。

下午自习课的时候,林语惊背完英语单词,收到了宋志明的热情邀请,这人给她发了个哈士奇蹦迪的表情,后面还附赠了一个黑人飞吻的动图,问:小姐姐,开黑吗?

林语惊觉得这个人真挺勇敢的,她早上玩得菜成那样了,他竟然还有勇气叫她开黑。

她看了一眼还没写完的作业卷子,没剩几张了。她放下笔,发了个"好啊"过去。

没两分钟,李林在后面轻轻戳了戳她的肩膀:"哎,林语惊,你跟我们一起啊,到时候你跟着我走。"

沈倦侧过头来。

林语惊笑了:"几个人啊。"

"算你三个。一个队一般四个,没事,到时候随便找个野人凑一下。你跟着我,我来教你,宋志明离太远,说话不方便。"李林说。

林语惊点了点头,侧身抬眼,对上沈倦的视线。

她同桌眼都不眨地看着她,眼神很平静,但是平静中又透露出了一股不屑,好像在说"希望你心里有点数"。

"……"

林语惊心里还挺委屈的。

这人怎么可能十全十美呢?

她已经这么优秀了,游戏打得差点又怎么了?

她叹了口气:"你们找野人的话我就不玩了吧,我玩得太菜了,同学还好点,到时候坑了野人被骂不太好。"

李林摆摆手:"没事啊,有人骂你我们帮你骂回来。咱们三个人呢,怕什么?坑的就是他。"

林语惊还想说些什么,沈倦忽然问:"什么游戏?"

李林静止了,脖子像是上了线的木偶,一帧一帧地转过头来,说了个游戏名:"就,打枪的。"

林语惊觉得有点好笑,她甚至都能感觉到李林的紧张。

开学后,前后桌坐了这么久,这好像是沈倦第一次跟他们说话。

沈倦点点头,又继续道:"你们少个人?"

李林机械状:"啊……对。"

"我来。"沈倦说。

林语惊扬了扬眉。

李林下巴都快脱臼了。

后来,李林每次回忆起来,都忍不住感慨,这简直是他人生中最刻骨铭心的一战。

校霸沈倦,这位拥有无数传奇故事,并且有差点把他前同桌给打死且实锤的八中大佬;一个背影都让他不敢说话,每天活在阴影中的大佬,在自习课上,发出和他组队打游戏的请求。

林语惊没玩过这个游戏,沈倦也没玩过。俩人转过身来,连着李林的无限流量热点下完了游戏后,围坐在一起开了个队,林语惊看了一眼沈倦的ID:JYZJBD。

她再往下看了一眼,这人刚下的游戏,就已经给自己配好了签名——一个低调的神射手。

林语惊："……"

只有在这种时候,林语惊才能感受到沈倦那股藏得很深的中二少年之魂。

李林一个人给他们两个人讲,林语惊毕竟早自习的时候已经玩过了,知道怎么开枪、怎么走,她就是枪法比较菜,眼神也有点不太好使,她都快死了也没看见对面打她的人在哪儿。沈倦是刚上手,所以李林看起来像是在对他进行一对一辅导。

"这是什么?"沈倦问。

"换换换换换枪的,"李林结结巴巴地说,"旁边那个上子弹。"

沈倦掀了掀眼皮子,看了他一眼:"你哆嗦什么?"

李林心里咆哮着:老子害怕你啊!!万一你游戏打得太菜了,被人虐得心情不爽,揍我一顿出气呢!!!

"没……"李林小声说,"我有点冷。"

林语惊在旁边扑哧一声笑出来,凑过去小声说:"同桌,你的表情一直这么酷,有点吓人。"

沈倦看了她一眼,也凑过去低声说:"我吓着他了?"

林语惊点了点头。

沈倦扬眉:"那你怎么不怕我,还敢跟我坐一起?"

"怕啊,"林语惊说,"但是怕没用,总要有人站出来牺牲的,我不入地狱,谁入地狱?我,天生就是那个要被命运虐待的幸运儿。"

"……"

沈倦"呵"了一声,直起身来,眉眼淡淡的,没什么情绪。

李林一抖,下意识地往后蹭了蹭。

沈倦看着林语惊:"我虐待你了吗?"

林语惊摇了摇头:"没有。"

"我对你不好?"沈倦问。

"好,"林语惊真诚地说,"你对我犹如春风般温暖,再没有第二个人对我这么好了。"

李林:"……"

沈倦："……"

没法聊了，这丫头说话太气人了。

她那张纯真无害的脸，然后小狐狸眼眨巴眨巴地看着你，说出来的话却让人的火噌噌往上蹿。

可是人家说错什么了吗？骂你了吗？

没有。人夸你呢，说你对人"春风般温暖"。

这火发不出来，堵在那儿让人又无奈又好笑。

沈倦把手机往桌上一丢，啪嗒一声，他眯起眼来，看着林语惊。

李林闭上眼睛，等待着即将到来的校霸之怒、血雨腥风。

十秒钟后，一片平静。

李林睁开眼睛，看见校霸无奈地叹了口气。

校霸竟然只是叹了口气，然后重新拿起手机来，跟没事人一样问他："这游戏的配件是自动装的？"

李林都没反应过来："啊？"

李林："啊……自动的，不过你可以自己换配件。"

沈倦在摸上这个游戏的五分钟后，拿到了第一个人头。

林语惊跟他站在一块，都没看见人在哪儿。

李林还在旁边跟沈倦说："哎你这把枪后坐力大，我教你怎么压——"然后就看见沈倦架枪往那一趴，砰的就是一枪，爆了个头。

这一枪开门红，紧接着这人就跟点了火的炮仗似的，砰砰砰砰，一个接一个地爆，进决赛圈的时候，JYZJBD的人头都已经两位数了。

最后他们拿了个红红火火的第一名，林语惊这一路上都没开几枪，完全躺赢。

游戏结束，宋志明在教室的另一头一跃而起。他坐在靠窗那边的倒数第二排，和他的队友们完全是个对角，看不见这边的情况。

"大李！这野人有点强啊！王者段位的大佬吧？"宋志明隔着整个教室的同学，朝李林高声喊道，"赶紧加个好友以后一起玩啊！"

李林："……"

李林一脸一言难尽的表情，不知道该怎么跟他解释，这位王者段位的大佬二十分钟前还在下载游戏。

他悄悄地看了一眼沈倦。

大佬侧身坐在那儿看着手机，神情漠然。李林仿佛看见了大佬脸上写满了"随便杀杀就赢了""这什么智障游戏""好无聊""这游戏到底有什么好玩的"。

但是也仅仅是这样而已，看起来他甚至没有不耐烦之类的情绪。

李林又想起了刚刚校霸那声无奈的叹息。

他拿着手机埋下头，给宋志明发消息：你有没有觉得，沈倦没有传说中的那么恐怖，而且好像还挺温柔的？

宋志明在教室另一头，催促他赶快加那个大佬好友、抱大腿的呐喊瞬间就没了，他发了一条消息过来：谁温柔？你脑子有泡吧？

沈倦的耐心确实只能勉强支撑他打完这一局，结束以后的第一个动作就是卸载 App，林语惊也不想玩了，在这个枪与炮的世界里，她感受不到丝毫游戏的乐趣，只有一种被慢慢凌迟的屈辱感，好像她是一个瞎子。

她再也不想碰这个游戏。

两人双双卸载了 App，在卸载之前林语惊又看了一眼，沈倦还不忘把签名上那个"一个低调的神射手"换了，现在是"随便杀杀就赢了"。

"……"林语惊没忍住翻了个白眼。

没见过这么骚的人。

自习课也差不多要结束了，她转过头来，看着沈倦。

沈倦注意到她的视线，也转过头来，微微低头："怎么了？"

"你就承认了吧，你肯定不是第一次玩。"林语惊面无表情地说。

没想到他竟然大大方方地承认了："枪不是第一次玩。"

林语惊想说：我就知道！你看你承认了吧！

等反应了几秒，她觉得有哪里不对，"啊"了一声。

"喜欢玩这个？"沈倦漫不经心地说，"喜欢，哪天带你去玩真的。"

哇。

林语惊顿时就觉得自己曾经中二时期，自以为很社会的那些年，实在是太小儿科了，最严重的也只摸过棍子什么的。

现在沈倦直接把冷兵器上升到热兵器了，我们社会哥就是不一样！！！

沈倦这个"哪天"可能要一竿子支到八百年后了，林语惊隔天就把这事忘了，近在眼前的是十一长假过后的月考，高二开学以来的第一个月考。

林语惊本来以为，这个班的人就算再不爱学习，多多少少也会有一些临时抱佛脚的举动。结果几天观察下来，她发现学习的人好像还是那些。班里中游的学生，例如李林之流，只是比之前会稍微认真一点写作业。

十班之所以没有老师愿意带，最后临时拉来了从没当过班主任的刘福江是有原因的。虽然说除了竞赛班和一班实验班以外，其他班并没有按照成绩分班这么一说，但是也不知道是不是因为这妙不可言的缘，作为理科班里的最后一个班级，整个年级的差生有三分之一都在十班。

这就导致当刘福江拿来考场座位号名单的时候，林语惊发现，倒数后面三个考场里她们班有一半人。

所以大家还都挺高兴的，考场里全是自己人，想要做点啥，这样那样的事就更方便了。

虽然林语惊也不明白一个考场里的人，水平也都差不多，互相抄能抄出什么花样来。

李林在倒数第三个考场，看到考场名单的时候他一阵狂喜："我上学期期末考发挥这么出色的吗？我就说，一般关键性的考试我都能超常发挥，大赛型李林选手。"

林语惊："……"

以前一直读实验班、回回考试都在第一考场的林语惊选手，并不能理解他这种欣喜若狂。

她默默地转过头来，一抬眼又对上沈倦的视线。

沈倦垂着眼，沉默地看着她。

林语惊又看了一眼座位表，月考考场是按照高一最后一场期末考试的成绩分的。林语惊没成绩，沈倦是休学回来的，也没有。所以他俩都在最后一个考场，考场座位蛇形排列，两个人并排，坐在最后一排，左右挨着。

林语惊总觉得在他的视线里读出了什么暗示的意思。

"沈同学，"林语惊掂酌着怎么说能更委婉一点，她想了想慢吞吞地说道，"考试其实不是那么重要的事，它也只是一个查缺补漏的步骤而已。就，还是要拿出自己的真实成绩，这样才能知道哪里不足，你说是不是？"

沈倦没说话，看着她的眼神很一言难尽，像是看着一个傻子。

"在小林老师的帮助下，我觉得你物理至少能拿个四十分的，"林语惊鼓励他，"加油。"

月考就安排在国庆之后，最后一节课下课，所有人都撒了欢，恨不得一路狂奔出校门，一个猛子就扎进家里。只有林语惊坐在座位上，悠长、悠长地叹了口气。

沈倦这个礼拜难得上全了每一节课，应该说是这人开学以来第一次，一个礼拜一堂课都没旷，连自习都上满了。

下课放学，他背着他空空如也的书包站起来，坐在桌边饶有兴趣地看着愁眉苦脸的林语惊："怎么了？"

"我不想放假，"林语惊耷拉着眼皮，叹气道，"我想学习，就不能一直学习吗？学习是多美好的事啊。"

"……"

沈倦一时间竟然不知道该怎么回答，他从来没见过自觉意识这么超前的高中生。

沈倦看着浑身上下都很丧、从脚底板到头发丝都写满了不高兴的少女，安静了一会儿，缓声问："你是想学习，还是不想回家？"

林语惊再叹："不想回家。"

"嗯？"沈倦问，"怎么不想回家？"

林语惊第三次叹了口气，刚要说话，人一顿，安静了几秒，抬起头来去看身边的少年。

沈倦坐在课桌桌边上，靠着墙，仰着下巴，睫毛低低地垂着，手里捏着手机漫不经心地把玩。

她最近跟沈倦走得有点太近了，近到她在跟他对话的时候，连这种最基本的防范意识都不知道什么时候消失掉了，这个过程太自然，自然到她都没意识到。

"因为我家住在魔仙堡，回家会被抓起来强行练习魔法。"林语惊随口胡扯。

沈倦没说话，定定地看了她几秒，勾唇笑了笑，微微向前倾身，抬手用手里的手机轻轻敲了敲她的脑袋："走了，小同桌。"

林语惊下意识地捂了下被他用手机敲过的地方，看见他站起身来，打了个哈欠往教室外走。

林语惊翻了个白眼，低头也开始收拾东西。

沈倦走到门口，忽然停下脚步，回过头来："对了。"

林语惊抬头："嗯？"

"我十一都在工作室。"沈倦说。

"啊，"林语惊很茫然，不明白他跟她说这个干什么，只能接道，"不出去玩？"

"没什么好玩的，"沈倦垂了垂眼，淡淡道，"无聊的时候可以到我那儿坐坐，我都在。"

"……"

林语惊不知道是不是自己太敏感了，总觉得他这句话的意思是"你没地方可去的时候，可以到我那儿去"。

沈倦这个人，虽然看着每天都吊儿郎当的，对什么事情都不走心，但是他绝对是一个很细腻的人。林语惊刚刚那一句"不想回家"带了太多的个人情绪在里面，他一定听出来了。

之前在7-11便利店门口，第二次见面，林语惊就发现了这点。

这个打起架来非常阴戾、凶残的社会哥，有那么一点点很不符合他人设的、藏得很深的、原则性的小温柔。

比如说，他们两伙人干架，他会不愿意让无辜的吃瓜群众——林语惊小朋友被牵扯进来，很自然地帮她挡了一挡。

比如说，他会注意到无辜的吃瓜群众饭团掉了，买一个赔给她。

再比如，他那天吃火锅的时候，一定是看出了她那一点点小小的、对他们的防备和犹豫，所以他扣了她的杯子，帮她拿了可乐。

这种无意识的、细腻的小温柔是从骨子里透出来的，是一个人的教养和家教的体现，是一种潜移默化的影响。他一定有一个很幸福的家庭，或者是从小在一个很温柔、疼爱他的人身边长大。

林语惊将手里整理了一半的书放下，靠坐进椅子里，叹了口气。

"真好，"她小声地自言自语，"有人疼真好。"

班里的人都已经走光了，只剩下她自己，整层楼都安安静静的。

教学楼外的操场上，偶尔有零星的几个学生穿过。顺着窗口往外，能够远远看见高三所在的北楼教室里亮着灯，像是一个个被切割开的、小小的明亮色块。

空荡荡的教室，空气中带着油墨书香，和一点点寂寞的味道。

上了一整天课，稍微有一点视疲劳，林语惊垂下头揉了下眼睛，低低的呢喃声融化在安静的空气中："我也想要。"

林语惊这个十一过得也很平静，虽然沈倦说了可以去他的工作室坐坐，但是她没打算真的就去。

人家忙不忙、是不是随口一说还不知道，主要是十一过了就要月考。林语惊第一次在这个学校考试，不知道八中的考试大概是个什么难度，也不知道浑浑噩噩过了一个假期，自己的智商和水平有没有退化，所以她还是老老实实地在家里看了几天书。

傅明修终于舍得从学校回来了，林语惊放学到家的时候他已经在家了，人正在客厅沙发上坐着玩手机，听见她回来的声音都没往这边看，脸上堆满了不在乎的表情，却怎么看怎么显得僵硬。

林语惊看这人明显不想看到自己的样子，在打招呼和不打招呼之间犹豫了几秒，最终选择顺了他的心意，有点儿眼力见儿，不要有任何对话，就准备上楼去。

自从上次的事情以后，她对傅明修的心情有点复杂。

林语惊一直是一个不惧怕任何恶意或者敌意的人，但是如果这种敌意里突然掺杂了点善意，她会有种很没底的不确定感。

结果她刚往前走了几步,傅明修突然抬起头来,皱着眉看她:"你没看见我?"

"……"林语惊说,"看见了。"

傅明修的眉间距都快被他给皱没了:"那你跟没看见似的?"

"……"

林语惊突然觉得,关向梅这么多年应该也挺不容易的,她这个儿子可真是奇葩,明明长得挺爷们儿的,内心戏却丰富得像个小公主。

行吧,惊爷惯着你。

林语惊打了声招呼,不怎么想跟他一般见识,耐心地问:"哥哥还有什么事?"

傅明修看着她,一脸"我有话说"的样子,就这么僵硬了十秒,一个字都没说出来。

林语惊转身准备上楼,结果刚走到楼梯口,又被叫住了:"等等。"

"……"

林语惊站在原地磨了一下牙,长出了口气,转过身来。

傅明修看着她:"你不要以为我接受你了,也最好不要动什么歪心思。"

林语惊看着这人抽风一样,差点没忍住笑了,她由衷地想让他去看看精神科什么的,是不是最近继父带着女儿进门给他的压力太大了,导致他精神出了什么问题。

"什么歪心思?"林语惊问。

"傅家的公司,你们想都别想。"傅明修阴沉着脸。

林语惊笑了。

少女身上还穿着校服,背着个书包又拖了个小箱子,漂亮的狐狸眼笑起来弯弯的,非常讨喜。

"哥哥放心,你们家的公司我肯定不会想,我要个公司干什么?每天早出晚归累得像狗一样。给你,都给你,你负责赚钱,"林语惊指着他,又指指自己,"我负责没钱了就跟你要,毕竟兄妹嘛,还是要互补一点的。"

"……"傅明修难以置信地看着她。

林语惊朝他打了个响指,一蹦一跳地哼着小曲上楼了,留下傅明修一个人站在原地,瞪着她的背影,一脸吃了屎的表情。

月考那天,林语惊起了个大早。

考试本来不用到校那么早,不过刘福江是第一次体验自己班级的第一次正式考试,他心里很激动,激动之余还有点不安。所以他前一天晚上提前在班级群里说,让大家和平时一个时间到校,他要在考前再给大家讲十分钟的生物。

他说完这句话以后,原本热闹非凡的、充斥着"哎新出的那个游戏你们玩了吗""昨天晚上下了,玩了十分钟删了,我晕3D""K家是不是出秋冬新款了""我看了,撞色撞得贼丑""比赛开始了兄弟,今天'异地鸭'首战啊兄弟们,看不看啊"等等,反正除了学习以外什么话题都有的班级群,一瞬间陷入了死一般的寂静,好像这个群是一个八百年没人冒过泡的死群一样。

林语惊当时就挺好奇,到时候周一早上他们班到底能来几个人。

林语惊到学校门口先去食堂买了个早点,她还特地买了两袋豆浆,其中一袋核桃味的。毕竟是考试,小林老师非常有师生爱地买给她唯一的学生沈倦,想让他补补脑。

不然物理考不到四十分可咋整啊,那不是砸她招牌吗?

到教室的时候刘福江正精神饱满地站在讲台前,下面掰着手指头数都能数得过来的人数,不到十个人的考前辅导现场,丝毫没能影响刘福江的积极性,看见林语惊的时候他露出了发自内心的笑容:"好,林语惊也来了。同学们,咱们一共九个人,这叫什么啊?这叫小班化教学,这种教学质量是非常高的,你看隔壁十九中,就那个私立贵族学校,人家现在全是小班化授课,效果特别好——"

林语惊:"……"

刘福江大概用了七分钟的时间,表扬了一下在座九位同学的学习积极性,剩下三分钟的时间讲了一道生物大题。然后这个小班化教学的、临时精英九人组原地解散,众人开始搬开桌椅,准备布置考场。

最后一个考场在一楼,文科班的教室。文科班的教室气氛,一进去就感觉跟理科班不太一样，教室后方的黑板报弄得精致漂亮，密密麻麻的全是字和画，一看就是用心准备的。

正前方的黑板上挂着一幅大大的毛笔字，非常潇洒漂亮的字体——今日长缨在手，何时缚住苍龙。

林语惊回忆了一下他们班的黑板报，只有李林用白色粉笔横过来写的几个大字——春秋请喝菊花茶，清热解毒又败火。最下面他还用黄色的粉笔画了一朵小菊花。

十四个字和一朵花，占满了整整一张大黑板，让他们班毫无悬念地取得了当月年级黑板报大赛倒数第一名的好成绩。

考试这天学校不强制学生穿校服，所以大家基本都穿自己的衣服来，在学校的日子里也就只有这种日子能不穿校服，所以大家都放飞自我了。尤其最后一个考场，穿什么的都有。

林语惊前面的那个女生还穿了个蕾丝网袜，那女生坐下以后脱了长袖外套，里面是一件小吊带。十月的天气已经转凉了，教室里比外面温度要更低一些，林语惊看着她都觉得冷。

临近考试前的十分钟，沈倦出现在教室门口，乱哄哄的考场安静了一瞬。

林语惊抬起头来，沈倦白卫衣、黑牛仔裤，牛仔裤裹着的腿又长又直，连帽的卫衣就是最简单的款，上面什么图案都没有，一片雪白。和考场里皮夹克、机车服的酷哥们一比，沈倦简直是太青春少年了。

但这人的气质一点都不少年，穿个如此简单的白卫衣，都能穿出点漫不经心的骚来。

林语惊也不知道为什么。

可能是因为倦爷厉害吧。

大佬不仅在年级里，在学校里也是很有排面的人物。

他极其自然地接受着一众注目礼，这人考试连支笔都没拿，空着手，耷拉着眼皮一脸冷淡地走到最后一排，表情看起来非常的冷酷，很符合他校霸的人物形象。

但是林语惊知道，他只是起太早了，现在还有点困，人比较迷糊。

平时第一节课他一般会趴在桌上补个觉,但是今天是考试,他没法补。

林语惊把那袋加了核桃碎的豆浆递给他。八中食堂卖的豆浆包装跟吸吸果冻似的,盖子有时候会非常紧。林语惊早上喜欢喝豆浆,偶尔拧不开的时候会让沈倦帮她开一下。

于是沈倦就眯着眼接过豆浆,都没怎么看,无比自然地拧开以后,无比自然地放在她桌上,然后在旁边坐下,懒洋洋地打了个哈欠。

最后一个考场的吃瓜群众们:??

林语惊也无比自然地道了声谢,接过来以后吸了两口,吸到了一嘴核桃味,还有核桃渣。

她才反应过来,"啊"了一声,把咬着的豆浆吸嘴从嘴里拽出来,转过头来看着他:"我这个是给你买的。"

沈倦也"啊"了一声,声音困倦、微哑,往桌上一趴:"那放那儿吧,我等会儿喝。"

林语惊:"……"

最后一个考场的吃瓜群众们:?!

前排穿蕾丝网袜的女生飞速转过身来低下头,掏出手机啪啪啪打字:我好像不小心撞见了大佬的奸情。

蕾丝网袜:我,从初中到高中,在最后一个考场考试了这么多年,从来没有见过这么劲爆的考场秀恩爱现场。就咱们学校那个大佬,沈倦你知道吧?把他同桌打成植物人休学了的那个沈倦,现在不是也高二了吗,然后这次考试我们俩一个考场。

朋友:等会儿,不是差点把他同桌打死吗?

蕾丝网袜:打死和打成植物人有什么区别?但是这个是重点吗?你能不能不要打断我说话?

朋友:行,你说。

蕾丝网袜:反正就是那个沈倦。他刚才,给一个女、生、开、豆、浆!

朋友:……

蕾丝网袜:开完那小姐姐喝了两口,说是给、他、买、的!!

朋友:……

蕾丝网袜：大佬很淡定地说"那放那儿吧，我等会儿喝"。

朋友：……

考场里监考老师还没来，原本所有人都应该抓紧最后的时间准备小抄，也有些人干脆放弃治疗了，往那儿一趴开始玩手机，连作弊的意思看起来都没有。

蕾丝网袜却趁着监考老师没来收手机的最后一段时间，跟她的朋友疯狂吐槽：你这是什么反应，你不觉得很恐怖吗？那个沈倦，竟然能找到对象。

朋友：人怎么找不到对象？人长那么帅，那么那么帅。

朋友：而且拧个豆浆就是奸情了？

蕾丝网袜：帅是帅，但我还是害怕，我怕跟他谈恋爱，他一生气直接把我抡到墙上按着揍。

蕾丝网袜：你没在现场你不知道，大佬那个拧豆浆的动作有多么自然！！多么熟练！！！就好像他天天拧似的。眼睛都没眨，接过来就拧开了。

蕾丝网袜：还要小姐姐放那儿他等会儿喝！这不是间接性接吻吗！！

朋友：所以，大佬最后喝了吗？

蕾丝网袜默默地往后扭了扭身子。

林语惊翻了个白眼，完全没有理沈倦的打算，坐在后面咕咚咕咚喝掉了剩下的核桃豆浆，把空包装袋丢进了教室最后面角落的垃圾桶里。

蕾丝网袜："……"

蕾丝网袜默默地转过头来：没有，这小姐姐太酷了，她把豆浆自己喝完扔掉了。

朋友：她是无视了大佬的话，喝了豆浆，然后给扔了，最后还顽强地活下来了吗？那我开始相信你说的这个奸情了。

过了一分钟，朋友甩了一个贴吧帖子的链接过来：你就这么急切地去发帖子了？

林语惊不知道，最后一个考场上的血雨腥风已经通过手机这个东西，传播到每一个考场中了。她也没觉得所有人都往这边看有哪里不对劲。

大佬嘛，接受众人的注视也是理所当然的。

林语惊还记得沈倦第一次出现在十班教室门口的时候，整个班瞬间鸦雀无声，那个视觉效果比现在要震撼得多。

她咕咚咕咚地把那袋豆浆喝完，丢进垃圾桶里发出一声轻响。

沈倦耳朵动了动，抬起头来，看了她一眼："你喝光了？"

"嗯？"林语惊，"啊，喝光了啊。"

沈倦："不是给我的吗？"

"……"林语惊眼神奇异地看着他，"我喝过了，你还要吗？"

沈倦沉默地看了她五秒，慢吞吞地"啊"了一声，直起身来靠坐在椅子里。

他拧着眉，看着桌角缓了一会儿神，人看起来才算是清醒了。

考试的预备铃声响起，监考老师走进考场，收手机，催促考生把包都放在前面。

林语惊从书包里抽了两支笔出来，把包放到前面讲台上，回来本想给沈倦一支的，结果她拿着笔侧过头来，还没等开口，就见沈倦懒洋洋地打了个哈欠，身子缓缓地、缓缓地往左边倾了倾，从牛仔裤的口袋里抽了支笔出来，捏在手里转了两圈，他又往后靠了靠，不紧不慢地从卫衣口袋里抽出一张空白的、折了两折的演算纸。

"……"是个狠人。

考试的科目顺序都是按照高考来的，只不过时间上要比高考紧凑一点，上午语文、数学，下午文、理综和英语，每科中间有十五分钟的休息时间。

林语惊从来没有感受过最后一个考场的考试秩序，这次也算是长了见识。教室里甚至连写字的声音都不怎么有，监考老师一个坐在前面讲台上玩手机，另一个倒是很像模像样的，到处一圈一圈地转，只不过看起来人也很放空。

第一科考语文。坐在前面的，有一半倒是在奋笔疾书地写着，看起来像是还想挣扎一下，后面的很多干脆就选择放弃治疗了。

林语惊看到坐在自己斜前方的一个哥们儿，唰唰唰写上自己的大名，用三十秒的时间填完了所有的选择题，然后趴在桌上开始睡觉。他下笔行云流水、动作大开大合非常豪迈，让人想不注意到他都很难。

　　八中的月考题难度中规中矩，比起以前在附中的时候还是差了一些。林语惊做题很快，全部答完以后也懒得检查，这些题对她来说没什么难度。

　　她放下笔，身子往后靠了靠，扫了一眼坐在旁边的沈倦。

　　沈倦垂着头，正在不紧不慢地写作文，已经写了一半，林语惊一眼扫过去，看见了他填得密密麻麻的试卷。

　　林语惊扬了扬眉，本来以为他跟程轶一样，是考试也懒得写那么多字的类型。

　　林语惊的发小三人组里，陆嘉珩是成绩正经还不错的，程轶则满足了他这个年龄段差生身上的所有条件，如果说他现在在八中，那么后排这些个穿着铆钉皮夹克、躺在桌上睡觉的大哥里一定有他一个。

　　这人是能少写一个字绝对不会多写，别的科目还好，但看到语文试卷上这种大面积的空白，他连标点符号都不会多写一个，经常是语文作文写个题目就算完了，敷衍都懒得敷衍。

　　附中管得挺严，有次被班主任、学科老师加上年级主任轮流炮轰，训了一顿以后，程轶终于开始写作文了。

　　他写对话：

　　"今天你吃了吗？"

　　"我吃了。"

　　"吃的什么？"

　　"吃得还挺好。"

　　他写一句话换一行，写一句话换一行。如此一来，一张空白的作文纸上，他很快就写到了八百字的标准线。

　　林语惊当时想说：我能有你这么机智的朋友可真的是三生有幸啊。

　　考试答完了可以提前交卷，林语惊觉得交了卷也没什么事情可做，还不能待在考场，干脆没交，就趴在桌上睡觉。

上午最后一科数学答完,她一抬头,看见沈倦果然暴露出了真面目。

这人卷子放在桌子上,上面横着一支笔,手揣在卫衣口袋里,吊儿郎当地往后仰坐在椅子里。铁皮腿的椅子,前面两根悬空,只后面两根着地,跟随着他的动作慢悠悠、一晃一晃的。

林语惊就生出了那么点想要踢上一脚的冲动。

她有点想看看校霸一屁股摔在地上是什么样,但是为了生命安全,想了想还是放弃了。

考试结束的铃声响起,监考老师过来收卷子。沈倦走得很快,起身就往前走。

林语惊坐在那里整理了一下桌子,把笔和演算纸放在一起,刚准备起身到前面去拿书包,书桌上落下一片阴影。

林语惊抬起头来。

沈倦拎着她的书包放在桌子上,靠着桌边站着:"一起吃个饭?"

林语惊看了他一眼。

沈倦一般中午都会跟高三那几个他以前的同学何松南他们一起吃,林语惊第一次收到同桌的午餐邀请,有点受宠若惊。

她想了想,认真地问:"你忘记带钱了吗?"

"……带了,"沈倦长出了口气,"不用你请,想吃什么,我请你。"

他这口气叹得很有内涵,林语惊没明白是什么意思,但是她忽然想起少年之前说过的那句"我收得不多,赚个生活费"。

林语惊觉得自己有点不忍心:一个靠文身赚生活费也要读书的、暑假打群架之余还不忘补作业的、平时一节课不听依然坚持着把试卷填满的、看起来不是那么富裕的校霸,她还要人家请客吃饭。

人学习态度多积极端正啊!人考试还带笔呢!!还带演算纸!!!

"不用,我请你吧。"林语惊连忙说,她把笔和纸塞进书包里站起来,拉上书包拉链,"你想吃什么?"

沈倦挑着眉看了她一会儿,也没拒绝,移开视线往外走:"没什么特别想吃的,随便吧。"

这段时间林语惊差不多也把学校附近的这些小饭馆吃了个遍,哪家味道好，哪家味道一般，哪家很干净，哪家一吃完马上拉肚子，她差不多一清二楚。第一次请同桌吃饭，她想表达出一点诚意。

两个人出了考场一边往外走，林语惊一边掰着手指头给他数："炒河粉，还有旁边那家牛肉面就算了，不太干净。火锅、烧烤味道有点大，而且时间来不及，你吃炒菜吗？"

"嗯，"沈倦看起来心情挺好，唇角略微弯了弯，人懒洋洋地说，"你随便，我都可以。"

确定了炒菜，两个人出了校门，林语惊也点了点头，抬起眼来："那……"

她顿了顿，话音忽然停下了。

校门口正对面街道上停着一辆熟悉的车——孟伟国的爱车，特地从帝都带到这边来的。

男人穿着一身休闲西装站在车边，面部棱角、轮廓深刻而英俊，岁月几乎没在他的身上留下什么痕迹，他看起来十分年轻，气质却沉稳出众，和他周围的高中生小屁孩形成了鲜明的对比。

不少女生从旁边过去，频频回头打量，然后又凑到一堆小声地笑。

校门口很拥挤，全都是刚考完试或者下课的学生挤着往外跑，林语惊忽然站在原地不动，后面的人不耐烦，推了她一下："走不走啊？"

沈倦抬了抬手，虚虚悬在她的背后，侧头往后扫了一眼。

后面那人是个个子很高的男生，对上沈倦的视线以后整个人缩了一下，蜷着手指收回手来。

林语惊忽然转过身来，二话不说就要往回走。

但是后面人太多，她的去路被堵了个严严实实。

她不耐烦地皱了下眉，整个人都带着一种沉闷的、压抑的烦躁，她忽然转过头来："改天吧，今天先不吃了。"

沈倦抬了抬眼："嗯？"

"今天就算了，"林语惊说，"改天我请你，你想吃什么都行，行吧？"

沈倦挑着眉："不行。"

林语惊深吸了口气："我今天不想吃饭了，我想回寝室复习，下午考理综，我没有把握，我改天请你吃好吃的，不会赖账的。"

沈倦直勾勾地看着她，漆黑的眼浓得像墨："今天，就是今天。"

林语惊差点想打人了，她不知道这个平时非常有眼力见儿、多余的问题绝对不多问她的一个人，今天为什么这么难缠。

校门口的人已经出去得差不多了，所有人都在往外走。

两个人就这么直挺挺地站在门口，其中一个还是个连传说都带着血腥气息的校霸，这就比较惹眼了。

林语惊往对面瞥了一眼，孟伟国靠车站着，已经往她这边看过来了。

她唰地转过身来，背对着校门，一把抓过沈倦胸口的卫衣布料，猛地往下一扯。沈倦猝不及防，被她拉得上半身压下来，脊背微弓，两个人瞬间拉近了距离，脑门儿差点撞到一起。

他微微眯了眯眼，有些错愕。

"沈同学，行行好。"林语惊放轻了嗓子，嘴唇就悬在他的脸侧，距离太近，沈倦甚至能看到她的睫毛轻轻抖了一下。

她动作明明凶得像是要打架，声音却是软的，压得很低，像是在服软，或者求饶："求你了。"

"……"

第八章
旋风少女撂大佬

　　林语惊目送沈倦一个人出了校门，一步一步朝孟伟国走过去。

　　孟伟国低着头皱着眉，心不在焉地看了一眼表，然后从口袋里抽出手机来，放在耳边。

　　林语惊知道他正在打电话给她，但是她的手机放在书包里，刚刚考试的时候关机了，现在还没开。

　　沈倦过了马路，走到孟伟国面前的时候，男人刚好放下手机，一脸不耐地抬起头来，随意扫了一眼，再次垂头看手机。

　　两个人擦肩而过，沈倦往饭店街的方向走了。

　　林语惊松了口气，转身往寝室楼走。

　　孟伟国回来得毫无预兆，不用想都知道他为什么会来。他回来以后发现林语惊没听他的话，私自搬出来住校了，怒不可遏，于是来找她，树立、加强、巩固一下他作为父亲的威严。

　　该来的总是得来，但林语惊一点也不想在学校门口，当着这么多人、当着沈倦的面和他吵架，或者单方面听他骂，她甚至不想让沈倦知道这人是她爸爸。

　　那画面想想都觉得毛骨悚然，有种一巴掌狠狠甩在她脸上的感觉。

　　中午的寝室楼里很安静，很少有人会在这个点回来，大家都去吃饭了，至少要十五分钟以后，才会有人回来补个午觉。

　　所以即使这栋楼隔音效果不太好也无所谓。

　　林语惊回了寝室，关上门，把书包摘下来放在椅子上，从里面翻出手机来，开机。

　　她把手机放在桌面上，站在桌边垂眼等了两分钟，手机铃声响起。

　　林语惊一接起来，孟伟国就劈头盖脸地问："你把我电话号码拉黑了？"

林语惊："……"您脑洞可真大。

"我今天月考，考试的时候手机都要关机。"林语惊说。

孟伟国应该还没走，那边的声音很嘈杂，他压着声音，听起来还挺平静的。

孟先生向来如此，在人前他得保持自己成熟稳重的绅士形象。

绅士沉默了几秒，才问："考得怎么样？"

"应该还行吧，题没什么难度。"林语惊随口说。

孟伟国那边传来砰的一声关车门的声音，然后噪音被隔绝开来，他应该是上车了。

"我现在在你们学校门口，你出来一下。不是，林语惊，你现在真是翅膀硬了，我说没说过不同意你住校？你当你爸在放屁是不是？"

林语惊扭头看着窗外，学生寝室离校门口那边有段距离，被绿化和图书馆、艺体楼挡着，把那边热热闹闹的声音隔绝了个彻底："没有，家里那边太远了，而且我同学都住校。"

"你现在出来。"孟伟国想要当面立威的意志非常坚定。

"我在帮我们班主任整理试卷，"林语惊盯着窗外树上的一片叶子，随口胡扯，"上午刚考完试，他要我帮他整理一下。"

"行，"孟伟国拍了两下方向盘，"今天晚上我让老李来接你，你给我滚回来，给我解释清楚你这个住校是怎么回事，你怎么想的。我跟你说的你听不明白是不是？你哥哥读高中的时候也上的八中，人家当时也没住校，也没说影响过学习，你怎么就这么多臭毛病？而且你这学校怎么回事？没有家长同意学校就敢让你住？你们班主任……"

"哥哥同意了的。"林语惊脑袋又开始突突突突、一跳一跳地疼，她用指关节揉了揉太阳穴，打断孟伟国，"我哥哥同意了，说让我住校，给我签了回执。"

孟伟国没反应过来："你哪个哥？"

林语惊觉得孟伟国这人真是有意思，虚伪得也太不专业了。

自己说的时候一口一个"你哥哥"，好像她跟傅明修是一对失散多年的亲兄妹。现在她说起来,他反而一时间都反应不过来。

林语惊笑着问:"我还有几个哥?"

孟伟国可能也意识到了自己有多可笑,咳了两声,又清了清嗓子:"反正你今天给我回家来。我告诉你,林语惊,你不用跟我玩叛逆,就算你不姓孟,你也是我女儿,我是你爸,你就得听我的。"

孟伟国把电话挂了。

林语惊手里抓着手机,面无表情地看着窗外,就这么站了半分钟,忽然觉得挺累的。

她长长地叹了口气,把手机放在桌面上,坐在书桌前抬手揉了揉眼睛,然后整个人趴下去,额头撞向桌面,轻轻的咚的一声。

过了一个月的舒服日子,她有点得意忘形了。

沈倦直到走进饭馆,点了一份炒河粉以后,才彻底回过神来。

饭店街就这么一条,巴掌大的地方,一到中午全是八中的学生。沈倦平时和何松南他们中午出来吃饭,偶尔也会看见林语惊,她几乎都是一个人。

后来她认识了徐如意,沈倦以为这回该有人和她一起吃饭了,结果某次中午看见她,她还是一个人。

沈倦这人不爱多管闲事,基本上有九成的事情在他这里都可以用四个字解决——关我屁事。

而且他其实本来觉得无所谓的,他也喜欢一个人待着、一个人吃饭,何松南他们实在吵,烦人得很。

但是女生好像不是这样的,她们喜欢成群结队,干什么都一起,连去个洗手间都要约一下,虽然沈倦也不知道这到底是为什么。

那天他们坐在饭馆的楼上,林语惊在楼下没看见他们,沈倦靠在二楼的栏杆上看了一会儿,看见她安安静静地坐在角落里吃炒河粉,偶尔看一下手机,无声无息的。

她旁边那桌是三个小姑娘,三个人边吃边小声说话,时不时说到什么就会笑成一团,看起来关系很好。

沈倦看着，突然就觉得有点烦。

别的小姑娘吃饭都是跟朋友一起，他同桌凭什么就得一个人？

他沈倦的同桌，凭什么就得安安静静地在角落里，像个被抛弃了的小猫似的一个人吃饭？

沈倦从角落里拽出了自己仅剩的一点同情心，决定陪他的同桌吃饭。

他其实觉得自己挺莫名其妙的，他看出来了林语惊的不愿意，她大概是突然想起了什么事，或者看见了什么，总之她当时非常不愿意跟他站在一起，她迫切地希望快点和他分开。

平时正常来说，沈倦应该问都不问直接走人了。

但是林语惊连委婉一下的意思都没有，就差在脸上写着"你赶紧滚"四个大字了。这突如其来的态度转变，让沈倦非常不爽。

她越急着试图藏起来什么，他越不爽，反而想看看她到底会怎么办。

你这不有毛病吗沈倦？

人不愿意告诉你的事，有自己的秘密，这多正常，多理所当然，你到底在那儿生什么闷气？

沈倦，你是不是有神经病？

他盯着面前摆着的那盘炒河粉，忽然想起刚刚少女扯着他的衣服往下拉，黑漆漆的狐狸眼盯着他，距离近得能感受到她浅浅的鼻息，还有那股很淡的、花香混着牛奶的味道。

她动作又急又猛，说出来的话却软得像在撒娇……

"……"

沈倦身体里的某根弦倏地绷紧了一瞬，脑海中的画面定格在少女颤抖的睫毛，和近在咫尺的嫣红唇瓣上。

沈倦后槽牙咬合了一下，低声说了句脏话。

一通电话打完，林语惊半点胃口都不剩，干脆也不打算吃饭了，直接定了闹钟，在寝室里睡了个午觉。

下午她提前二十分钟到考场，沈倦已经回来了，林语惊睡了一觉以后脑子冷静下来，觉得有点对不起大佬。

她刚才确实有点反应过激了。

林语惊叹了口气,坐到座位上去,偷偷瞥了沈倦一眼,从书包里拿出笔来,又偷偷瞥了他一眼。

大佬看上去面色平静,没什么不对劲的地方,大概是感受到了她偷偷摸摸的视线,侧过头来看着她。

林语惊跟他对视了几秒,舔了舔唇,开口:"那个……"

她中午睡了一觉,没说过话,声音却哑得她自己都吓了一跳。

她清了清嗓子,才继续道:"我今天真的不是赖账,改天请你吃好吃的吧。"

沈倦没答,看着她突然问道:"你中午吃什么了?"

林语惊眨眨眼:"嗯?"

沈倦微眯了下眼:"你没吃饭?"

"啊……我忘了,"林语惊真诚地说,"复习得太投入了。"

"……"

沈倦"啧"了一声,转过头去,不说话了。

他依然没什么表情的样子,整个人的气压又低了几度,唇角绷直,看起来非常不爽。

他不说话了,林语惊就转过头去,从书包里抽了化学书出来,随便翻了翻。

有沈倦在的教室一般纪律都挺好,这人在十班的时候很镇场子,到最后一个考场来,效果依然有,考场里没什么声音,也有可能是因为大家都在抓紧最后的时间做做小抄什么的。

大概安静了三分钟,沈倦突然站起身来。

铁皮的椅子腿与教室里的瓷砖地面摩擦,传来嘎吱一声,在安静的考场里显得悠长又刺耳,所有人都回头看过来。

林语惊也侧过头来。

沈倦没看她,站起来从后门径直出了考场。

他人一走,考场里的人唰的一下活跃了起来。这考场里十班的人不少,大家表示既茫然,又害怕,又激动。

大佬刚刚冷着脸出去，那个气势汹汹的架势，像是要出去干架。

"可能是临时收到了什么短信，有人欺负他小弟。"斜前面一个穿皮夹克的男生掏出手机，在屏幕上点着，"横坪路烧烤店门口，八人，速来——之类的，大哥接了消息直接就冲出去了，多么兄弟！"

"……"

这人说得还很起劲："说时迟那时快，正当王二狗被暴揍的时候，天上阴云密布，雷声滚滚，大佬一个DF二连闪现加疾跑出现在了王二狗身边……"

林语惊："……"

这皮夹克小哥跟说书的一样，说了差不多五分钟，嘴巴都没停，林语惊简直敬佩死了，程轶和李林估计都没他能说。

他朋友也很多，几个男生围在一块儿聊，中间还穿插着"哎，你物理抄不抄啊""抄啥啊抄，选择题抓个阄，剩下的随缘就完事了"之类的，终于出现了考场里该有的对话。

然后在某一个瞬间，转过身来和他聊天的朋友，脸上的笑容凝固了。

考场重新陷入一片寂静中。

皮夹克背对着门，还在说："大佬QERW一顿骚操作，对面死了一排，王二狗哭着对大佬说，您难道就是电一王者选手，路人王——沈……"

他朋友一脸绝望地看着他。

皮夹克意识到事情的不对劲，停下话头，回过头来，看见刚刚"QERW一顿骚操作"的大佬从后门进来了。

皮夹克："……"

皮夹克脸都白了，看着大佬手里提着一个塑料袋子，面无表情地走进来，一步一步地靠近，然后看都没看他一眼，走到最后一排靠墙的那张桌子前，把袋子放下了。

大佬打开塑料袋，从里面掏出了一盒牛奶。

然后又掏出一袋面包、两板巧克力、一个黄桃味道的果肉果冻，竟然还有一袋酒鬼花生米。

林语惊低着头，看着沈倦变魔术似的把吃的一样一样掏出来，放在她桌子上。

最后，他抽出一瓶矿泉水，拧松了盖子放在她的桌角，把空了的塑料袋团成一团，塞进牛仔裤口袋，然后单手撑着她的桌边，俯下身来。

"林语惊，"沈倦弓身垂眸看着她，声音很低，像在压着火气，"以后你不想告诉我的事，就直接说你不想说，老子不问。别总胡编乱造些弱智都知道是骗人的话来敷衍我。"

最后一科英语，考完的时间和放学时间差不多，沈倦和林语惊答完试卷的时间也差不多，林语惊刚抬起头来，那头也停下了笔。

沈倦一答完，直接站起来交卷走人了，林语惊叹了口气，也交了卷子拿起书包。

那一堆巧克力、果冻什么的都没吃，她只吃了一块面包，喝了一盒牛奶。剩下的此时都安安静静地躺在书包里，她把那包去壳花生抽出来看了一会儿，突然又有点想笑。

不是，酒鬼花生米是什么意思？下酒菜吗？

林语惊背上书包出了校门，走过一个街口，在老地方看到了老李的车。

她上了车，跟老李打了声招呼："李叔好。"

"哎，林小姐。"李叔连忙道，发动了车子，从后视镜看了她一眼，"今天孟先生回来了。"

林语惊看着车窗外："嗯，我知道。"

老李叹了口气，没再多说什么。

小姑娘人小，主意却很大，有自己的脾气，劝不动，轴得很。

大概是感受到了她回家的不情愿，今天的路上比平时还堵，到家用了将近一个小时。

关向梅没在，孟伟国坐在客厅里看电视，看见她进来，他关上电视，转过头来。

他表情阴沉，脸色很难看。

林语惊心里咯噔一下。

孟伟国有点过分生气了吧？

总觉得中午打电话的时候，他好像还没这么生气。

林语惊清了清嗓子："我回来了。"

孟伟国看着她："你还知道回来？"

"不是您让我回来的吗？"林语惊实在地说。

孟伟国沉着脸，人站起来："你住校的回执是谁给你签的？"

"……"林语惊犹豫了一下，"我哥……"

"他为什么给你签这个？"

"他不想我在家待着，"林语惊硬着头皮说，"我们俩关系不好，我们总吵架，所以我跟他说我要住校，他就答应……"

孟伟国往前走了两步，抬手就是一巴掌。

林语惊在他抬手的瞬间就已经反应过来了。她犹豫了一下，还是没躲，只往后倾了倾身子，头顺势往旁边斜了斜，卸掉了大部分的力量。

就这样，那一巴掌还是落在了她脸上，挺清脆的一声。

林语惊没觉得有多疼，但脸上依然有种火辣辣的灼烧感。

孟伟国抬手指着她，声音压低了些："傅明修给你签的字？我打电话问过他了，他说他根本不知道这事。林语惊，我是不是太惯着你了？你现在敢说谎，敢骗你爸？"

林语惊在心里骂了傅明修一百八十遍。

她根本没想到孟伟国会去问，她之所以敢那么说，就是因为她以为孟伟国不会去问。

他多要面子的一个人，肯定不想让关向梅知道自己连亲生女儿都管不住。而现在，他这么生气，也已经不是因为她住校。他觉得自己应该是不可违背的，但是现在他说话不管用了，不仅不管用，她还敢骗他。

孟伟国觉得自己作为家长的威严受到了挑衅。

多可笑的事，从来没尽到过父亲的责任和义务的人，却偏偏想要在儿女面前维持自己绝对的权威和尊严。

林语惊扯了扯嘴角："我哪儿敢……"她抬起眼来，看着他，"我哪儿敢骗你。"

"你这是什么态度？你说谎还觉得自己挺有理？"

林语惊不说话，沉默地站在那儿。

有佣人从厨房出来，往这边看了几眼。孟伟国竭力压着声音，还是没什么用，像轰隆隆的闷雷："怎么？我说你两句你还挺不服气？你自己看看你现在像什么样子，跟大人顶嘴、说谎、自作主张，你妈平时就是这么教你的？我是你爸，我打你不对？"

"我妈也没教我。"林语惊说。

"什么？"

"我妈也没教过我这些，没人教我，"她看着他，"你现在想起来你是我爸了，你不觉得有点晚了吗？"

孟伟国安静了三秒，然后像是只被拔了屁股毛的狮子，瞬间跳脚。

他脸涨得通红，看起来怒不可遏。

林语惊觉得自己可能要吃第二个巴掌了，她注意着孟伟国的动作，有些纠结要不要躲。

他就站在沙发边上，这个角度被贵妃椅卡着，没法使力，不然他手臂伸过来的时候，她应该能给他来个过肩摔什么的。

这个想法在脑海里停留了 0.5 秒以后，一闪而过，林语惊放弃了。

大概是因为考了一整天的试，大脑和身体都有些疲惫，她连反抗或者争吵的力气都没有。

大不了就再挨一巴掌，反正也没多疼。

林语惊都做好准备了，孟伟国却突然停了下来。

他视线越过林语惊，明显没反应过来，呆滞了一瞬，而后表情很快恢复了平静："明修？"

林语惊僵住了。

她僵硬地扭过头来，看见傅明修从楼上下来，柔软的地毯隐藏了脚步声，他无声无息地走过来。

"回来了怎么没说一声，"孟伟国对他笑了笑，"今天学校没课？"

傅明修："嗯。"

林语惊面无表情地看着他。

傅明修看了她一眼，清了清嗓子："我之前忘了，我确实给她签了个字。"

林语惊："……"

孟伟国错愕："你给她签的？但是我下午问你的时候……"

"下午忘了。"傅明修又看了林语惊一眼，"我们俩之前吵了一架，关系不好，所以她说要住校，我就给她签字了。"

这剧情急转直下，像过山车一样，快得林语惊有点没反应过来。

孟伟国应该也是没反应过来，他收回手，好半天后，"啊"了一声："那既然你给她签的……"

"既然是我给她签的，这事就过了吧，你们吵得我头疼。"傅明修有点不耐烦，顿了顿，看向林语惊："你上次那个柠檬派哪里买的？"

林语惊茫然地看着他："啊？"

"就那个柠檬派。"

林语惊："我……"

"我找不着，"傅明修很烦躁地打断她，"你带我去买。"

"……"

根本没买过什么柠檬派的林语惊一头雾水地跟着他出去了。

十月的晚上，空气潮湿，风阴飕飕地吹。

林语惊跟着傅明修从后院穿过去，后门口停着辆车。

傅明修转过头来，皱眉看着她："你和你……你爸，怎么回事？"

林语惊此时也反应过来了，不管是因为什么，傅明修改变主意了，忽然决定帮她一次。

她抬起头来："就你看到的那么回事。"

傅明修看起来挺不理解的，好像看到了什么超出他接受范围的画面："他……经常这样吗？"

林语惊好笑地看着他："哪样？"

"经常打你？"傅明修问得有些艰难。

"……没。"林语惊实话实说，"第一次，他以前都不怎么管我。"

傅明修沉默地瞪着她。

林语惊冷得牙齿都在打战了，就这么大眼瞪小眼地和他互瞪着，得有差不多一分钟的时间，傅明修忽然硬邦邦地说："我没在帮你，我只是看不惯。"

"……"

林语惊差点笑出来，她算是看出来她这个哥哥是什么属性了。

她调整了一下表情，乖乖甜甜地说："谢谢哥哥。"

傅明修肩膀抖了一下，抬手指着她，警告道："林语惊，你别恶心我。"

"噢。"林语惊收起了一脸乖巧的表情，两根食指按着唇角，往上戳了戳，"你打算带我去哪儿？"

"带你去哪儿？"傅明修冷笑了一声，从裤袋里掏出车钥匙，"我有事，你爱去哪儿去哪儿。"

林语惊扬了扬眉："不吃柠檬派了吗？"

"你买过个屁的柠檬派。"

"那你把我拉出来干吗？"

"我不把你叫出来，他再打你怎么办？"傅明修不耐烦地摆了摆手，不想再搭理她了，打开车门坐进去，开车扬长而去。

庭院里，地灯光线昏黄，投射在草坪和墙壁上形成柔和的扇形光面。不到七点钟天还没黑下来，天边的火烧云红得发紫，饱和度以肉眼可见的速度一层一层减下去，没几分钟就不见了踪影。

林语惊站在原地，两根食指还戳着唇角，指尖冻得有点僵硬。

她把手放下来，唇边的弧度一点一点地降下来，最后拉成平直的线。

"爱去哪儿去哪儿"，但她确实没地方可以去了。

她站了一会儿，从后门出去往外走，从早上吃过早饭到现在她只吃了一块面包，喝了盒牛奶，空空的胃也开始刷存在感。

林语惊这才发现，她竟然连书包都没来得及摘。

她从书包里拿了块巧克力出来，撕开包装纸，一边吃一边往前走。

天色渐暗，路灯亮着，在大理石地面上打下一个一个暖黄色的光圈。

她咬着巧克力低垂着头，踩着那些光圈，一蹦一跳地往前走，前方三十米处是熟悉的灯光、熟悉的7-11。

林语惊把最后一块巧克力塞进嘴里，包装袋丢进垃圾箱，走进7-11，买了一盒咖喱鸡排乌冬面。

她拿着加热好的面走到窗边的长桌前，拆开包装倒好咖喱，吃了一半抬起头来，看着外面车水马龙的街道和来来往往的行人，忽然觉得有点心酸。

她像是从乡下到城里来的打工仔，被老板炒了鱿鱼还被扣了当月工资，交不起房租又被房东赶了出来，于是流落街头、无处可去，带着自己仅有的行李——一袋酒鬼花生米，坐在便利店里吃着盒饭。

林语惊脑洞大开，一边长长出了口气，一边伤春悲秋地垂着头，夹起一筷子乌冬面塞进嘴里。

叮咚一声，便利店的自动感应门打开，收银员小姐姐的声音甜美。

林语惊没抬头，余光扫见那人走进来，然后走到她旁边停下。

林语惊侧过头去，仰起脑袋。

沈倦站在桌边面无表情。

"……"

林语惊嘴里还叼着一根乌冬面，她把面咬断了，嚼嚼嚼，嚼完"啊"了一声。

她琢磨着该怎么跟沈倦道歉，毕竟放了人家鸽子，没一起吃中饭还把人撵走了，他生气好像也挺正常的。

"你怎么在这儿？"沈倦低垂着眼看着她。

"我……"林语惊戳了戳自己吃了一半的咖喱乌冬面，"吃个晚饭。"

沈倦："你不是住校吗？"

林语惊张了张嘴。

她不知道该怎么解释，也不想让沈倦知道关于孟伟国这个人的任何事情。

还没等她说出话来，沈倦皱了下眉，又问："你脸怎么了？"

"……"

林语惊犹豫了一下，说："这件事情有点复杂，一时间有点解释不……"她的声音戛然而止。

沈倦忽然倾身靠过来，脸凑近，微眯着眼，视线落在她的脸颊上。

少年皮肤很白，黑眸狭长，密密的睫毛低低地覆盖下来，尾睫上挑着勾勒出微扬的眼角。

林语惊连呼吸都停掉了一拍。

下一秒，沈倦直起身来，声音冷得像是结了冰："谁打你了？"

林语惊舔了舔嘴唇，安静地看着他，没说话。

沈倦冷着脸和她对视了几秒，腮帮子微微动了一下，似乎磨了下牙。

"行。"他点点头，没再说什么，转身出了便利店门，走了。

林语惊有种很奇异的感觉，她松了口气，心里却有一层空荡荡的茫然。

她眨眨眼，重新转过头来，慢吞吞地继续吃面。

一抬头，她差点呛着。

沈倦站在7-11的玻璃窗前，侧身靠着墙，点了支烟咬在嘴里，沉默又不爽地看着她。

两人隔着玻璃对视了五秒。

沈倦夹着烟吐出口气来，弹掉了一截烟灰，昏暗光线下看不清情绪。

"……"

林语惊真的想说：你干脆进来跟我打一架吧，这么憋着真是烦死了。

在家里挨完打，出来还得被人冷脸，这都是什么事啊，干吗啊这么冷着我。

我又不是故意放你鸽子的，这事难道我想吗？

我还恨不得孟伟国一辈子别回来呢。

老子招谁惹谁了？我是上辈子杀人放火，还是毁灭世界了遇到这样的父母？凭什么就我这么倒霉，遇到这样的家人？

她深深吸了口气，把手里的筷子丢在桌上，倏地站起身来，往门外走。

又是叮咚一声，感应门打开，她朝沈倦走过去，气势汹汹，周身带风。

林语惊走到沈倦面前站定，仰起头来看着他："打一架吧。"

沈倦一顿。

林语惊抿了抿唇,语速很快,像是在掩饰些什么:"你被放鸽子了,你很不爽,我也不爽。我们两个都不开心,那正好,打一架吧,能解决所有问题。"

沈倦垂眸,看清了少女脸上的表情,愣住了。

"我现在真的烦死了,浑身上下都烦,烦得想跳楼。"林语惊吸了吸鼻子,红着眼睛看着他,"你跟不跟我打?你不打我找别人去了。"

沈倦沉默地看了她几秒,叹了口气:"打。"

他抬手,微凉的指尖碰了碰她湿润的眼角:"我跟你打,想怎么打都行,你别哭。"

晚上七点半,7-11便利店里,林语惊坐在桌前看着沈倦红肿的额头。

少年没什么表情,撕开沙拉酱的酱包,倒在水果蔬菜里,手里捏着个塑料小叉子,把沙拉酱搅拌均匀,推到林语惊面前:"吃吧。"

肿着额头的少年捏着个廉价的塑料小叉子拌蔬菜沙拉,这画面有点好笑,林语惊拼命忍着笑,强迫自己一脸严肃地看着他:"你怎么不躲啊?"

"嗯?"沈倦反应了一下,才意识到她问的是什么,实话实说,"没躲开。"

他确实没躲开,这姑娘速度太快了,上一秒还红着眼睛瞪他呢,下一秒人就直接扑过来了。

沈倦还以为自己即将得到一个拥抱。

他就只来得及举远了夹着烟的那只手,小心着别烫到她。他还想着怎么回事啊说好的打架怎么就要抱上了,下一秒他的衣领子就被人揪着往下一拽,抱是抱上了,只不过是他的脑门儿和她的膝盖骨,骨骼与骨骼亲切地亲吻碰撞,发出很清晰的咚的一声。

沈倦终于知道她是怎么撂倒腱子哥的了,这个速度,那浑身肌肉跟奶油充的似的小哥反应不过来也正常,腱子哥抬一下手的工夫她能扇人家三个来回的巴掌。

林语惊接过叉子,扎了一块生菜叶塞进嘴里,犹豫地看着他:"疼吗?"

"还好。"沈倦侧着身子,手臂搭在桌边,"没什么感觉。"

"……"

林语惊清了清嗓子,指指他的脑门儿:"还没什么感觉,这都肿了,我给你……"她伸出一根食指,小心地悬在他额头比画来比画去,就这么比画了一会儿,收回手来,"我觉得这个有点影响你的美貌,我给你弄个创可贴贴上吧。"

"嗯,可以,"沈倦说,"你并排给我贴三个,可能能把这块遮住。"

确实有点大,好像一块创可贴贴不住。

"要么,我给你贴块跌打损伤膏药贴?我看对面就有个药店,"林语惊说,"我给你买卷纱布包上吧,转圈包的那种,一看就是有故事的社会人,能显得你猛一点。"

"……"

沈倦叹了口气:"我够猛了,快点吃吧,吃完带你玩去。"

在林语惊的印象里,不良少年的去处就那么几个,网吧和游戏厅。

陆嘉珩和程轶比较喜欢去桌球厅,大概是因为桌球这项室内体育运动比较高雅,符合他们自我感觉良好的骚包气质。

沈倦带着她打了十分钟的车没打到,最后坐了半个小时的地铁又转了趟公交,还走了五分钟的路,在林语惊以为自己可能要被带到哪个山沟沟卖掉的时候,他们终于到了。

林语惊仰头看看那个三层高的、极具设计感的椭圆形建筑,以及最上一层挂的牌子——射击俱乐部。

林语惊张了张嘴,扭过头来:"这儿?"

"嗯,"沈倦走进去,"你不是喜欢玩这个吗?"

"……"

林语惊真不记得自己什么时候说过喜欢玩这个了,她记得自己玩那个破射击游戏的时候,明明是一脸痛不欲生,茫然又麻木地看着自己一枪一枪地挨,却始终找不到开枪的人在哪儿的一个状态。

她跟着沈倦走了进去,这俱乐部设计得很高大上,从上到下都透露出一股冷冰冰的压迫感。冷色调的墙壁,黑色大理石的地面,金属制的装饰物，大厅的天花板上悬挂着一个巨大的靶子，垂在正门口。

两个人绕过靶子往里走，前台站着个男人，正在打电话："宝贝，你听我解释，不是你想的那样，我跟那个小美……喂？喂？！宝贝——！"

男人把电话往桌上一摔，摔完了又捡起来蹭了蹭，蹭完一抬头，看见沈倦，扬了扬眉，再看到沈倦旁边的林语惊，他的眉毛都快要扬过发际线了。

男人趴在前台的大理石高桌上，扬声道："这都几点了，你怎么来了？"他一顿，看着走近的沈倦，抬手指了指，"你脑袋怎么了？"

"……"

林语惊别过头去，眼珠一圈一圈地转，若无其事地打量着周围的装饰。

沈倦顿了顿："被'猫'挠了一下。"

男人瞪着他："你们家什么猫，挠一下红一片呢？"

沈倦勾唇："你没见过的品种。"

男人看起来也懒得理他，张了张嘴，目光在林语惊和沈倦之间来回扫视了两圈，点点头："行，你自便吧。"

他往后靠了靠，愁眉苦脸地拨号："喂，小美。我不是，我刚刚没跟谁打电话，我聊正事呢，我心里除了你肯定没别人啊，别别别别挂——喂？喂！！！"

"……"

林语惊转过头来，低声问道："这个宝贝和小美我怎么听着好像不太像一个人啊？"

沈倦垂眸看了她一眼，也压低了声音："你很敏锐啊。"

沈倦似乎对这里熟门熟路，两个人穿过一楼两大片射击区，上电梯到三楼。

三楼的人比一楼要少很多，分成好多个小区域，有点像私人包厢。每个区域都有好几条靶道，隔断玻璃墙后人型靶、移动靶、旋转靶应有尽有。

林语惊看着沈倦输了密码进去，把她的书包放在椅子上以后又出去了。没两分钟，他拎进来两把弓和一筒箭回来。

"……"

"不是枪吗？"林语惊看着他把弓放在台子上，"我看下面他们玩的是'砰砰砰'的那个。"

"那你应该也看见了他们旁边都有人在教，你就玩玩弓吧。"沈倦拿着副护臂和手套走过来，"伸手。"

林语惊乖乖地伸出手来，看着他把护臂套在她的手臂上，说："我不是也有你在吗？"

沈倦动作一顿，抬头看了她一眼："你，未成年。"

"未成年不能玩那个吗？"

"原则上来说，不能。"他重新垂眸，抽着带子绑紧护臂，又给她套上手套，拿了把弓递给她，"你这把叫射准反曲。不带平衡杆，不带响片，不带护弓绳……"

"等等，"林语惊打断他，"你不让我玩枪就算了，为什么还拿了一把什么都不带的弓给我？"

"不需要，你没有平衡杆，就不用护弓绳，响片也是以后跟着拉距定。"沈倦说。

林语惊用从初中开始回回考试考第一的大脑消化了一下这句话，确定了一下自己确实只听懂了前三个字——不需要。

"原来如此。"她点了点头，又问道，"有没有精练一点的解释？"

沈倦沉默了两秒："因为你菜。"

"……"

林语惊不明白自己为什么要多话自取其辱，难道"不需要"这三个字还不足够吗？

少女抱着弓后退了一步，一脸不爽地看着他，沈倦没忍住笑了一声，抬手朝她勾了勾："过来。"

林语惊悄悄白了他一眼，往前走了两步。

沈倦把箭筒套在她的腰间，抽了支箭出来，站在她斜后方。

一直到这里，林语惊都没觉得哪里不对，直到沈倦从她身后一手把着她的弓提起来，另一只手拿着箭搭在弓上。

程轶以前说，撩妹必备活动——高尔夫和桌球。这种似接触非接触的距离,会造成一种非常容易迷惑人的暧昧感。

林语惊现在觉得,有必要再加上一个。

沈倦微低的声音就响在耳边,带着一点热度,烫着耳尖:"手臂伸直,脚分开,身子别动,头转过来。"

林语惊强忍着想给他一手肘的冲动,觉得有种酥麻的痒意顺着耳朵一路往下蔓延,手指都发麻,手里的弓几乎握不住。

"别抖,手肘别沉,"沈倦压低了身子,指尖搭在她的手腕上,"看靶心。"

他手指有点凉,林语惊手一抖,手里的箭嗖的一下飞出去,牢牢地扎在人形靶下半身、两腿之间的 U 型缺口处。

正中裤裆。

林语惊:"……"

沈倦:"……"

空气有点凝固。

林语惊往前走了一点点,和沈倦拉开距离,瞥了一眼扎在裤裆上的箭,清了清嗓子:"你说的,看靶心。"

"……"

林语惊对自己的初次发挥还挺满意:"我这个靶心厉害不厉害?"

沈倦的眼神很复杂,沉默了好几秒。

"厉害。"沈倦缓慢地点了点头说。

射箭挺消耗体力,而且手臂要一直伸得很直,沈倦挑的应该是最小号的弓了,却依然很重。就在林语惊快要对自己失去信心的时候,沈倦拿起弓来,连着三支箭,嗖嗖嗖扎在人形靶鲜红的心脏上。

沈倦甚至没戴手套,最后一支箭出手以后,他甩了下手,侧身靠在墙上朝她扬了扬下巴,表情是他惯有的漫不经心,好像很理所当然一样,张扬得很低调。

看起来嚣张得不行,非常让人来气。

林语惊的战斗欲望瞬间被激起来了,大概半个小时以后,她终于一箭扎上了靶子的边缘。

"行，"林语惊对自己第一次玩这个的成果很满意，"这种事情急不得，得循序渐进。"

沈倦垂着眼无声地笑了一下，点了点头："那撤了。"

"撤吧。"

林语惊不想回家，干脆直接回学校去，两个人打车到八中门口，高三晚自习早就下课了，学校大门锁得严严实实。

站在紧锁的大门前，两个人互相对视了一眼。

林语惊想了想，问道："有墙能翻吗？"

沈倦扬了扬眉："大概有，我没翻过。"

林语惊也扬起眉："你没翻过墙？那你这个社会哥是怎么当的？没翻过墙的不良少年不是完整的不良少年。"

"我们不良少年一般都不住校，不用翻。"

两个人绕着学校走了一圈，走到学校后身的一块墙角下，有一块一人左右宽的空缺没有铁栏，大概是前人为了造福学弟学妹们给弄掉的。

沈倦站在那下面，伸直了手臂，张开怀抱，侧过头来："来。"

林语惊还在仰着脑袋打量这个高度，琢磨怎么爬上去，闻言侧头："唔？"

初秋的风吹走了潮湿郁气，疏星朗月下，少年微斜着头看着她，懒洋洋地说："抱你上去。"

第九章
假学渣与真学霸

"你能再往上一点吗？"

"……"

"哎，左五厘米。"

"……五厘米影响你发挥？"

"那倒不是，"林语惊手扒着墙，一只脚踩着沈倦的手臂，另一只脚勾着墙沿，"这个高度我稍微有点施展不开。"

"……"沈倦冷笑，声音压着，"那怎么办，骑我脖子上够不够高？"

"那肯定够了呀！"林语惊欢喜地问道，"可以吗？"

沈倦深吸口气，槽牙咬合了一下："林语惊……"

"哎哎。"林语惊左脚搭上墙，手臂撑着墙头，玩双杠似的撑起来，另一只脚踩着墙面微微一蹬，跨上去。

林语惊一手把着断掉的栏杆，跨坐在墙头晃悠了两下腿，垂头笑眯眯地看着他："怎么样？惊爷是不是很强？"

沈倦身子微微往后倾了倾，都没脾气了："强，那边能下去吗？"

林语惊侧头看了看："能，这边地面比那边还高点。"

沈倦点点头："行，那去吧。"

林语惊没动，坐在墙头看了他一会儿，声音轻轻软软的："同桌，明天见。"

沈倦仰着头看着她。

早秋的夜晚，她垂着头，逆着月光，表情隐匿在阴影里看不真切，只能隐约瞧见眉眼弯起的轮廓。

她说完没等他的回复，下一秒就翻身消失在墙的那一端，落地都悄无声息的，像是只夜游的猫。

沈倦盯着空荡荡的墙头看了一会儿，垂下头去笑了一声，转身走了。

八中的地段很好，走个一刻钟，前面有一片商区，沈倦走了十几分钟，快走到商场才拦到辆车。

到工作室的时候十点多，沈倦随手抓了把头发，走进浴室，刚脱了上衣，手机在牛仔裤口袋里振了两下。

他靠在洗手台边，一边抽出手机滑开，一边单手解开皮带。

某不愿意透露姓名的送温暖小林：你额头要不要喷点云南白药？

"……"

小林老师自从上次发物理资料后第一次给他发消息，沈倦差点没反应过来这人是谁。

他抽掉皮带，无声地弯起唇角，抓起额发看了眼额头。

红肿消了很多，就是稍微有一点紫。

沈倦抬手用指尖轻轻按了按，一点点麻酥酥的疼痛感。

啧，下手真不留情。

他放下手机，打开水龙头，捧了水洗了把脸，水流冰凉，沈倦闭着眼睛，眼前忽然浮现出少女通红的眼。

他顿了顿。

女孩子眼眶湿漉漉的，倔强地忍着不哭的样子，看起来委屈得不行，漂亮的狐狸眼红着看他的时候，沈倦觉得自己的身体里好像哪儿塌下去一块。

他原本只是画图画到一半，打算去买包烟的，没想到会遇到林语惊。

沈倦觉得自己确实挺过分的，下午压了点莫名其妙的火，一直到晚上也没发出去。

林语惊看着原本心情也不太好，不知道为什么没在学校，跑到这边来，结果遇见了他还要被凶。

他就这么把人给弄哭了。

沈倦抬起头来，睁开眼，双手撑着洗手台的台面，身体前倾。

发梢滴答滴答地滴着水，水顺着额头滑进眼睛里。

"沈倦,"他眯了下眼,看着镜子里的人低声说,"你现在能耐了,还能把人家小姑娘给弄哭。"

镜子里的沈倦面无表情地看着他,半天没反应。

洗手间里一片寂静,水流哗啦啦地响,除此之外没有第二种声音。

沈倦肩膀倏地一塌,微垂下头,又撩了把水拍到脸上,颓丧地叹了口气:"老子真没故意欺负小姑娘……"

月考就考一天结束,第二天正常上课。一场考试过去,所有人都放松下来,下一场大型考试要等到期中的时候。

林语惊昨天十点才回寝室,洗了个澡躺在床上,明明困得睁不开眼了,却翻来覆去睡不着。最后她躺到凌晨三点半,顶着一对黑眼圈爬起来,翻出英语书,背了半个多小时的英语作文,才算是感受到了睡神的拥抱。

结果她第二天早上睡过了头,睁开眼睛的时候早自习都过去了。

林语惊瞬间清醒过来,爬起来刷牙洗脸,到教室的时候第一节课还是迟到了五分钟。

王恐龙的课。

林语惊的心情有些绝望。

她觉得自己大概是命里有一劫,那就是五百遍的欧姆定律死活也逃不过了。

她到教室的时候沈倦居然已经来了,正撑着脑袋、耷拉着眼皮看着她,林语惊默默地看了他一眼,继续老老实实地转过头来,垂着脑袋:"王老师,对不起,我迟到了。"

结果王恐龙今天心情很好,他站在讲台下面,看起来跟她一样高,手里拿着一个电路图的透明模型,大手一挥,嗓门很高:"回去坐!睡过头了啊?你同桌今天都来了,你看看,还没睡觉!"

林语惊回去坐下,王恐龙转过身继续讲课。她抽出物理书,刚起床十几分钟,一时之间有点茫然,随便翻了一页摊开。

她发了一会儿呆,余光瞥见沈倦的手伸过来,捏着她物理书的页角,帮她往后翻了两页。

林语惊回神,转过头来。

讲台上王恐龙讲得澎湃激昂,林语惊凑身过去,歪着脑袋眼睛一眨不眨地看着他。

沈倦抬眼,动了动。

"别动。"林语惊低声说。

沈倦眨了下眼。

"好像有点青了啊,"林语惊看着他额头,皱了皱眉,"我没用多大的力气啊……"

沈倦:"你还想用多大?"

"我以为你能躲开的,"林语惊小声说,"不是说好了打架吗,结果谁知道你没躲,还迎着我就上来了,我以为这是你们社会哥打起架来的什么新型招式。"

"……"

沈倦心道:我不仅迎着就上来了,我还张开了双臂好吗?

老子以为你要抱我呢,谁知道你上来就揍我一顿?

沈倦心情有些复杂。正常来讲,小姑娘要哭,怎么想好像都是前者更合理一点,谁知道他这同桌这么不走寻常路。

他刚抬起眼来,又看见林语惊朝他伸过手来。

他下意识地偏了下头,扬眉:"干什么?"

林语惊的手指停在他的眼前:"我把你头发往这边偏一偏。"她指尖轻轻扫过他额发,往这边拨了拨,看看又拨了两下,才满意地收回手来,"好了,这样能挡住,不然多影响你社会哥的威严形象。"

沈倦叹道:"我的同桌可真是……"

林语惊没表情地看着他:"真是怎么样?你对你的同桌有什么意见?"

"没有,"沈倦说,"没什么意见。"

话音刚落,王恐龙一个粉笔头咻地丢过来了:"沈倦!能不能别跟你同桌说话了!你好不容易准时来一天,还没睡觉,就是为了来唠嗑的?你给我站着听!"

沈倦:"……"

林语惊忍着笑趴在桌子上。

李林坐在后面,下巴都要掉下去了。

他就坐在林语惊后头,两个人的互动和说话,他看得、听得一清二楚。

李林觉得,跟沈倦做同学的这一个多月以来,他对校霸的认识正在不断地刷新。

其实十班的同学多多少少也都发现了,这位血腥的校霸,平时安安静静、悄无声息,跟人说话还会说谢谢;上课被老师批评罚站毫无怨言,具体体现在王恐龙罚抄一千遍欧姆定律,大佬抄得勤勤恳恳、任劳任怨上。

这跟传说中有点不一样。

李林他们坐在沈倦后面,体会得尤其深刻,沈倦和传说中的何止是有点不一样,他简直就是颠覆了传说。

他对于他的新同桌展现出了非凡的耐心和温柔,从来没见他生过气。很多次,李林都觉得下一秒林语惊会被校霸拽起来按在墙上揍的时候,校霸只是沉默地看着她,然后叹了口气。

他和叶子昂对视了一眼,两个人进行了新一轮的眼神交流。

啥情况?这是啥情况啊?

这俩人最近的互动怎么越来越不对劲了啊?

李林觉得有点惊悚。

校霸也逃不开感情的束缚,有些时候青春期的悸动说来就来,想拦都拦不住。

月考以后八中的活动不少,比如十月末的秋季运动会。

上午最后一节是刘福江的课,刘福江用最后几分钟的时间说了一下这个事,全班都沸腾了。

十班也不是没有好学生的,比如学委、班长、各科课代表,全都是在前面几个考场留下姓名的人物。比起运动会之类的、不能上课学习的娱乐活动,他们更关心月考什么时候出成绩。

分班以后的第一次大型考试,从此谁在班级里是权威认证的、吊车尾班里的领头羊就看这一次,成败在此一举。

班长临危受命，去刘福江办公室转了一圈，带回来确切消息："数学好像已经批完了，不过还没分，理综正在批，语文估计最慢。"

这种考试的卷子一般都是按照考场批的，批完了要分回到各个班里。班长说完，又摇头晃脑地补充："不过好像最后一个考场有傻子抄脱了，分抄得贼高，也不知道抄错两道题，"班长拍着桌子无情地嘲笑，"哎，这得多二啊，不是咱们班的吧？咱们班在最后一个考场的人占快一半了呢。"

班长说着，跑到教室前面，去看考试前贴在那儿的考场名单，用播音腔道："下面我朗诵一下，高二十班在最后一个考场考试的同学有——哎我就从后往前念了啊，林语惊、沈——"

班长的声音戛然而止，小鸡仔的脖子久违地被卡住了。

班长转过头来，张了张嘴："沈倦同学，对不起啊……"

沈倦趴在桌子上打了个哈欠："不用管我，你继续。"

威、胁。来自大佬的威胁。

班长慌张又无措地站在原地，飞快地琢磨着大佬这句话到底是几个意思，到底怎么样才能被原谅？

李林自从跟沈倦一起打了次游戏以后，也偶尔能跟他说上话了，不至于沈倦在的时候连个屁都不敢放，他拍了拍林语惊的肩膀："哎，那个分贼高的是你吧应该。"

林语惊平时在班级里面很低调，随堂小考的成绩一般也都不公开，也就李林天天抄她作业，知道她学习应该挺好的。

林语惊也转过头来："啊，可能是吧，我不知道啊。"

"没事，咱们学校批卷子特别快，"李林说，"你看吧，这数学已经出来了，最晚放学之前，分数就能全出来，明天年级大榜都能给你排出来了。"

林语惊"啊"了一声，想说：我在附中的时候，下午年级大榜就能排出来。

林语惊低估了八中老师的效率，下午第三节课下课，刘福江进来把她叫走了，顺便还叫走了沈倦。

刘福江进来的时候，沈倦趴在桌子上转着笔，人倒是难得地在看书，就是看起来不太走心的样子，让人很难相信他真的有看进去东西。

两个人一前一后地进了生物组办公室，一进去，高二整个年级组的生物老师都看了过来。

刘福江的脸通红，像是憋着火似的看着他们。

林语惊开始回忆，自己干了什么惹老师生气的事了吗？好像没有。

难道昨天翻墙被发现了？八中好像有不少监控来着。

她垂下眼，飞速思考了一下应对策略，以及怎么装可怜。还没等她酝酿好情绪，刘福江突然大吼了一声："多好的孩子们啊！！"

林语惊吓了一跳，差点没跳起来。

她抬起头来，刘福江情绪饱满地看着他们，脸上的笑容终于绷不住了，嘴角一点一点咧开，看起来即将咧到耳根。

林语惊才意识到，他不是憋着火，是憋着笑。

刘福江看起来下一秒就要仰天长笑了："我知道你们都比较关心这次月考的成绩，毕竟到了你们这个层次，差一分两分那差距都是巨大的。"

林语惊有点茫然，不知道刘福江这话到底是在讽刺她，还是什么意思。

难道她涂错答题卡了？

"不过年级大榜还在排，可能得明天才能出来，我可以先给你们看看分，正常来讲我不应该私下给你们看，但是我实在忍不住。"刘福江笑得嘴巴都合不上了，看了一眼别的老师，压低了声音说，"小声点啊，我偷偷给你们看。"

刘福江说着，弓着腰低下头，眼睛凑到档案袋里，就在林语惊以为他下一秒就要钻进去的时候，他从里面抽出来了一张成绩单。

刘福江朝他们招了招手。

林语惊和沈倦凑过头去。

于是三个人偷偷摸摸地凑在一起，就像是半夜约好一起去偷地雷似的。

林语惊看见刘福江小心翼翼地、挡着半面抽出半面来，把成绩单露给他们。

但是就是这半面,也已经足够了。

林语惊就这么倒着,清楚地看见上面的前两行。

第二行:林语惊,总分701。

第一行:沈倦,703。

"……"

成绩单是表格格式的,第一竖行是排名,旁边是人名、单科成绩,最后一排是总分。

沈倦这人稍微有点偏科,除了语文的分数有点低,数学和理综全部都接近满分。尤其是物理,这人切实地拿了个满分一百分。

林语惊觉得自己活了十六年,从来没受过如此奇耻大辱。

刘福江很兴奋:现在这才高二第一次月考,还没进行过系统的复习,只是开学到现在这一个阶段的知识点,但是七百分已经是很可怕的分数了。

一班实验班之前也不是没有考出七百分的学生,但是这是在十班。

吊车尾班级十班,最后一个考场占了快一半人的十班。

"这次的题虽然不难,但是这个分也非常可以了,我偷偷了解了一下,好像一班有一个七百分的,别的班还没问,不过一班也就才一个,别的班估计也不可能有了。"刘福江看起来像是自己考了七百分似的,"试卷我也看了,沈倦稍微有点偏科了啊,语文拉的分有点多,你那个古诗古文的默写还空了一个。两分呢,那不是白拿的分吗?你是不是不喜欢学语文?"

沈倦顿了顿,似乎在考虑怎么回答刘福江话能少一点,最后他保守地点了点头。

刘福江叹了口气:"那不行啊,你别的科成绩这么好,这语文拉这么多分,学习这个东西是最不能任性的。没什么意外的话,你这个分应该是年级里第一的,现在就看一班的那个七百分的是多少,听说也是七百分出头,你第一的可能性百分之五十,一半一半……"

刘福江跟沈倦探讨了十分钟的"到了你这个程度,不能因为不喜欢就不背古诗啊"后,又转向林语惊,手指在她的各科成绩下画了一圈:"林语惊,你这个卷子我也看了,别的科都很平均,但是你这个生物,相比来讲稍微有点低啊。"

刘福江很忧郁："比化学和物理低了七八分，你跟老师说说，你是不是不太喜欢我的教学风格，还是我哪儿讲得不好？你说说你觉得不合适的地方？"

林语惊："……"

刘福江看起来还挺受伤的，林语惊还没想好怎么说，办公室外面有个老师把他叫走，刘福江出去说话了。

生物办公室的一角瞬间寂静了，林语惊转过头去。

沈倦也侧头看着她，看起来散漫而平静。

成绩单铺展在两人之间面前的桌子上，怒刷存在感，像是一个被放大了无数倍的背景板。

林语惊觉得自己在沈倦平静的脸上读出了七个字和一个问号——你就考这么点分？

林语惊觉得自己真的受伤了。

她缓慢地、一点一点直起身来，往后靠了靠，面无表情地看着他："703？考得挺好啊。"

沈倦"啊"了一声，人还趴在刘福江的办公桌上，夸奖她："你考得也挺好。"

林语惊觉得自己有点窒息，差点一口气没上来，就这么背过去。

嘲、笑。

她，王者林语惊，回回考试基本都年级第一的林语惊，被她的同桌——打架、旷课、上课睡觉、家庭作业都不好好做、连欧姆定律都能说成3.1415926的学渣同桌嘲笑了。

她是真的不能理解，她以前在帝都读附中的时候，魔鬼有很多，学东西快的聪明人确实多，甚至包括陆嘉珩都是那种课后几乎不怎么学习的人，但是人家至少上课是会听课的。

林语惊不明白沈倦是怎么回事，到底是她见识短浅，以前都没遇到过天才，还是沈倦其实都是装的，放学偷偷回家学习？

她靠近了两步，十分不解："你天天上课睡觉考703？"

沈倦撑着脑袋侧头,手指搭在唇边,沉默了一下,缓慢道:"我之前休学了一段时间,由于一些原因。"

林语惊心说:我知道,不就是你差点把你同桌给打死吗?

"所以高二的一些内容,我已经学过了,太简单,听课浪费时间,不如补觉。"沈倦说。

"……"

"而且我也不是一直都睡,比较难的地方,我会听一下。"沈倦继续道。

林语惊觉得这个理由勉强让她舒服了一点点,叹了口气,问道:"你之前,就你没休学之前,上了多久的课啊?"

"不知道,"沈倦抬了抬眼皮子,"好像一个多礼拜吧。"

林语惊面无表情地看着他:"沈同学,我希望你不要这么欠揍,我实在不想因为学习成绩这么肤浅的事,断送我们好不容易培养出来的同桌情谊。"

几分钟后刘福江回来,拉着林语惊又分析了十分钟,情真意切地问她是不是对自己有什么意见,为什么理综三科里面生物分最低。直到自习课过去了十分钟,两个人才从生物办公室里面出来。

最后一节自习课,被数学老师占了十分钟,王恐龙又占了十分钟,王恐龙讲课的时候,林语惊始终有点走神。

其实她也并不是不能接受沈倦考得比她好,她还没这么小心眼。

但是林语惊一想到她之前说过的那些话,做过的那些事,就觉得自己薄薄的脸皮一阵阵地隐隐作痛,她觉得自己被沈倦欺骗得彻彻底底,脸都被打肿了。

有一句说一句,林语惊仔细回忆了一下,沈倦确实从来没说过他成绩不好。

各科老师虽然也会说他上课睡觉的事,王恐龙也会每天疯狂咆哮让他好好听课,但是除此之外,好像也没有明确地说过他成绩上的问题。

课上小测、家庭作业,他一般都只写个选择题,大题就直接省略步骤,直接填个答案,敷衍到一看这人的作业就是抄的或者瞎蒙上去的那种程度。

林语惊想起两个人刚同桌，还不是很熟的时候，沈倦的那句"我英语还可以"。

她又想起他被罚抄欧姆定律的时候，自信又淡然的"我物理也还行"。

但是，林语惊依然有一种被欺骗了的感觉。

她觉得自己之前的行为像个智障，一个大写加粗的"智障"两个字写在她的脸上。她不知道沈倦当时看着自己的时候，是不是像在看着个缺心眼，反正她现在回想了一下，觉得自己确实是个缺心眼。

她整理到凌晨两点半的物理复习资料，她怕他看不懂还特地分了Word 和 PPT 两种，图文并茂，附带课后习题。

她为了引起学渣的兴趣，还特地给他编了段小广告。

结果人家物理满分，总分比她还高。

我以为你也就是个校霸，结果你竟然还是个学霸！

林语惊觉得，她到这个城市以后交到的第一个，也是唯一一个可以称得上是朋友的人，可能要跟她说再见了。

八中老师的效率确实很高，刘福江第二天下午带了年级大榜过来，实验班那个七百分以上的本来也是 703，结果这小哥拿到卷子后主动上报老师，他填空题写错了一个，没给批出来，自己给自己扣了三分。

于是，十班沈倦一举夺魁，成为不存在并列的、唯一一个年级第一，而他的同桌林语惊同学从第三一跃成了第二名，她却并没有感受到一丝丝的开心。

林语惊同学最近像霜打了的茄子一样，整个人都缺失了水分，蔫巴巴的，连说话都变得十分无力。

这是李林的感受。李林觉得，大概是因为她稳操胜券的第一名被大佬横空抢走了。但是这有什么关系？你俩就差了两分啊！你也是年级第二、总分七百加的大佬啊！你就那么痛苦吗？

月考考了三百五的李林同学，还沉浸在自己数学竟然及格了的美妙感觉里，觉得自己是学习上的鬼才、这个世界上最有天赋的人、未来能成为第一考场考生的潜力股，不太能理解这些现役学霸的世界。

沈倦也不太能理解。

他自觉自己看人挺准的，林语惊绝对不是那种小气的人，不会因为考试成绩没他高就不开心或者怎么样，所以沈倦考试的时候也没多想，该怎么答就怎么答。

但是现在同桌确实是不开心了，不是因为比他少两分，那到底是因为什么？

女人心海底针。沈倦实在是不能理解小姑娘那些细腻的想法。

月考试卷发下来以后的一个礼拜，每科老师基本都在讲试卷，年级第一第二全都坐镇十班，让十班最近的围观群众多了很多。

比如下课的时候，从十班门口"路过"的、其他班的人明显多了起来，其实十班的教室在四楼最尽头，真路过就只能穿墙了。

在某个女生一上午第三次课间时分"路过"十班教室门口，一脸探究加兴奋的表情盯着林语惊看的时候，林语惊终于忍不住发脾气了。

她把手里的笔啪地一摔，深吸了口气，抬起头来看向教室门外的那个女生。

女生对上她的视线，愣了愣，大概一时间也没反应过来，就这么站在门口和她互相凝望着。

课间时分，十班教室里乱哄哄的，走廊里也满是说笑打闹的声音，没什么人注意到这边。林语惊皱了皱眉，刚要说话，沈倦从外面回教室，走过来站在门口，垂头看着那姑娘："让让，谢谢。"

女孩子一抬头，对上校霸冷淡的脸，红着脸惊恐地跑了。

"……"

林语惊甚至都说不好她脸上的表情到底是害怕还是害羞。

她叹了口气，重新垂下头去，准备把刘福江没讲完的那道生物大题写完，却始终能感受到某人冷淡的注视。

林语惊若无其事了三分钟，终于忍不住抬起头来。

沈倦站在门口看着她，皱着眉："你到底为什么不开心？"

"你怎么看出来我不开心？"林语惊面无表情。

"怎么看都感觉你不怎么高兴，"沈倦侧了侧头，"我惹你了？"

"没有。"

"因为月考?"沈倦有点不耐烦了,"这都一周了,你还没消气?"

"我没生气,我有什么好生气的?我开心还来不及,小林老师业务能力过于出色,教出来的学生物理还考了个满分,"林语惊垂头继续写生物卷子,唰唰唰,笔没停,"比小林老师还高两分。"

"……"

虽然课间的背景音很嘈杂,但是沈倦总觉得自己听见林语惊磨了下牙。

"两分而已,一道选择题。"沈倦侧身靠着门框看着她,皱眉,觉得非常不能理解,"大不了你以后有哪儿不会就问我,我给你讲。"

林语惊笔一顿,抬起头来,难以置信地瞪着他:"你现在是在羞辱我?"

八中有个贴吧,里面打球约架的、比成绩的、认哥哥妹妹的,还有寻人的,总之每天都很热闹。

最近尤其热闹。

一个是因为月考成绩出了,除了高三以外,高一高二一起考。八中在A市不算是特别拔尖的学校,七百分以上很少有,以前年级前十基本都是被实验班一班包圆的,偶尔会看见有几个别的班的突出重围。

结果这次年级第一第二都不在一班。甚至,有知情人士透露,这两位七百分以上的大佬都是在最后一个考场考的。

其中一个是沈倦,大名鼎鼎的沈倦。

吃瓜群众表示很难接受——

2楼:现在这是什么世道,你们做校霸的不只看颜值,还得看学习成绩了吗?

3楼:吓死个人了,到时候人家问起来,你们学校升学率怎么样啊,教学质量怎么样啊,我怎么说?我说我们学校连校霸都考700分。

4楼:一中算什么扛把子重点?跟我们一比就是渣渣,一中校霸能考700分吗?

5楼:任良学大佬这次不是也700+吗?据说他本来分数跟沈老板是并列的,但是批卷给他批错了一道题,他自己找出来了,自己给自己扣了三分,一下降到第三,也是个厉害的。

……

22楼:一看楼上就是高一高二的小学弟学妹,高三僧可以告诉你们,沈倦以前成绩就好。但其实也只是第一考场这种程度,一般年级二三十吧,也没有特别拔尖。现在越来越恐怖了,年级第一,妈耶。

23楼:一看楼上就不知道了吧?以前跟沈倦一个班的,我来告诉你们,沈倦以前每次都年级二三十,那是因为没分文理科,那时候考试要考政治、历史、地理。他回回考试都文综拉分挨骂,政治一句"我国是人民民主专政的社会主义国家"他能填满整张试卷。分了班以后那还不是他的天下,徜徉在理综的海洋,随便浪的。

……

37楼:700分才第三,高一650分觉得自己很强了的小学弟瑟瑟发抖,第二那个是谁啊?

38楼:不知道,叫林语惊,是个女的,"林语惊"这名字是个女的?好拗口。

39楼:我知道!我可太有发言权了!我月考跟沈老板一个考场,坐得挺近的。沈大佬叫她名字我听见了,还给她买了吃的……买了一堆好吃的……男朋友给女朋友买的那种……还桌咚了,桌咚你们知道吧?

……

78楼:不怕死的十班人偷偷说一句:别猜了,这俩人很熟,是同桌。

79楼:这就是男同桌和女同桌的区别?男同桌就只能被差点打死,女同桌就给买吃的?

80楼:接下来是不是就是女朋友了?

81楼:同最后一个考场的,看到那波互动以后我以为这两个人已经在谈了……

82楼:不怕死的十班人2号偷偷加一句:这俩人在班里每天都很甜,大佬非常耐心、非常宠,并且大佬日常脾气好,除了爱睡觉没其他任何问题,我们班已经开始集体怀疑大佬传说的真实性了。

李林默默地关掉了学校的贴吧,偷偷把手机塞进桌肚里,看向前面两位风云人物的后脑勺。

他其实想说：你们别猜了，就算之前真的有成为男女朋友的苗头，现在八成也要濒临分手了。

最近这个气氛不太妙，李林感受到了一种非同寻常的严寒。

林语惊这人，相处时间长了，就会发现她其实还挺活泼的。自从上次打游戏，她跟班上的人也慢慢熟悉了起来，她并不是什么孤僻学霸的人设，但是最近她不怎么爱说话了。

李林就感受着两位大佬一天比一天低的气压，觉得日子非常不好过。

十月底校运动会，是高一高二一起的，高三不参加。

刘福江主张学生全面发展，特别积极地鼓励大家参加运动会项目，还特地空出了班会时间，让体委拿着小表格挨个做动员工作，呼吁大家报名。

"你们高中生涯的最后一次运动会了啊，"刘福江笑呵呵的，"等你们到了明年的这个时候，回忆起来，都会觉得太好了，还能参加运动会。你们的学长学姐们现在正在教室里奋笔疾书呢，别说运动会了，连上个厕所的时间都紧张。"

林语惊本来不想报名的，但十班女生少，还有不少项目空着没人报名。

林语惊看着可怜巴巴地站在讲台上的体委，叹了口气，随便挑了个不那么累的铅球，推铅球。

她报完这个，连沈倦都扭过头来看了她一眼。

林语惊权当没看见，余光都没瞥他一眼，她估计自己圣诞节前可能都不想跟这浑蛋说话。

下午第一节体育课，体育老师问了体委运动会的报名情况，报名名单核对完以后，体育老师点点头，笑了笑说："听说咱们年级这次的状元和榜眼都在咱们班啊，哪两位学霸啊，出来给我看看呗。"

这体育老师挺年轻的，体校刚毕业没几年，爱玩也爱开玩笑，平时跟男生关系也好，经常一起打打球什么的，人也很幽默："哎，不用不好意思啊，我就想看看学霸长什么样，前两天还被你们刘老师拉着炫耀，听说考了七百多分？我长这么大考试就没超过三百五。"

十班同学哄笑着，看看站在女生最前面的林语惊，又看看站在男生最前面的沈倦。

体育老师也注意到了他们的视线，挑挑眉："你俩啊？不是，你们班怎么回事啊，长得最好看的学习最好的意思呗？"体育老师招招手，"来，班花班草，你俩出来，害羞啥啊，又不是给你俩配对相亲。"

"……"

林语惊现在非常不乐意听见与月考成绩相关的一切话题，每次提起来她都有种难以言说的尴尬，并且她得竭尽全力控制着自己想再跟沈倦打一架的欲望。

她垂着头，往前走了两步，余光瞥见那边懒洋洋出来的沈倦。

整整齐齐的队伍里走出来两个人，显得格外突出。

体育老师乐了，朝他们招了招手："你俩有什么深仇大恨啊，都快分别站两头去了。来，过来，我这儿。"

林语惊和沈倦走过去，体育老师勾着沈倦的肩膀："器材室知道不？"

"嗯。"沈倦点了点头。

体育老师："行，去吧，你俩去拿垫子过来。"

林语惊扭头就往外走。

沈倦跟在她后面，他腿长，跨了两步就轻易跟上了，垂眸看了她一眼："你知道在哪儿？"

林语惊一顿，走得慢了点，在他身后大概半步的位置。

两个人一前一后地穿过体育馆的长走廊，走到器材室门口。沈倦推门进去，没开灯，里面只有一个四方小天窗，光线昏暗。

沈倦走到墙边，扶起一张长垫子，阳光下扬起细小的颗粒，灰尘在空气里翻腾。

林语惊皱了皱眉，往里走。

沈倦看了她一眼："站在那儿等吧，我来拿。"

林语惊跟没听见似的，径直走到他旁边去，抽了他下面的那张垫子拽过来。

她一米六八，在女生里算是挺高的了，拽着那垫子依然有点费劲。沈倦往后撤了撤，靠在旁边一个装满软排球的铁筐上，看着她一点一点地拽着那张垫子，把它倒着抽出来，放倒了后拖着就要往外走。

沈倦一把抓住她的手腕。

林语惊脚步一顿，转过头来。

他垂下眼，睫毛覆盖下来，浓密、暗沉沉的："林语惊。"

林语惊扬起眉来看着他："干什么？"

她声音轻软，声线发凉，和阳光里的灰尘混合在一起，在早秋微凉的空气中沉沉浮浮。

沈倦深吸了口气，缓声说道："对不起。"

林语惊僵了僵，少年贴着她手腕的掌心温热，手指却微微有些凉，烫得她手腕有种奇异的、不自在的痒。她微微往外抽了一下，没抽动。

林语惊侧了下头："你突然跟我道什么歉……"

"我哪儿知道？"沈倦拧着眉，声线因为压抑着烦躁的情绪而显得有些低沉，"你为什么不高兴？"

林语惊瞪着他："你不知道你跟我道什么歉？"

沈倦沉默地看了她几秒，松开她的手腕叹了口气，身子又往后靠了靠，看起来挫败而无奈："你不是不高兴吗？"

沈倦低声说："我还能怎么办？"

"……"林语惊心情复杂，既生气又想笑。

其实她也不知道自己在闹什么别扭，平心而论，沈倦挺无辜的。

他没故意骗她，也没藏着掖着，社会哥的心思再细腻，他也是性别男，思考问题的方式到底和女生不一样。

林语惊点点头，靠近他一点："你知道你为什么比我高两分吗？"

沈倦顿了顿，似乎觉得这时候配合她会比较好一点："为什么？"

"因为你比我二。"林语惊说。

"……"

没敢耽误太久，两人拿着垫子回去的时候，体育老师正蹲在那儿跟男生聊天，垫子分别放在两边铺好。

体育课一般都是分开上，垫子男生一块，女生一块；男生俯卧撑，女生仰卧起坐。但是不知道为什么，体育老师今天兴致特别高涨，像是真的第一次见到学霸似的，在男生这边准备做俯卧撑的时候，朝林语惊招了招手："来！学霸！"

"……"

林语惊走过去。

体育老师笑得很爽朗，露出一口大白牙："听说你俩还是同桌？那你帮帮他。"

沈倦此时正撑在垫子上，仰起头来，微挑了下眉。

林语惊看了他一眼，有一瞬间以为体育老师要她帮忙给沈倦正正骨什么的，磕巴了一下："帮……什么？"

"数数，"体育老师说，"三十个啊，一个不标准都不行，你给他数着，不标准你就弹他脑门儿。"

沈倦："……"

刘福江最近比较忧郁。

他们班出了两个七百分，本来是件挺值得高兴的事，刘福江开心了好几天，高兴得饭都比平时多吃了两碗。

有关系好的老师私下开玩笑，说："刘老师您这命真是好啊，这两个孩子教出来以后能直接升主任了吧？"

刘福江倒不是因为这个，他是真心实意地觉得挺高兴的，早年也有升主任的机会，他都没要。

孩子们前程似锦，有大好的未来。他教书育人一辈子，求的就是这个。

两个都是好孩子，刘福江也都真心喜欢。直到生物组一个挺年轻的男老师那天看见他，多说了一句："哎，刘老师，你们班那俩学霸是同桌啊？"

刘福江笑呵呵地说："是啊，开学的时候俩人自己选的，都是缘分啊！"刘福江长叹一声，"我就说吧，有些事冥冥之中都有注定，这两孩子气场就合，在一块学习就格外有劲。"

年轻老师笑了笑："气场合不合我不知道，刘老师，您看咱们学校贴吧吗？您班里这两个学霸在贴吧里人气可高得很，连同人文都有了。"

刘福江愣了愣："同人文？啥是同人文？"

年轻老师摇了摇头："您去看看就知道了，要我说您也有点心大。这个年纪的孩子，十六七岁，正是青春期苗头冒出来的时候，您还让他们做同桌？我们班都是男生和男生一桌，女生和女生一桌的。您真得注意一下，男生和女生坐一桌很容易出大问题。"

刘福江听明白了。

他抱着"我们班的那两个孩子眼里就只有学习，根本没有别的事，这都不可能"的心情，下载了一个贴吧，进到八中的贴吧里看了一眼：

【818】我们学校大佬和他同桌们不得不说的故事。

【沈林】《未见黎明》。

【学霸爱情故事】年级第一和年级第二的那些事。

【高亮】大佬恋情实锤了同志们！！！

……

刘福江手一抖，点进最后一个帖子。

楼主：楼主今天体育课！跑完圈自由活动，就在体育馆看我们班男生打篮球，然后沈姓你们都知道的那个大佬这节也体育课，他们班男生做俯卧撑，我就看见一个小姐姐蹲在他旁边看着他做！

我不知道这个小姐姐是不是你们都知道的那个林啊啊啊我没见过她本人啊！但是我感觉除了她应该没有别人了吧？因为这个小姐姐！这个小姐姐一边看着大佬做俯卧撑，一边揍他！时不时就打他脑袋一下，下手可狠可狠了！我看着都害怕！感觉大佬下一秒就要暴起了！但是没有！没有！大佬他就一边做着俯卧撑，一边一脸幸福地挨打！！！

刘福江："……"

刘福江觉得这问题可真是有点大。

第十章
早恋影响我学习

刘福江从来没遇到过这样的情况。

以前他做科任老师的时候，也经常有班主任老师愁得不行，班里某个男生和某个女生关系太亲密啦，某两个早恋啦，有的时候跟他说，刘福江还觉得这事挺正常的。

十六七岁的青春期，谁没萌动过呢？想当年他也暗恋班级里的小班花，虽然到毕业都没好意思跟人家说上几句话。

但是现在做了班主任，刘福江认认真真想了一下，忽然觉得能理解了。

这就像是看着自家孩子有了心动对象，既欣慰又失落还担心，犹豫在阻止和不阻止之间。一时之间，这位从教二十年的人民老教师竟然还有些无所适从的茫然。

他愣了一会儿，垂头继续看手机，刷新了一下，竟然还看到这个楼主发了一段小视频。

他点开来看，体育馆里面声音嘈杂，远远能看见撑在垫子上的少年和蹲在他旁边的少女，那视频离得挺远，看不清两个人的表情。

刘福江眯着眼，脑袋都快扎进手机里去了，反反复复地把那段视频看了三四遍，横着、竖着怎么看都没看出来，这沈倦周围有任何"幸福"的味道。

反倒是周围的同学看着好像都挺怕的，离得两米远。

刘福江叹了口气，关掉了视频。

这林语惊到底是个女孩，脸皮也薄，他一个男老师，就只能先找沈倦聊聊了。

一下课，何松南马不停蹄地直奔体育馆门口。

高三教学楼北楼那边离体育馆不远，他过来的时候沈倦正往外走，少年额头上挂着薄薄一层汗，鬓角微湿，看了他一眼，往水房那边走。

何松南也没说话只是跟着他，走到水池前，看着沈倦拧开水龙头，撩了把凉水拍在脸上。

何松南靠在水池前，目不转睛地看着他。

沈倦抬起头来，关掉水龙头，扭过头来："你有什么事？"

何松南乐颠颠地看着他："来看看倦爷一脸幸福是什么样，"他上上下下打量沈倦，很欠地说，"怎么回事啊，这楼主滤镜有点厚啊，我怎么一点都没看出来你哪里幸福呢？"

沈倦没说话，用眼神发出了"你是傻子吗"的质疑。

"我认真的呢，大哥。你知不知道你那个小同桌现在在咱们学校挺有名的？"何松南说。

"不知道。"沈倦非常不配合地说。

何松南丝毫没有受到影响："你知道她为什么有名吗？"

这次沈倦连搭理都不搭理他了，径直往小卖部的方向走。

何松南不屈不挠地跟着他："因为你。大哥，不是，真的不是我说你啊兄弟，你撩个妹也不用这么高调吧？你考场里那一系列都是些啥骚操作啊？你俩还是同桌吧？你不怕你们老师把你俩调开啊？"何松南看着沈倦进了小卖部，"到时候一个在教室那头，一个在教室这头，让你俩坐个对角遥遥相望，你就哭吧你。"

沈倦动作顿了顿，从小冰柜里拿了听冰可乐出来："我没撩妹。"

"你没个屁！你当最后一个考场的人都瞎？人只是不爱学习，不是缺心眼。"何松南唾弃他，看了看他手里的可乐，又忍不住嘴贱道，"少喝点吧，可乐杀精，别好不容易摆脱了性冷淡的标签，结果喝可乐又喝出新问题，为了你林妹妹的幸福你能不能注意点？"

沈倦面无表情地转过头来，抬了抬下巴："转过去。"

"干啥？我后面有啥？"何松南一边说着，一边转过身去背对着他，"我跟你说真不是开玩笑，我二姨家大表哥喝了十年可乐，现在……"

何松南低吼道："阳、痿、了！你敢信倦爷——"

沈倦一脚踹在他的屁股上。

何松南一个趔趄，往前扑了一下，差点一头扎进冰柜里，堪堪稳住身子，单手扶着冰柜柜门边："我——"何松南还没来得及转过身来，又被踹了一脚。

何松南愤怒了，他觉得他这兄弟做得真是憋屈，好心好意为他考虑还要挨揍。

他正想着要不要跟沈倦打一架的时候，小卖部进来个穿着高二校服的男生，看见沈倦以后愣了一下，走过来："那个，沈倦同学。"

沈倦转过头去。

李林清了清嗓子，他现在算是班上为数不多的、跟沈倦说话超过五句的人了，这一项丰功伟业给他带来了非常大的勇气，于是他主动示好、提供情报："我刚刚去生物老师办公室，听见五班班主任和老江说了你的事。"

沈倦挑了下眉。

"说你跟林语惊苗头不对，要把你俩调开什么的，"李林低声说，"老江可能要找你谈话了。"

沈倦沉默了几秒，说了句"谢谢"。

李林受宠若惊，连忙摆手："没事。我，就是那个喜欢为同学服务的、正义的伙伴。"

何松南虽然觉得这事是早晚的，但是没想到这么快，想想也可以理解：年级前两名，七百分以上，不出意外能冲一冲市状元、省状元的苗子，学校肯定不会让他俩出任何问题。

虽然沈倦刚踹了他两脚，但是没办法，他就是一个这么够意思的兄弟。

何松南迅速反应过来，转过身拽着沈倦的手腕往前一拉。

沈倦大概还在想刚刚李林说的事，有点走神，一只手拿着可乐，身体前倾，他回过神来，下意识地抬臂撑住冰柜站稳。

咚的一声轻响。

何松南背靠着冰柜，沈倦比他要稍微高一点，单手撑着柜门，垂着头，看不见表情。

正是下课的时候，小卖部里不少学生，看到这一幕集体融化了。

整个小卖部里一片死寂。

柜、柜咚。校霸可真喜欢咚人啊!

但是问题是这回怎么是跟个男的呢?!怎么还男女不限了呢?!

沈倦都没反应过来。

何松南一脸视死如归,用只有两个人能听见的声音说道:"兄弟,只能帮你到这儿了啊。"

沈倦:"……"

何松南一路狂奔回教室,感觉等沈倦反应过来自己可能会被暴揍。

沈倦能喜欢个女孩子不容易。

虽然现在何松南也不知道他到底喜不喜欢、到什么程度,但至少他对这个林妹妹是不一样的。

何松南跑到教室门口,撑着膝盖呼哧呼哧地喘气,忽然觉得自己像个深藏功与名的英雄。

何松南靠着门站了一会儿,一边喘气一边回位置上,他翻出手机,打开了学校贴吧。

果然,三分钟前刚出炉的帖子,正新鲜热乎。

何松南坐在座位上,忽然仰起头来,笑得像个神经病。

徐如意正在发作业本,路过他身边,被吓了一跳。

何松南心情挺好地转过头来和她打招呼:"小结巴,下午好啊。"

徐如意看着他,怯怯地往后退了退。

何松南想起来之前在米粉店的时候,看见李诗琪那帮女生欺负她、说她结巴的时候,少女垂着头哭的样子。

他愣了愣,连忙道歉:"哎,对不起啊。我没有恶意,我也不是笑话你,你别生气啊。"

徐如意摇了摇头。

何松南指指她怀里的作业:"我帮你发?"

"不……用。"徐如意小声说,抱着厚厚一叠作业本走了,刚走了两步,何松南叫她:"哎!小——如意!"

"小结巴"三个字差点脱口而出,他迅速反应过来,连忙改了口。

何松南周围离得比较近的几个人安静了一下，扭过头来。

徐如意转过身，涨红着脸，惊恐地看着他。

何松南没注意，问她："你是不是跟林语惊关系挺好的？"

徐如意听到林语惊的名字，眼睛亮了亮，点点头，又摇摇头，有些失落："没，我跟她，关系好，她、她跟我……不熟吧。"

何松南听不明白小姑娘这些弯弯绕绕的，关系好就是关系好，怎么还分她跟你、你跟她的。

他笑眯眯地看着她："你想不想跟她一起出去玩？"

沈倦回到教室，刚一坐下，就被刘福江叫去了办公室。

林语惊坐在旁边，侧头看了他一眼。

沈倦的表情有些异常，竟然复杂到林语惊一时间有些分辨不出他到底是个什么情绪。

林语惊其实本来也不是生沈倦的气，她就是觉得既丢脸又尴尬，不太想跟他说话，但是两个人今天这么一闹，她也就没什么感觉了。

她忽然觉得沈倦脾气真是好，要是有个人一直这么蹲在她旁边敲她的脑袋，估计她能按着那个人脑袋砸到地上去。

林语惊又开始反思自己是不是太过分。

她张了张嘴，小声问："我打得很疼吗？我先说明啊，我绝对不是故意的，"林语惊此地无银三百两，"我也不是为了撒气，都是体育老师让我干的。"

"嗯，你不是，"沈倦有些好笑地抬了抬眼，"不疼，没什么感觉。"

"那你是遇到什么事了？"林语惊斟酌着措辞，"一脸被人非礼了的表情。"

"……"沈倦往后靠了靠，挑着眉看她，"小同桌，你现在胆子很大啊，敢这么说社会哥了？"

林语惊鼓了一下腮帮子，抬抬眼，没说话。

沈倦顿了顿，似乎是在思考："你看不看……"

"嗯？"林语惊凑近他，"看不看什么？"

"没什么，"沈倦懒洋洋地笑了一下，站起身来，"我出去。"

他话说一半，林语惊非常难受，人没动，瞪着他："你说完呀，看不看什么？"

沈倦抬手，轻轻拍了一下她的脑瓜顶："回来跟你说。"

刘福江一直在犹豫该怎么跟沈倦说这个事。沈倦这孩子平时太安静，刘福江之前本来不知道他的事，后来有次跟沈倦以前的班主任聊了下，才听说了一点。

这么个孩子，会愿意调座位吗？让他跟男生一桌？

刘福江叹了口气，一边思考着一会儿怎么开口，一边机械地刷新了一下贴吧。

首页蹦出了一条新的帖子。

【高亮】大佬分手实锤了同志们！！！

刘福江手又是一抖，点进去。主楼是一张照片：穿着校服的高大少年站在小卖部里，单手撑着冰柜，另一个男生靠着冰柜门，俩人面对面站着。

看着还挺少女心的，就是另一个也是个男生。

嗯？也是个男生？

楼主：刚看完隔壁那个恋情实锤的楼主觉得现在心情不太平静。

楼主只是去小卖部买个碎碎冰吃，挑味道挑到一半大佬进来了，和他的好基友。平时经常在学校里看见他们俩一起活动嘛，楼主也没注意，就默默地欣赏了一会儿沈同学的盛世美颜。嗯，他的好基友也很帅。

这都不是重点，重点是这两个人说着说着，大佬忽然踹了他的好基友。这也不是重点，重点是他踹完以后，楼主转过头去结了个账，等再回过头来，大佬把他的好基友柜咚了！

这咋回事啊！！楼主觉得沈同学的恋情一下就扑朔迷离了起来！！！

刘福江："……"

刘福江最开始还没看懂。

他一连看了三遍，最后觉得自己的三观有点被刷新。

他从来没看过什么学校的论坛贴吧，这回还是第一次看。刘福江忽然发现，自己刚开学时看的那些书，还是不够全面。

现在的小孩好像和他那个时候不太一样了。

现在的小孩这都……咋回事啊？

年迈的人民教师刘老师，觉得自己的认知受到了冲击，还没反应过来，沈倦敲门进来。

刘福江抬起头来，把手机放在桌面上，上面还是那张照片。

沈倦走过来，一垂头，就看见那张他和何松南的照片。

沈倦嘴角抽了抽，转过头来看向刘福江。

刘老师还没回过神来，有点恍惚地看着他。他觉得自己一向是个开明的老师，绝对尊重学生的任何个人选择，但是一时间，他还是有点没反应过来。

两个人就这么大眼瞪小眼，瞪了三分钟。

眼看着就要上课了，沈倦垂头，终于开口："您找我？"

刘福江猛然回过神来："哦，对，对对。我找你来着，我找你……"刘福江斟酌着，他觉得其实很多事情都是捕风捉影，还是要问问当事人的真实情况。

但是这个要怎么问，也是个技术活。

刘福江头一回知道，原来班主任这么难当。

沈倦耐心又平静地等着，没什么表情。

刘福江艰难地挠了挠脑袋："我就是想问问……"

他委婉地、试探地说："沈倦啊，你想不想跟女生谈个恋爱？"

"……"

沈倦觉得何松南这招真的是出奇制胜。

刘福江还特地重音了"女生"这两个字。

沈倦一时间有点不知道该怎么回答。

刘福江此时也已经反应过来了，他怕沈倦多想，连忙说道："老师没有别的意思，就是想了解一下你们这个年纪的小孩，我也不是专门问你的，"刘福江非常多此一举地说，"我上节课也才跟李林谈完。"

沈倦安静了几秒，似乎是笑了一下，微挑着眉："刘老师，早恋影响我学习。"

"……"

刘福江觉得,沈倦这小孩还挺会打太极的。

但这个意思,是不是就是说他不打算谈恋爱?

是不打算谈恋爱,还是不打算跟女生谈?!

刘福江张了张嘴,心里其实有一百个问题想要问清楚,但是最后还是什么都没问出来。他实在不知道该怎么开口,叹了口气,摆摆手:"你先回教室吧。"

沈倦若无其事地回了教室。

教室里,体委正在和林语惊说她运动会报名项目这个事。

体委对运动会保持着极高的热情,林语惊是班里唯一一个愿意报名跑步以外其他项目的女生,体委正在试图说服她连带着铁饼和标枪一起报了。

林语惊很无奈,看见沈倦回来,她一边站起来给他让位置,一边好脾气地看着体委说:"体委,您看我……"她指着自己,"您看我长得像是丢得动铁饼的人吗?"

体委看了一眼她细得像是能掰断的手腕,也张了张嘴:"那你不是也报了铅球吗?"

林语惊:"那我不是短跑慢,长跑也跑不下来,看铅球最不累,意思意思吗?"

沈倦坐下听着她半真半假地忽悠着体委,"看铅球最不累,意思意思"应该是真心话,"短跑慢"他是不怎么相信的。

他想起那天晚上在 7-11 门口,少女一眨眼就冲到他面前来的那个速度,觉得额角又开始隐隐作痛。

这人跑短跑不拿个第一都说不过去的。

体委连着找了林语惊两节课的课间,始终被无情拒绝。

但他屡败屡战,丝毫不气馁。最后林语惊实在被磨得不行,没办法,只能又报了个标枪。

体委这才算是消停,看着林语惊把名字签到他的小名单上,然后兴高采烈地跑到隔壁那边，磨英语课代表报名女子八百米。

一直到上课铃响起。

林语惊一边抽出书和笔记，一边长长地出了口气，小声地说："我是真的不明白，体委到底怎么想的？还让我丢铁饼？铁饼长什么样啊？"

"他可能觉得你喜欢，你不是主动报了铅球吗？"沈倦说着，忽然转过头来，"你体重多少？"

林语惊也转过头来，看着他："你不知道问女孩子的体重是禁忌吗？"

"我就是好奇一下，你这小身板……"沈倦上下缓慢地扫了她一圈，最后落在她校服袖口处露出的一截细细白白的手腕上，"是你扔铅球，还是铅球扔你。"

林语惊直了直身子，垂下头去凑近他："就我这小身板……"她指指自己，非常谦虚地说，"我一个能打十个。"

沈倦笑了一声："一身充气肌肉的那种？"

他说完，林语惊安静了。

沈倦也安静了。

林语惊之前和腱子哥、李诗琪那个事，沈倦是偷看的，她不知道他当时在那儿。

这么一句话，直接说漏了嘴，虽然也不是什么大事吧。

林语惊没表情地转过身来，看着他。

沈倦也看着她，没说话。

两个人就这么对视了几秒。

"你看见了。"林语惊说。

"我看见了。"沈倦说。

林语惊问："你看见什么了？"

"我看见你……"沈倦想了想，懒懒地道，"把李诗琪找来的那男的砸地上了。"

林语惊点了点头："你又看见了。"

她语气无波无澜，表情看起来跟知道他那天在米粉店门口，琢磨着怎么杀人灭口的时候有些像。

第十章 早恋影响我学习

沈倦斜歪着身子,手里的笔转了两圈,提醒她:"其实,无论我看没看见,你在我面前想保持人设好像也晚了点。"

"……"

林语惊想想,说的也是。这人不知什么时候就顺其自然、理所当然、自然而然地把她的马甲扒了个干干净净。打都打了两回了,她岁月静好的小仙女人设,早就崩得破碎又彻底。

她叹了口气,转过身来,撑着脑袋闷闷地说:"那行吧。"

李林坐在后面,看着前桌两个人的互动,心情有些复杂。

刘福江从沈倦身上没能问出个结果来,依旧不放心,想着李林和叶子昂就坐在他们俩后面,平时应该也比较熟悉,特地下课找了他们俩来,想让他们帮忙了解了解情况。

"你们年纪差不多,平时玩得也好,我吧,其实主张让你们自由发展,不太想插手你们小孩的事,但是多多少少还是有点不放心。"刘福江当时情真意切地说。

李林觉得能理解,他从小学到高中,基本上一直都属于快被老师放弃了的那类学生,我也不管你听不听课了,你爱学不学,反正你别扰乱课堂纪律就行。

但是刘福江不一样,他是真的不放弃任何一个学生,无论你成绩多差,李林是真心挺喜欢他的。

所以他还是决定帮忙打探一下情况。

李林很快就找到了机会。

林语惊上次跟他们一起打了一回游戏以后,彻底放弃了射击类的小游戏,但是李林他们换游戏很快,没几天,他们重新踏上了一款 RPG 游戏的征程。

沈倦是不会再跟他们一起玩这些傻缺游戏了,那个名为 JYZJBD 的 ID 在拿下几十个人头以后,再也没能获得重出江湖的机会,从此尘封在人们的记忆中。宋志明在知道这位大佬是沈倦的时候至少痴呆了五分钟。

林语惊射击类的游戏不太行,RPG 这种倒是玩得还可以,她手速不慢,反应也还行。

某天中午午休打游戏的时候,李林就找机会问了她一下:"哎,我听说隔壁九班有个女生跟她同桌早恋,被找家长了啊。"

林语惊叼着根棒棒糖,没出声。

中午午休不少同学吃完饭回来会补个觉,沈倦也趴在桌子上,脸冲着墙壁,睡得很安静。

教室里声音很小,李林压着声音继续说:"听说那男生很帅,是他们班班草级的,你看到都会心动那种。"

这次,林语惊笑了一声,也压着声音,淡淡地说:"能帅过我同桌吗?"

俩人都没注意到,一直趴在那儿的沈倦,耳朵微微动了动。

"那应该不能吧,"李林实在地说,"大佬的颜值我肯定是服气的。"

林语惊咬着棒棒糖打游戏,漫不经心地说:"那能心动什么?我对着我同桌那么个大帅哥都不心动。"

她的角色是个女剑士,挥舞着一把蓝色的大剑,正在积攒着能量条准备放大招,说完这句话以后能量值刚好满了,女剑士放出大招,宝剑快速挽出了个剑花,然后漫天的刀光剑影把对面轰了个片甲不留,看起来非常凶残。

林语惊满意地抬起头来:"男人,影响我出剑的速度。"

她说这话的时候,淡然又高傲,像个俯视众生的女王。

李林:"……"

李林觉得刘福江应该是可以放心了。

但是怎么总觉得周围有点冷呢,最近这降温降得也太快了。

月考以后,林语惊两个周末没回过家。

关向梅打来电话问过一次,林语惊说月考成绩不太理想,可是一直这么拖着也不太合适,运动会前的一个周末,她拖着小行李箱回了家。

到家的时候傅明修也在,看见她以后没什么反应,只看了一眼,转过头去继续玩手机、吃水果。

林语惊拖着小箱子准备上楼,刚进了客厅,被傅明修叫住:"喂。"

她回过头去。

傅明修随手一丢，抛了个什么东西过来。

林语惊下意识地伸手接住，冰凉沉甸甸的一个东西，她看了一眼，是颗橙子。

她愣了愣，抬起头看过去，傅明修已经扭过头去了，只留下靠坐在沙发里的、半个黑乎乎的后脑勺。

周末晚上，关向梅和孟伟国都在，这是这个家庭重组以后，第一次四个人一起吃饭，关向梅很热情，比起傅明修，林语惊看起来更像是她亲生的。

"听说小语这次考试考了第二名？"关向梅笑吟吟地看着她。

林语惊捏着筷子，顿了顿，低声"嗯"了一声。

"是在年级里？班里呢，在你们班里肯定是第一了吧，我本来想找人把你送到好班里去，你爸没让。"关向梅不满地瞪了孟伟国一眼，"要我说就进个好班多好，这班级里的同学，对孩子的影响特别大。把小语送进一班去，身边都是好学生，小语跟他们学习学习，那成绩能更好，你们男人什么都不懂。"

林语惊戳了戳碗里的米饭，低声说："我在我们班也第二。"

关向梅愣了愣："什么？"

林语惊抬起头来，夹了一筷子青菜，慢吞吞地轻声说："年级第一也在我们班，他第一，我第二。您不用太费心，其实在哪个班都一样，一班的同学分也还都没我高，我跟他们应该也学不着什么。"

饭桌上一片寂静，傅明修抬头看了她一眼。

关向梅脸色有点难看，好半天才笑了笑："啊，是吗？那你们班的那个同学也很厉害啊，我还以为你肯定成绩最好呢。"

林语惊没接话，孟伟国皱着眉："你这是什么态度？你关阿姨是为了你好，还特地跟我说想给你找个好班。怎么？你还瞧不上了？供不下你这尊大佛？"

林语惊抬起头来："那一班的人考不过我们班，也不是我的错呀，"她眨了眨眼，无辜又委屈，声音软软的，听起来毫无攻击性，"我也没想到这个学校的好班学生，就考那么点分……"

孟伟国像是被噎着了，瞪了她一会儿，刚要说话，傅明修扶着桌边站起来："我吃饱了。"

林语惊赶紧也跟着站起身来："我也吃饱了。"

两人一前一后地上了楼，林语惊隐约听见关向梅的声音："……是我没考虑妥当，我没想到小语的成绩这么好。看来是怨我了，觉得八中的教学质量跟以前的学校比不行……"

林语惊脚步一顿。

孟伟国特别讨厌别人提起这个，他很怕听到别人说他现在不如以前，就好像是在说他离开了林芷就不行了。

他肯定会发火。

林语惊看着暖色墙壁上挂着的巨幅油画，翻了个白眼。

她这个后妈跟林芷真是完全截然不同的两个性格，林语惊最烦的就是这种人，反倒是直来直去、把敌意都摆在明面上的那种很好办。

孟伟国果然不负林语惊所望，晚上直接把她骂了一顿。

他跟林芷不一样，林芷完全是冷，连训斥都是冷冰冰的，你只要低着头听就可以了，她相当不愿意磨叽，说完自己的理都不会理你，转身就走人。

而孟伟国，他得需要你跟他互动。他骂你，你还得答应着，不能戳到他的怒点，还不能表现得过于夸张，太顺从他就要问你是不是不服气。

这可真是太考验演技了。

林语惊漠然地站在那儿，连吵都懒得跟他吵，就这么听他叨叨了十分钟，希望他赶快把话说完走人。

大概是顾忌到关向梅今天在家，他情绪比上次收敛了很多，就在林语惊觉得自己可能忍不住，下一秒就会把柜子上的花瓶丢他脸上的时候，他终于闭嘴出了房间。

林语惊站得腿都麻了，她关上房间门，站了一会儿，然后长长叹了一口气，靠着门板往下滑了滑，又滑了滑，最后蹲在门口。

手机在裤袋里振动了两下，林语惊翻出来，发现是班级群里@全体的信息,体委发了两个非常热血的表情包:下周运动会了啊,咱们班的运动员们该练习的练习一下,别忘了到时候带吃的!

林语惊"啊"了一声,才想起运动会的事。

她揉了揉发麻的脚踝站起来,从桌上拿了钥匙就往外走。客厅里没人,只开着廊灯。

她出了门,等回过神来,人站在老弄堂口,里面黑漆漆的一片。

路灯光线昏黄,刺啦刺啦地响,飞蛾盘旋。

天空是阴霾的深紫,像是厚重的天鹅绒,被乱七八糟的黑色电线一块一块地切割开来。

林语惊张了张嘴。

她本来想着去哪儿来着?想去 7-11 买点零食。

其实吃的之后再买也来得及,她只是暂时不想待在那个房子里。

林语惊折回到 7-11 便利店,买了一袋子零食和两提啤酒,坐在窗前的桌边开了一听。她一边撑着脑袋,看着外面来来往往的行人和车水马龙的街道,一边小口小口地喝。

喝完了一听啤酒,林语惊站起身来,将空的易拉罐丢进垃圾箱里,出了 7-11 的门,重新回到老弄堂这边。

和别墅区那边的灯火通明不同,这儿到处都充满着老旧的气息。走进弄堂里,她甚至能够隐约闻到楼房散发出淡淡的、木制品发霉的味道。

林语惊走到沈倦文身工作室的铁门前,先是茫然地站了一会儿,然后她拎着袋子走过去,背靠着冰凉的铁门,翻出手机来,给沈倦发信息:Hi,沈同学,你的工作室几点关门?

林语惊不是太热络的人,几乎没怎么给他发过信息。两个人上一次的对话,还停留在沈倦带她去射击俱乐部回来,她问他额头要不要喷个云南白药。

她发完信息,靠着铁门等了三分钟。

秋天的晚风冷,林语惊觉得自己手指尖都冰了,沈倦才回:**不一定**。

林语惊看了一眼时间:**那现在关不关?**

沈倦:**不关**。

林语惊深吸了口气，刚准备推门进去，手机又响了一声。

她脚步一顿，滑开锁屏，垂头看了一眼。

沈倦又发了一条过来，重复道：不关，来吧。

不是"来吗"，也不是任何疑问句，而是"来吧"。

社会哥的那一小截细腻的、温柔的小神经好像恢复了信号，重新开始工作了。

不知道为什么，在看到这两个字的时候，林语惊觉得有哪里酸了一下。

她甚至能够想象得出，沈倦在打完这句话时困倦又冷淡的、懒洋洋的样子。

林语惊忽然想跟他说说话，也可能不是忽然，从家里出来的时候就想，只是她没意识到。

黑色的铁门没锁，沈倦一般都不锁门。林语惊推门进去，小院里挂着灯串，夏天郁郁葱葱的绿植，到了秋天颜色一点点地过渡，现在看起来皱巴巴的，还有些发黄。

廊灯开着，林语惊走到门口，敲了敲门。

大概一分钟后，沈倦出现在门口，黑色的口罩挂在下巴上，垂着眼。

看见她以后，他愣了一瞬，才侧了侧身，让她进来。

"稍等一会儿，还有个活。"沈倦说。

林语惊站在门口，停住了脚步："打扰你吗？"

"二十分钟，"沈倦回头看了她一眼，低声说，"等我，很快。"

房间里还是几盏地灯，暖橙的光线，有种暖暖的昏暗，只有里间一个半开着门的房间里冷白色的灯光明亮，林语惊把手里的东西放在沙发上，指了指那边："我能看看吗？"

"嗯。"沈倦走过去，他穿了件黑色的薄卫衣，袖子折起来卷到手肘的位置，小臂的肌肉线条流畅不突出，带着一点点少年感。

林语惊跟着他过去，没进房间，就扒着门框站在门口，好奇地往里看了看。

里面一张看起来很舒适的长椅，上面坐着个男生，很年轻，看起来二十出头的样子，也正侧着头看她。

男生眨眨眼，他文的是手臂，二分之一处的小臂画了个像是京剧脸谱似的花纹，他抬起另一只手朝她摆了摆："嗨。"

林语惊也眨眨眼，朝他摆了摆手："嗨。"

沈倦抬手，食指勾上口罩，抽出一双新的手套戴上，五指撑了撑。

他抬头看了她一眼，拿起旁边的线圈机坐下，垂头继续。

沈倦的手很好看，平时看着还没有这么深刻的视觉刺激，此时他手上戴着黑色的一次性手套，消瘦的手背，掌骨的纹路被撑起，手指的形状修长，就显得格外好看。

他垂着眼，睫毛低低地覆盖下来，漆黑的瞳孔被遮了个彻底，戴着口罩看不见表情，眼神淡漠又专注。

林语惊忽然觉得有些口渴。

她咬了一下腮帮里面的软肉，没几秒，又觉得唾液腺开始急速分泌。

林语惊咽了口口水，扒着门框的手指松了松，不看了，回到沙发里坐下。

她自己本身长得就够好看了，身边发小的颜值又都很能打，所以林语惊一直觉得，自己对于美色的抵抗能力还是挺强的。

至少看一个男生、男人，随便什么年龄层的帅哥，她从来没有过流、流口水……

这种反应应该只有闻到炸鸡、烧烤、火锅香味的时候才会出现。

男人还不如炸鸡块。

林语惊晃了晃脑袋，扒开旁边一塑料袋子的零食，抽出一听啤酒来，咕咚咕咚灌了几大口。

工作间的门没关，林语惊坐在沙发上，一边身体前倾远远地看着，一边小口小口喝啤酒。

沈倦捏着文身机的时候也会有那个小动作：拇指指腹会稍微压着食指指尖，每隔一段时间手指会微微抬一下，指尖稍扬。

林语惊撑着脑袋，视线从少年的肩线扫下来，到窄瘦的腰、修长的腿。

她往后靠了靠，坐进沙发里，抬起自己的一条腿，来回扫了两圈比较了一下，皱起眉，头一次有种对自己不太满意的感觉。

沈倦说是二十分钟，差不多也就用了十多分钟。最后结束的时候，文身的那个男生直了直身子，往外看了一眼，问道："女朋友？"

沈倦放下线圈机，抬手按了下后颈："不是。"声音有点哑。

一半个小臂，图也不算小了，他用了两天时间，加起来一共二十多个小时，从今天中午到现在水都没喝一口。

"哦，"男生笑道，"女，朋友？"

沈倦没说话，慢条斯理地摘了手套丢掉，又勾下来口罩。

这个男生之前也来过几次，跟蒋寒他们都熟，也算是半个熟人，非常有眼力见儿那种。

他立马准备撤退走人，两个人一出来，林语惊正坐在沙发里，一边看综艺一边喝着啤酒，还拆了包泡椒凤爪啃。

见他们出来，她抬起头来，看见男生那个保鲜膜包着的文身，吹了声口哨："很帅啊，哥哥。"

男生咧嘴笑："谢谢妹妹，你也很美。"

沈倦站在门口，门都帮他打开了，不耐烦地拍了两下门框，皱着眉看他。

"得，"男生双手合十，朝沈倦一鞠躬，出了门，"滚了倦爷。"

沈倦关上门，转过头来，视线落在茶几上。

一，二，三，四。

二十分钟，四个空啤酒罐。

林语惊看起来跟平时没什么两样，跷着腿坐在沙发里，看综艺看得津津有味。

还挺能喝。

沈倦走过去，居高临下地看着她："叫哥哥叫得这么顺口？"

"嗯？"林语惊抬起头来，眼珠清明。

她咬着啤酒罐的金属边，反应了一会儿，才听明白。

"啊，那我不知道叫他什么呀，"林语惊关掉了综艺，想了想，"叫帅哥？会不会显得有点轻浮？"

沈倦舌尖顶了下槽牙："你叫哥哥不轻浮？"

"不啊,"林语惊说,"显得我乖巧又懂礼貌。"

沈倦被气笑了:"那你怎么不跟我讲讲礼貌?"

林语惊没说话,把手里那听剩下的啤酒也干了,然后把空啤酒罐整整齐齐地摆在茶几上,加入空罐大军,成为五号选手,然后她又从旁边的袋子里抬出来一提。

"……"

沈倦沉沉地叫了她一声:"林语惊。"

沈倦沉着声说话的时候很有压迫感,但林语惊完全不怕他,看都没看他一眼,恍若未闻地拆开啤酒,一提里面六听,抽了一听出来,砰的一声轻响,她拉开了易拉罐的拉环。

林语惊仰起头来看向他,抬手把那罐啤酒递过去:"喝酒吗,哥哥?"

这两个字出口的瞬间,沈倦像是被人按了暂停键。

女孩子骨架单薄,穿着件很居家的圆领棉质上衣,头发松松垮垮地随意扎着,像是从家里逃出来的小朋友,露出雪白纤细的脖颈。

沈倦垂眼看着她。

林语惊仰着头,举着啤酒的手晃了一下,暖橘色的光线里,看着他笑,故意说:"不要吗,哥哥?"

她声音本来就轻,和刺猬似的性格简直是两个极端,平时跟他讲话的时候大多棱角很分明,偶尔故意软着声撒娇,就非常要命。

比如"求你"的时候,以及现在的"哥哥"。

沈倦的喉结滑动了一下。

他抬手接过她手里的酒,少女的手指划过他的虎口,指尖冰冰凉。

沈倦接过酒来放下,走到厨房拿了水壶和空杯子过来,给她倒了杯温水:"喝这个。"

林语惊歪着头:"你嗓子好哑。"

沈倦:"……"

"刚刚还没这么哑,你偷偷干什么去了,哥哥?"林语惊说。

"……"

沈倦被她这一声声惹得发麻,磨了下牙,警告道:"林语惊。"

这姑娘看着还是很清醒的样子，黑眼睛剔透得像玻璃珠，完全看不出有任何醉了的迹象，只这么看真的会让人有种这人五听啤酒半点事情没有的感觉。

但是沈倦不觉得她会在清醒的时候这么叫他。

林语惊又给自己开了听啤酒，百忙之中还抽出空来，抬头看了他一眼："干什么？"

沈倦随手从旁边拉了把椅子过来坐下，伸过手去，食指在易拉罐的边缘轻敲了两下："放下。"

林语惊顺从地撒手。

沈倦拿过来，踩开旁边的垃圾桶，把酒全倒进去了。

咕嘟咕嘟，啤酒的麦香在空气中弥漫开来。

沈倦倒了个干净，又拿过旁边的玻璃杯，将温水灌进空了的啤酒罐里，放在林语惊面前的茶几上："喝吧。"

林语惊全程都没有动，撑着脑袋很淡定地看着他："你是不是觉得我是个傻子？"

沈倦靠回到椅子里，挑着眉："没醉？"

林语惊白了他一眼，指指自己："我，千杯不醉林语惊，我来找你喝酒的，你人都没过来，我哪能自己就醉了？"

沈倦眯起眼："你来找我喝酒？"

林语惊点了点头。

沈倦低声说："你知不知道，别单独找男的喝酒？"

林语惊看着他，平静地问："你是男的吗？"

沈倦："……"

她说完，又自顾自地点了点头："噢，对，你是……"

"……"沈倦连火都发不出来了，就这么看着她。

她一边说着，一边翻开身边的袋子："我还给你买了好多下酒的零食。你吃薯条吗？脆的那种。"她一边翻还一边嘟哝，"哦，你不爱吃，你爱吃这个……"

她抽出一包什么玩意儿出来，献宝似的举到他面前。

沈倦看了一眼。

——一包无壳的酒鬼花生米。

不知道是不是被这一屋子酒味熏得有些神志不清,沈倦居然还笑了。

他垂着头,笑着舔了舔唇角:"老子这辈子的耐心都用在你身上了。"

他声音很低,林语惊没听清,就看着他站起身来,把茶几上所有的酒全收走了,又把她那一袋子零食提过来放到茶几上。

袋子还挺沉。

沈倦把袋子一摊,坐回去,一双长腿前伸:"吃吧,我陪你吃。"

林语惊看着他,犹豫道:"就这么干吃吗?不喝点吗?"

沈倦撑着脑袋的手臂放下来,往前倾了倾身,捏着水壶又给她倒了一杯温开水:"喝凉白开。"

林语惊:"……"

林语惊酒量是真的还可以,不是吹的,但是一连六听啤酒,后面又喝得太快,此时有点上头。

不是醉了,她意识十分清醒,清醒到能清晰地察觉到自己现在好像有点兴奋了,连带着天生自带的帅哥免疫疫苗,也开始失效。

林语惊两只手撑着脸,上半身支在茶几上,眼睛一眨不眨地看着沈倦。

她看着他抽出烟盒,敲出一支烟出来。

注意到林语惊的视线后,他顿了顿,收了回去,把烟盒丢在茶几上,身子往后靠了靠。

林语惊看着他,忽然没头没脑地说:"有人告诉过你,你文身的时候很帅吗,哥哥?"

沈倦一顿,抬起眼来看着她。

林语惊不避不让,就这么迎着他的视线。

两个人对视了不知道几秒还是几十秒。

沈倦慢吞吞地俯身,靠近她,声音低哑:"有人告诉过你,没醉的时候别叫人叫得这么嗲吗?"

第十一章
运动会上惹风波

林语惊不算乖宝宝,第一次喝酒是从家里偷的。

林语惊记得很清楚,那天她考了年级第一名,校长全校通报表扬,她拿着成绩单回去找林芷,林芷却嫌她太吵,随手拿了桌上的地球仪砸到她身上。

林语惊是后来才知道的,那天是林芷和孟伟国的结婚纪念日。

那个地球仪太重了,砸到她小腿上,青了一片。林语惊一个人蒙在被子里偷偷地哭,哭完抹抹眼泪,从柜子里随手拿了瓶酒,跑到陆嘉珩家。

程轶当时也在,陆嘉珩从厨房拿了三个大扎啤杯过来,三个小朋友锁上门,在房间里围坐成一团,开了林语惊拿来的那瓶酒。

罗曼尼康帝白葡萄酒,人民币四万块钱一瓶,被他们倒在扎啤杯里,咕咚咕咚一口气干掉半扎。

没多一会儿,程轶就第一个倒了,剩下林语惊和陆嘉珩。

小姑娘脸颊红红的,眼睛湿润,哭得还有点肿。

林语惊揉揉青了一片的小腿,在酒精的作用下,她觉得自己的指尖都发麻,但是意识却清醒得可怕,甚至比平时还要清醒、深刻、敏锐,像是打醒装睡人的最后那一巴掌。

"陆嘉珩,我不想做林语惊了。"林语惊哑着嗓子说。

少年桃花眼微挑,看了她一眼没说话,过了很久,才淡淡地说:"你决定不了。让你是谁,你就得是谁。"

两个人最后干掉了整整一瓶酒,到最后,林语惊还是清醒的,就是眼睛沉,困得想睡觉,又难受得想哭。

所以她一直觉得,自己的酒量还是挺好的。

几听度数偏低的啤酒,还不至于让她头脑不清楚。

所以，林语惊不知道还有什么原因，能解释她今天晚上这种过度兴奋的反应。

房间里很静，地灯的光线昏暗，之前是温柔，现在是暧昧。

林语惊撑着脑袋，上半身压在茶几上，沈倦坐在椅子上探身靠过来，就这么看着她，声音低哑，熨烫耳膜，磨得人下意识地想缩脖子。

两个人贴得很近，几乎是鼻尖对着鼻尖的距离，林语惊看见沈倦黑沉沉的眼底，有一个模糊的自己。

她轻轻歪了下头，掌心压着有点烫的脸蛋，舔了下唇，低声问："那，醉了以后可以叫？"

少女声音温软，嘴唇饱满而湿润，狐狸眼微翘，一眨不眨地看着他。

懵懂、未成年的小狐狸精，自己偷偷跑下了山，肆无忌惮又浑然不觉地勾引男人。

沈倦倏地直起身来，深吸了口气，重新靠回到椅子里。

他动作有点猛，坐回去的时候椅子弹了弹。

他手腕搭在椅边，目光沉沉地看着她。

林语惊笑了笑，也直起身来，抬指敲了敲茶几："酒拿来吧，我可以再清醒地来个两三听，再多我也不喝了。"

她对自己的酒量计算得很是精准。

沈倦看着她，情绪晦暗不明："我看你现在就不太清醒。"

她忽然站起来，高高在上地垂眼看他："你知道为什么吗？"

"为什么？"沈倦说。

林语惊往前走了两步，顺着茶几绕过去，步子迈得非常稳："因为我得——"她打了个酒嗝，"去放个水，清醒一下。"

沈倦："……"

沈倦从来没听过一个女孩子说"我得去放个水"。

他听见洗手间的门被关上的细微声音，长叹了口气，指尖轻揉了下眼眶，觉得脑袋有点疼。

沈倦以为平时的林语惊很难搞。

脾气很大的颓废少女，剔骨为牢将自己围得严严实实，瞎话随口就来，真心几乎没有，而且在某些事情上，非常没心没肺。

比如对她同桌都没心动过。

沈倦躁了好几天，气压连续走低，完全不想说话。

十分钟后，林语惊从洗手间里出来，面色如常，十分平静。

她关了洗手间的灯，走到茶几前，绕过去，坐进沙发里，拽了拽身后的靠垫，人横过来，躺下了。

沈倦："……"

林语惊闭着眼睛，可能嫌一个靠垫有点低，又拽了一个过去，枕着个角，顺便调整了一下靠垫的位置，让自己躺得更舒服点。

"沈同学，睡觉吧，睡一觉明天又是新的开始，什么事情都会过去的。"林语惊闭着眼睛说。

"……"

沈倦真是不知道她到底是清醒了，还是更不清醒了。

他抬脚把茶几往那边踹了踹，站起来走到沙发边："起来。"

林语惊没听见似的，一动不动地直直躺着。

"林语惊。"沈倦警告道。

"……"

林语惊缓慢地、不情不愿地睁开眼，她眼睛有点红，看着他的时候，莫名让人觉得她有些委屈。

"你要赶我走吗？"她小声问。

沈倦又开始头疼了："没有，里面有卧室，到床上睡，我今天换的床单。你要是清醒着，洗手间里还有一次性的洗漱用品。"

林语惊慢吞吞地爬起来："你不是男的吗？"

沈倦直直地看着她："你觉得呢？"

"你是啊，"林语惊坐起来，说，"男生的床，我能随便睡吗？"

沈倦挑眉，身子往后靠了靠："怎么，男人的床也影响你出剑的速度吗？"

林语惊摇了摇头："我睡了你的床，我不是还得负责吗？"

"……"

沈倦有一瞬间的愣，几乎没反应过来。

"我还得给你洗床单。"林语惊继续说。

沈倦："……"

林语惊进洗手间洗了个澡，沈倦这个工作室虽然在旧居民区，面积也不算大，但麻雀虽小五脏俱全。

卧室里面有独立的洗手间，应该是沈老板独家专用，浴室还不小，干湿分离，非常有设计感。深灰色的墙面上镶嵌着大块的玻璃，能毫无遮挡地看见外面的洗手台和马桶。

玻璃上的水滴凝聚汇集，然后缓慢滑落，留下一道道模糊的水痕。

林语惊抬手，伸出手指来，沿着痕迹划下去一道。

温热的水流浇下来，滑进眼睛里，酸酸涩涩的，人也跟着清醒了不少。

她确实就是在借着酒劲上头、极度兴奋的状态下肆无忌惮。

她不想回去，沈倦也不说什么，就留她在这儿住下。

她胡言乱语，沈倦也不生气，就这么由着她的性子来。

这让她产生了一种她可以在他身边任性妄为的感觉。

林语惊无端地想到了两个字——纵容。

她被自己的想法吓了一跳。

这么个词，放在校霸大佬的身上，实在是有点违和了，完全不匹配。

林语惊没有可以换的衣服，洗好以后还是穿着那套，好在柔软的棉质上衣也很舒服。

沈倦这里一次性的洗漱用品很全，毛巾、牙刷什么都有，林语惊头发吹得半干，顶着条新毛巾出来的时候，沈倦正坐在沙发里写作业。

"……"

林语惊瞪大了眼睛，以为自己看错了。

听到声音，沈倦抬起头来。

林语惊刚好走过去，看见他笔尖停在最后一道选择题前，唰地勾了个C。

然后他低头飞快地扫了一遍大题,又翻了一页,用三分钟看完了所有的题目,答案一笔没动,随手画了两个题里给出的条件以后合上卷子,再次抬起头来:"去睡觉?"

林语惊反应过来:"你刚才在做作业?"

沈倦笑了:"小姑娘,我也不是什么都不学,考试拿了卷子就能答的。"

林语惊面无表情地看着他,指指自己:"我,也就比你小了一岁,不是小姑娘。"

"两岁。"沈倦说。

林语惊茫然:"什么?"

"你六岁读书吗?"沈倦问。

"啊,是啊。"林语惊说。

"那我比你大两岁。"沈倦站起身来,抬手揉了把她的脑袋,头发刚洗完没有吹干,还有点潮,摸上去就更软了,"睡觉去吧小姑娘,以后别仗着自己酒量好就这么喝。"

他顿了顿,垂眼:"喝完还瞎叫人。"

林语惊最后坚持睡了沙发,沈倦给她抱了枕头被褥过来,又开了一盏最暗的地灯,才进房间。

他双休日一直睡得少,事情多,时间不够,又陪着林语惊胡闹了一晚上,有点偏头痛。

沈倦拉着衣摆掀掉上衣,随手扔进了旁边的衣篓里,走进浴室,打开花洒。

浴室里闷热潮湿,未散的雾气四处缭绕,玻璃墙面上还滚着没干的水珠,洗手台旁边的地板上,有一个湿漉漉的小脚印。

十几分钟前在这里真实存在过的、几乎能够想象到的画面,不太受控制地在他脑海里浮现。

他闭了闭眼,站在花洒下,单手撑着墙面,叹了口气。

林语惊醒来的时候凌晨五点半,正是万籁俱寂的时候。天才蒙蒙亮,透过架子上方很窄的一块窗户，能看见还有些灰蒙蒙的天空。

她平躺在沙发上，例行缓了一会儿神，才慢吞吞地爬起来，揉了揉酸涩的眼睛，打了个哈欠，翻身下地。

她昨天用的那支牙刷放在沈倦卧室的那个洗手间里，林语惊看了一眼紧闭着的卧室门，选择放弃，去外面的洗手间里又拆了套新的，洗漱好后出门。

老弄堂的清晨很热闹，是林语惊从来没见过的光景，往外走出去是门市，各种早点散发出香气，豆浆、大饼和金黄酥脆的油条，粢饭团里包着油条、榨菜和咸蛋，一口咬下去满嘴鲜香，和食堂里那个只有米的粢饭团简直是两种食物。

林语惊每样都买了点，边吃边往回走。

她出来的时候没锁门，回去后屋子里依然静悄悄的，沉淀着睡了一夜的温暖和一点淡淡的酒气。

林语惊把早点放在桌子上，叠好被子，又随手扯了张白纸，留了张字条，才转身出了门。

她得回家拿个书包，这个点，孟伟国和关向梅应该也还没醒。

结果她有些失算，一进门，刚好遇见下楼的傅明修。

林语惊吓了一跳，站在门口，张了张嘴。

傅明修也愣住了，站在楼梯口看着她。

林语惊手臂前后摆动了两下，喘了两口气，抢先说道："早上好啊哥哥！外面空气好好，你平时晨跑吗？"

傅明修拧眉看着她，又看了看她身上那套很居家的衣服，清了清嗓子："一会儿我送你。"

少女再次受宠若惊。

傅明修很认真地解释："反正我也要回学校，顺路。"

"……"

林语惊现在已经透彻地认识到，傅明修这个人，虽然有很浓郁的少爷秉性，但是人不坏，而且口嫌体正直。

没准还是个暴躁的傻白甜，心里想着什么全写在脸上了，和他妈半点都不像。

林语惊已经吃过早饭了,就随便吃了个水煮蛋敷衍过去,然后拖着小箱子跟傅明修一起出门了。

走之前,关向梅还在笑着跟孟伟国说:"你看这两个孩子,关系多好。"

她到学校的时候教室里依然没几个人,各科课代表还没来,林语惊坐在位置上,抽出手机,看见一条新的信息。

她本来以为是沈倦发的,结果不是,这条信息来自程轶。

帝都那边秋天来得快,运动会也比这边早一些,附中那边运动会已经结束了,程轶他们班拿了个总分第一,发了张照片过来:

他勾着陆嘉珩的脖子仰拍,陆嘉珩一脸不耐烦,抬起手来想要去捂镜头,可惜没挡住,只露出一根手指。

程轶:鲸妹,你们那边运动会开了没啊?

林语惊回:没,这周。

这个点程轶刚从床上爬起来没一会儿,正纠结着要不要去学校,回得很快:周几?开几天啊?哥哥看看,回头逃个课找你玩去呗。

林语惊笑着回:周四周五两天吧,然后直接放双休。

十一那会儿程轶本来要来,结果被他家里绑去家庭旅行。少年那一颗除了学习什么都想干的心,难以抑制地躁动着,像是一只渴望自由的小鸟一样,渴望着逃离学校。

程轶:那不是正好吗?我去陪你待个四天,顺便看看我们的班花同志,几个月没见颜值有没有变得更高点。

程轶:哎我跟你说,这届高一的学妹真有好几个好看的,你这个附中第一美少女的地位可能要不保。

林语惊放下手机,笑得趴在桌子上。

她正笑着,桌子被人敲了敲。

她抬起头来,看见沈倦,于是拿着手机站起来给他让位置,头都没抬地回消息。

沈倦看了她两眼,进去坐下。

林语惊也坐下,手指噼里啪啦地打字,一直在笑。

她其实平时很爱笑,对着谁都笑,弯着眼睛看着你的时候,左边的脸颊会有一个很浅的小梨涡,让人忍不住想要抬手戳戳看。

但是一般这个笑,眼睛里没什么内容。

偶尔笑得很真实的时候,会让人心里觉得莫名地柔软。

比如现在。

不知道她跟谁聊天,笑得像朵大写的太阳花。

这就让人不是非常柔软了,不只不柔软,还很刺眼。

沈倦早上起来看到桌上放着早饭时,生出来的那点愉悦感现在全没了,他耷拉着眼皮转过头去,侧着头靠在墙上。

林语惊打着字,忽然抬起头来,看向他:"八中运动会外校的进得来吗?"

"应该可以,"沈倦看了她一眼,说,"运动会管得不严,套个校服就进来了。"

其实平时也不严,只要套件八中校服,长得稍微像学生一点,校门都随便你进。

林语惊点点头,忽然转过身来:"沈同学,运动会那天,能不能借你件校服用用?"

沈倦一顿:"干什么?"

"我有个朋友要来,"林语惊解释道,"想借你的穿一下,他进了校门就还给你。"

"男的?"沈倦问。

林语惊觉得这个问题像废话:"女的不就可以穿我的了吗?"

沈倦安静了好几秒,眯了眯眼,缓声问道:"你跟我借衣服,给别的男的穿?"

林语惊说这话的时候,没觉得有哪里不对。

运动会外人可以进吗?

可以,要穿校服。

那你校服借用一下可以吗?

从逻辑上来说，没什么问题。

但是沈倦这个问题问出来后，她忽然觉得有些不自在。

不知道为什么，林语惊乱七八糟地想到了一个渣男，女朋友声泪俱下地控诉他："你这个爱情骗子！我对你不好吗？我每天辛辛苦苦工作赚钱，你竟然把我赚来的钱给别的女人花！分手！"

林语惊被自己脑海中想象出来的画面吓到了，张了张嘴，好半天没说出话来。

沈倦看起来并没有打算放过她，靠近了一点，手肘撑着腿，从下往上看着她："嗯？是这个意思？"

他今天来得也很早，早自习还没开始，教室里只来了一小半的人，多数都在伏案奋笔疾书地补作业。

沈倦身上有种很干净的味道，之前两个人偶尔凑近了说话，林语惊就会闻到。林语惊曾经猜测过，那味道是因为他的沐浴露或洗衣液，但是现在她知道了，是洗发水。

因为她昨天在他家洗了个澡，用了他的洗发水和沐浴露，现在她头发上也有那个味道了。

森林味道的洗发水，混合着某种说不出的、属于他的气息。

他抽烟，身上有一点点烟草味，但烟草味很淡，应该是不成瘾。

沈倦还保持在安全距离以内，至少和昨天晚上两个人鼻尖几乎撞在一起、鼻息交叠相缠的那会儿相比，现在这个距离简直可以说是太安全了，他们俩平时上课说悄悄话的距离都比这个近点。

但是头一次，林语惊看着他一点点靠近、扬着眼直勾勾盯着她的时候，没来由地感受到了压迫感。

她还产生了点被勾引的错觉。

林语惊清了清嗓子："不给就不给，你不要这么小气。"她说着移开了目光，觉得自己像个坐怀不乱的柳下惠。

她转过头去，看向正在奋笔疾书、和数学作业勇敢斗争的李林同学："李林——"

李林没时间抬头，随口一应："啊？干啥？"

林语惊还没来得及说话，沈倦不怎么爽地"啧"了一声，他抬手按在她头顶，把她的头转过来，让她看看他："我又没说不给，你找别人干什么？"

林语惊被他掰着脑袋，眨了眨眼："我以为你不愿意。"

帅哥毛病都多，林语惊比较能理解。

"是不怎么愿意，"沈倦懒声说，"但你求求我，叫两声好听的，我不就给了？"

他尾音音调微扬，带着一点点吊儿郎当的散漫，嗓音低低缠上来，撩拨得人耳尖发麻、发烫。

"……"

林语惊咽了咽口水，无意识地往后躲了一下，觉得心率好像有点过速，怦怦怦怦，一下下跳得好像比平时欢快了许多。

她跟沈倦现在挺熟了，相处两个月，毕竟同桌，朝夕相处，有时候也会有一些肢体接触，但是这种很清晰的异常感，还是第一次。

是什么原因呢？

是因为她从昨天晚上开始，发现了沈倦的色相其实非常勾人吗？

她下意识地抬手，摸了摸好像有点烫的耳朵，发现不是错觉。

不是，你的帅哥屏蔽系统去哪里了？

她有点懊恼，心里默默骂了自己一句没出息，赶紧匆匆地捂住两只耳朵，在沈倦没发现之前，藏住了所有蛛丝马迹。

林语惊觉得，她的反应像是一个被情场老油子调戏了的、懵懂的傻白甜。

沈倦最后还是借给了她一件校服外套。

八中一般发两套校服，方便换洗，沈倦休学一年，本来穿的是高三的校服，后来又去领了两套高二的，所以校服多出来两套。

他把校服带给林语惊的当天，程轶又给她发了信息：宝贝女儿，爸爸携爱子陆嘉珩一同前去。

林语惊跟陆嘉珩的关系不能说不好，但是一山不容二虎：林语惊是无论对方什么性别，绝对不会服软让步的性格；陆嘉珩也不管你是男的还是女的，或者在他看来林语惊根本不是个女的，他对女生一向是很温柔的。

两个人在争夺"孩子王"宝座的战场上厮杀了数年，谁也不知道为什么这样的两个人，最后竟然相互殴打到关系越来越铁了。

程轶就是他们俩当中的那支强力胶，哪里不行补哪里，组成无法撼动的铁三角。

林语惊冷酷无情地回了三个字：让他滚。

她回完，又转头看向沈倦，长久地、一动不动地注视着他。

沈倦把化学书立在桌面上，人正趴着，懒散得看起来下一秒就要睡着了，让人怀疑他到底有没有在看书，他注意到林语惊的视线，转过头来。

"怎么了？"沈倦问。

林语惊依然看着他，狐狸眼眨巴眨巴，长睫毛扇动，眼神很软。

沈倦也摸索出了经验，一般情况下，她露出这种表情，是在讨好他，这是有事了。

还是那种，她觉得会让他不太爽的事，所以得先服个软，哄一哄。

果然，下一秒——

"你另一件高三的那个校服，能不能也借我一下？"林语惊说，"我还有个朋友……"

"……"

啪的一声，沈倦桌子上的化学书倒了。

他直起身来，没有任何表情地问道："你还有几个朋友？"

"没了，"林语惊作发誓状，"我就这么两个朋友。"

沈倦依旧很平静地点了下头，漆黑的眼，不辨喜怒。

他不说话，林语惊凑过去，又说："现在还有你了。"

沈倦终于有了反应，睫毛轻动了下，抬了抬眼。

不知道为什么，林语惊觉得他这一眼好像也没有很开心的感觉。

她自己还感动了一下。

我拿你当兄弟了啊！

我，跟程轶和陆嘉珩混了两年才交心的林语惊！跟你才认识了两个月就已经这么亲切了！这是多么神速的进展！

照这么发展下去，高中毕业学区房是不是都订下了？

停，好了，可以了，打住，你是不是又开始垂涎沈同学的美色了？

林语惊觉得自己的思想游离得有点远，自我唾弃了一番，凑上前去："沈同学？好不好？"

他看着她，半晌。

"好。"沈倦说。

程轶说他们要过来，林语惊还是挺期待的。

她到 A 市来虽然已经有两个月了，但归属感却始终没有，在这种陌生的环境下，老熟人会给人带来非常大的安全感和安慰。

不知不觉到了周四，刘福江提前几天找到林语惊，让她去举班牌。

运动会每个班级都会有一个女生举班牌，十班女生比男生少，理科班本来就有点阳盛阴衰，刘福江找到林语惊的时候，她本来是拒绝的。

站在队伍最前面，享受全校注视这种事，她没有太大的热情。

运动会一般早上开始，开幕式在清晨，时间比平时上课还要早。

但因为平时校园生活枯燥，所以运动会这种连续两天不用上课、不用读书就瞎玩玩的活动，让大家都很亢奋，这足以抵抗那点早起带来的不情愿，连那几个天天迟到、上课睡觉、隔三岔五站走廊被罚站的小霸王都热情澎湃。

体委说"六点半，所有人在操场上集合"，除了有几个哀号着起不来的，大家基本上都没异议。

程轶拉着陆嘉珩去学生会，找熟人开了两张假条，又跟林语惊再三确定了一遍准确时间后，他去订了机票。

程轶说他们坐当天早上的飞机，到这边应该是中午，说到时候会给她打电话，让她到学校门口去接他们。

林语惊不疑有他，周四早上到运动场，找到了他们班的位置。

她是住校的，以为自己已经算是到得比较早的了，结果到的时候发现班里的人已经来了一半了。

宋志明不知道从哪里弄来了一面大红鼓,放在他们班那块前面的台子上,栏杆上挂着大横幅,红底黄字,是他们班的队列口号。

——山中猛虎!水中蛟龙!高二十班!卧虎藏龙!

二得不行。

这口号是李林想出来的,充分发挥了他出板报,写"春秋请喝菊花茶,清热解毒又败火"时的才华。

林语惊本来是不接受的,但是她看到了宋志明举起手,大声而满意地朗读了他写的那个:

——激情燃烧的岁月!十班无人能超越!

宋志明朗读完,还自信地问:"怎么样?是不是很青春?"

"……"

林语惊二话不说就找到了刘福江,主动扛下了举班牌这个任务。

因为举班牌的,只举着班牌在前面面无表情地走就可以了,不需要念这些弱智的口号。

宋志明拿着两个鼓槌站在鼓前,咚咚咚地敲了起来,很是拉风,把别的班那些什么拍手板、矿泉水瓶子里装着豆子的创意压得半点气势不剩。

宋志明看见她,朝她打了个招呼:"有没有觉得,我有点摇滚乐队鼓手的气质啊!"

他说着,瞎敲了一段听起来很急促的鼓点。

林语惊被他逗得,手里拿着十班的班牌站在台子楼梯口不停地笑。

这时,后面一个女孩子没好气的声音传过来:"让让好吗?"

她连忙往旁边侧了侧,回过头去说了声抱歉,那女生白了她一眼,擦着她的肩膀过去,还撞了她一下。

林语惊隐约记得她好像叫什么慧,文艺委员。两人在这之前应该没有说过话,林语惊不太明白她的敌意从何而来。

宋志明也看见了,等女生走过去,他跑过来:"哎,没事吧?"

林语惊摇了摇头:"没事,她叫什么来着?"

宋志明把着栏杆乐了,小声说:"闻紫慧。不是,这两天她都快把你瞪穿了,你连人叫什么都不记得啊?"

"我坐第一排,我怎么知道她瞪着我?"林语惊很无辜,"她瞪我干什么啊?"

宋志明敲敲她手里的班牌:"因为这个啊姐姐。你没来的时候,闻紫慧是小班花,去年运动会班牌也是她举的,结果你一来就变成你了。"

举班牌这个任务,一般都是整班里最靓的那个仔来担任,换句话说,是敲了官方印章的班花的活。

宋志明继续道:"你说,穿着裙子全场秀一遍和默默站在方阵里,哪一个更出风头?难得不用穿校服的日子,漂亮小姐姐都想秀一秀腿。"

"……"

林语惊觉得现在同龄小姑娘的心思真是难猜,不明白这到底有什么好秀的,八中是有吴彦祖还是金城武看着她们咋的?

开幕式七点开始,各个班级都要站在主席台前的操场上,先是举着牌子、喊着口号走一圈,然后进去站好,一个班一块地,听主持人发言、体育生代表发言、校长发言,七点半升旗仪式,运动会正式开始。

沈倦是七点二十分来的,时间掐得非常准,刚好逃过了羞耻的方阵列队活动,又没有错过升旗仪式。

他到的时候校长正在发言,整个体育场里只有中间的那块操场上有人,黑压压的一块块方阵队列,校长站在主席台前,激情澎湃地喷洒唾沫星子。

少年懒洋洋地从3号门进来,站在门口扫视了一圈。

沈倦本来准备看班牌来找,结果没想到,第一眼就看见了站在队伍最前面的林语惊。

每个班举班牌的女生,统一穿学校发的白衬衫、红裙子和白色球鞋,头发扎成高马尾。

比较变态的是不能穿袜子,因为颜色要统一。

运动会队列男生一排女生一排,每个班负责举牌的女孩子都单独站在前面,裙子到膝盖上方一寸,姑娘们露着细细白白的腿,一眼扫过去,非常赏心悦目。

沈倦在所有人的注视下，穿过空无一人的橘红色跑道，无视了刘福江催促他快跑两步的命令，不紧不慢地走近，看见林语惊手里立着班牌一动不动地站在前面，就是整个人都在抖。

十月底的清晨，七点多。室外很凉，风带着潮湿的冷意，争先恐后地往骨头里钻。

林语惊本来就不太适应这边的这种阴凉，沈倦看见她脚尖轻轻动了动，膝盖内侧蹭了一下，缩了缩脖子。

他没作声，默默走到队伍最后排站好。

熬过了半个小时，升旗仪式终于结束了。各个班回到自己班级的位置，林语惊一走到台子下面，立马缩成一团，哼哼唧唧地跺了跺脚。

班牌有点重量，她手臂有些酸。她上了台子走到最后一排，把班牌放在台阶最后一排的那块空位置立好，用尼龙绳子绑住不让它倒，这才转身回头往下走。

她想回她的位置把校服套上。

她没带要换的校服和裤子，高一在附中的时候她运动会都没去过，也没想到有这种情况，书包里就只塞着两件从沈倦那里借来的校服。

她准备先套件校服穿一上午，等中午休息的时候再回寝室换衣服。

她走得急，垂着头一边看路一边往下走了两个台阶，不少位置在上面的同班同学还在往上走，林语惊就贴着边缘。

结果迎面往上走的闻紫慧忽然停下了脚步，毫无预兆地往她这边侧了侧身，挡在她面前。

林语惊一只脚已经迈下去了，眼看着要撞上人，脚连忙往旁边偏了偏。

旁边倒着一瓶葡萄汽水，应该属于坐在最外侧那个同学的。林语惊已经飞速反应换了个地方落脚，再也反应不过来，一脚踩在那个圆滚滚的塑料瓶子上。

她脚下一滑，右边半身重重地撞到了那个女生，身体完全失衡，仰着就往后倒。她瞬间抬手，支撑地面做缓冲，就这样还是摔在地上，往下摔了两个台阶。

林语惊能够感受到，从脚踝开始身体重重地蹭着水泥台阶的边缘，隐约还听见刺啦一声,像是布料划破的声音。

她没出声,反而是闻紫慧尖叫了一声,吓了林语惊一跳,把她喉间差点溢出的那一声惊呼硬生生地吓回去了。

林语惊刚刚摔在地上时大部分力都卸在手上,此时震得手腕发麻,两只手的手心疼得没了知觉,她忍着痛感撑住地面想站起来,脚踝又是一阵刺痛。

旁边有人在说话,闻紫慧的叫声长而尖锐,好像有人反应过来,问她"没事吧"。

乱七八糟的声音混在一起,嘈嘈杂杂。

从小腿中段到脚踝火辣辣地疼,林语惊坐在地上,身上的红裙子掀起来,裙摆落在大腿中上段至腿根,大片白腻光滑的皮肤暴露在清晨冰冷的空气中。

下一秒,一件很大的校服外套铺天盖地扣下来,将她挡得严严实实。

然后,有人蹲在她面前,拽着校服两端将她整个人从前面包住,下巴轻轻地蹭到了她的额头。

林语惊抬起头来,看见沈倦近在咫尺的锋利喉结。

鼻尖萦绕着一点烟草的味道。

他刚刚一定去偷偷抽烟了,林语惊想。

闻紫慧确实是有点不喜欢林语惊。大家都是一个班级里的美少女,美少女之间嘛,从古至今一向如此,要么成为好朋友,要么就是阶级敌人。

闻紫慧本来是很敬佩这个新同学的,开学的时候竟然跟沈倦坐一起了,但是敬佩的同时又有点微妙的小羡慕。

十六七岁的小姑娘,嘴上不说,其实心里对帅哥同桌多多少少都有点小向往,虽然这个帅哥有点黑历史。但这个年纪的女孩子,大多喜欢坏男孩,校草的那点黑历史让他成功变成了校霸,反而好像更有吸引力了。

闻紫慧一直是那种很热爱各种活动的人,刚开学的时候她就竞选了文艺委员。去年歌唱比赛的独唱者、圣诞节晚会的独舞者、运动会的举牌手都是她。所以今年刘福江一提运动会的事,她的小姐妹就说,这次肯定也是她举牌。

结果刘福江找了林语惊。

闻紫慧觉得,自己被打脸打得太尴尬了。

林语惊最开始还拒绝了,后来不知道怎么着,又答应了。

想就想,不想就不想,还拿什么乔?

她再看林语惊就怎么看怎么不顺眼。但是闻紫慧只是想挡她一下,再说她两句,没想故意让她摔倒。

本来就是,大家都在往上,就她一个人往下。

闻紫慧也没看见旁边倒着个瓶子,更没想到林语惊怎么就顺着台阶往下摔了,她就撞了林语惊一下而已。

闻紫慧有点慌了,撞的那一下结结实实,她离得最近,甚至听见了咚的一声,听着都疼。

她站在旁边叫了一声,还没等反应过来,沈倦从后面拽着她胳膊把她扯到旁边去,蹲在了林语惊面前。

他力气很大,手臂被他拽得生疼,闻紫慧也顾不上了,站在旁边呆愣又无措地看着还坐在地上的林语惊,看见她的小腿上有一条很长的划伤,渗着血,看起来触目惊心。

闻紫慧吓得脸都白了。

刘福江这个时候从另一边跑了过来:"怎么了?怎么都围在这儿?"他走过来,"沈倦,你蹲那儿干什么呢?你校服呢?"

沈倦没回头。旁边有同学说了一声:"江哥!林语惊摔了。"

刘福江赶紧过来:"摔哪儿了?摔坏了没?哎哟,赶紧去校医室看看。"

运动会一般每个班的班主任和副班主任都会在,不过这会儿副班主任还没来,就刘福江一个人,他一时也走不开,操场上瞅了一圈也没看见王恐龙在哪儿,赶紧道:"别自己走了,都这样了哪能自己走,沈倦,你背她下去。"

林语惊抬起头来,仰着脑袋看着他,旁边同学都在围着看,她不想表现得太矫情。

"不用,"林语惊说,"我自己下去吧。"

沈倦顿了顿,垂眸问:"能站起来吗?"

他拉着校服的两端,看起来像是从前面环抱住她的姿势。

"能。"她抿了抿唇,抬手搭住他的手臂,身子前倾,趴在他耳边道,"你扶我一下。"

沈倦校服里面穿了件白衣服,林语惊刚刚手按在他手臂上的那块留下了一片血迹,非常吓人。刘福江看了看她还在流血的腿,"哎哟"了一声。

沈倦摸索到她背后的校服拉链,哗啦一下拉上来,扶着她站起来,往下看了一眼:"这么多台阶,你打算单脚蹦下去?"

林语惊额头靠在他的锁骨上,缓了缓,疼得声音发虚,却还在笑:"你当我的拐杖呗。"

"我还能当你的轮椅,"沈倦说,"你自己不要。"

他们俩一边慢吞吞地一阶一阶往下走,一边说话,两人的声音很低,旁边人听不清楚内容。跑道那边,男子 100 米比赛开始检录。

各个班级的短跑健将们——100 米运动员选手围在一起,目送着林语惊和沈倦走过来,又目送着他们从 3 号门出了体育场。

校医室从体育场走过去有一段路,两个人一出体育场众人的视线,沈倦直接拽着林语惊手腕钩住他的脖子,打横将人抱起来:"你这个速度走过去,明天的运动会都结束了。"

林语惊也不矫情了,干脆地抬手环住他,走了一段,忽然问道:"哎,你这样算是轮椅吗?我觉得不太准确。"

"那什么准确?"沈倦一手压着她盖到大腿上的校服外套边问。

林语惊想了一会儿:"起重机?"

"……"

沈倦垂眼看她。

少女乖乖地缩在他怀里,虽然一直一副若无其事的样子在跟他说话,但是整个人看起来蔫巴巴的,像只受了伤的小狐狸。

"行吧,"沈倦说,"那就起重机。"

校医室在宿舍旁边,独立的一个小房子。门没锁,但是没人,里面四张床,每张床之间都隔着白色的帘子。

沈佺把人放在最边上的那张床上,林语惊坐在上面四下望了一圈:"我们等一会儿?"

沈佺已经把窗边的医务车推过来了,看了一眼她的腿,没来由地想起了几个月前,何松南的一句话——'腿玩年'啊佺爷。

林语惊的腿确实好看,白得像细嫩的乳酪,笔直修长,漂亮得像是人工的,挑不出一点毛病。

小腿侧后处的那一条划伤,就显得更为触目惊心。

沈佺坐在床尾,一手握着她的脚踝,往上抬了抬,另一只手捏着鞋跟,把她的鞋子脱下来。

大概她是滑下去的时候蹭到了台阶,水泥砌的台阶,边缘锋利,从脚踝骨到小腿下半段,一掌长的伤口。

伤口上混着细碎的灰尘和沙砾,血液半凝固的状态,血一直顺着往下,染红了鞋子。

沈佺把她的鞋子也脱下来,露出白嫩的脚。

林语惊有种说不清的不自在,反射性地抽了抽脚,没抽动。

沈佺打开装着酒精棉的玻璃瓶,没回头:"别动。"

她不动了。

林语惊觉得耳朵有点烫,她双手撑着医务室的床面,上半身往后蹭了蹭,结果压到掌心破了的地方,一阵刺痛。

沈佺刚好又捏着镊子,夹住酒精棉清理她伤口上的灰尘和沙砾。

双重夹击下,她疼得啜了一声,脚指头一根根蜷在一起,手臂一软,上半身倒了下去,砸进校医室的枕头里。

他抬了抬眼:"疼?"

"不疼,没感觉。"林语惊侧着头,脑袋扎在枕头里,声音闷闷的,"你动作很熟练啊?"像个宁折不弯的、倔强的女战士。

沈佺点点头,用酒精棉擦掉了一块有点大的小沙砾。

林语惊痛得用手指不停地揪着枕头边,连脚背都绷直了。

沈佺哼笑了一声:"小骗子。"

她不服气："我这叫勇敢。战争时期我一定是不怕任何严刑拷打的女英雄。"

"女英雄要都像你这样，那没戏了，你就差平地走路摔一跤了。"沈倦抬腿把垃圾桶钩过来，将沾满血的酒精棉丢进去，换了一块干净的，"我就一眼没看住你。"

"说得好像我一直在你的视线里一样，沈同学，咱们开学才认识。"林语惊提醒他，"我之前的十六年都不知道你姓甚名谁。"

沈倦将镊子放进注射盘里："现在你知道了。"他忽然抬起头来，看着她，"以后也得给我记着。"

少年说着这话的时候，声音低沉，平缓而悠长。

林语惊的心跳莫名漏了两拍，她定了定神，侧过头去看他，弯着眼，笑问："这位同学，你好。请问你叫什么名字？"

沈倦似笑非笑："这就不记得我了？开学的时候是谁求着我，让我给她当爸爸？"

林语惊："……"

林语惊也就两只手的手心和小腿有点皮外伤，她本来以为自己大概崴脚了，结果没有，缓了一段时间，手腕和脚踝的痛感渐散。

沈倦处理起伤口来确实很熟练，十几分钟后，等校医回来已经差不多弄完了。

林语惊躺了一会儿，套着沈倦的校服当连衣裙穿，回寝室后换了套衣服。

红裙子的边缘扯破了一点，林语惊换好衣服，在寝室里原地跳了两下，确定没别的地方不舒服以后，慢吞吞地下楼，往体育场走。

她以前三天两头地挨揍，蹭破点皮都不怎么在意了，反正伤口愈合比较快，几天就能结痂。

她回到体育馆的时候是上午十点半，还有一个多小时午休。高二十班鼓声激昂，加油声此起彼伏，男子 200 米运动员，拖把二号王一扬选手正在跑道上撒丫子狂奔。

王一扬曾经跟林语惊吹牛皮，有他的200米比赛，他第二，没人敢说自己是第一。

林语惊想起少年在打群架时，以迅雷不及掩耳之势飞扑出去，一边咆哮着"都来打我啊！打死我啊"的画面，就信了，毕竟不是所有人都有那种恐怖的爆发力。

结果今天一看王一扬跑步，她差点笑出声来。

少年像是一匹小野马，迈着大步，两个蹄子不停地捯，三两步一个飞跃，特别帅气地滞留在空中，像是面前有无形的障碍物阻挡着他。

非常标准并且专业的110米跨栏跑法。

林语惊数了数，就这样，居然还能跑个第三。

八中是真没有什么跑得快的选手。

她一边笑一边往十班那边走。宋志明正敲着鼓，看见她，停下来，颠颠跑过去："哎，林语惊，你没事吧？"

"没事，就蹭破了点皮，看着吓人。"林语惊摆了摆手，往上扫了一圈，没看见沈倦，也没看见闻紫慧。

她本来没打算问，结果刚转过头，宋志明就一脸"我贼懂事"的表情凑过来："刚才沈倦把闻紫慧叫走了。"

林语惊一顿。

宋志明继续说："从大佬的表情上来看，闻同学恐怕凶多吉少，即将成为第二幅被大佬镶在墙上的油画像。"

林语惊："……"

第十二章
暧昧不明的醋意

其实沈倦现在很无奈。

他觉得他对自己的定位挺准确的，他只是一个脾气非常好的、佛系高中生。仅仅只是因为他以前差点打死他同桌，他被人传得血腥又暴力，让人非常无可奈何。

他其实非常讲道理，并不主张武力解决问题。

尤其是此时站在他面前的还是一个女孩子。

本来小姑娘之间的事情，沈倦不想管。林语惊本身也不是会受欺负的类型，她那个战斗力和绝对不会处于下风的刺儿头性格，没有人比沈倦更清楚了，他知道她自己能解决得很好。

但是沈倦想起她在医务室里咬着牙说不疼的时候，白着张小脸把脑袋埋进枕头里的时候，绷直脚背指尖死死地拽着枕头边的时候，让他稍微有点忍不了。

沈倦本来是想讲道理的，结果闻紫慧跟着他刚走进体育馆，就站在门口开始哭。

少女刚开始还是抽抽噎噎的，后来变成奔放的号啕大哭，一边哭还一边道歉："沈同学，对不起，我真的不是故意的，我就想撞她一下，我没想到她会摔……哇啊呜呜呜……"

她哭得很惨，看起来是真心实意的，让人有点不知道怎么开口。

"……"

沈倦手插在口袋里，倚墙站着，神情漠然地看着她："你撞她干什么？"

闻紫慧用校服袖口擦了擦脸上的泪，又抽抽鼻子，实话实说："我嫉妒她长得好看，本来举班牌的肯定是我，她一来就变成她了。"

"……"就因为这个？

沈倦怀疑这群姑娘是不是脑子都有点疾病。

他点点头,从口袋里抽出烟盒,咬了一根,淡淡地道:"你们姑娘之间的矛盾,我不想掺和,但我见不得我同桌受委屈,也见不得她疼,你去给她道个歉,她想怎么解决你就听着,在我这儿就算过了。"

他摸出打火机,微微低头,点燃,在缭绕烟雾里抬了抬眼,还非常善解人意地询问对方的意见:"你觉得行吗?"

闻紫慧哪里还敢说不行,她吓都吓死了,疯狂一通点头,最后哭唧唧地走了。

沈倦没动,他靠着墙抽烟,侧了侧头,随意瞥了一眼,看见靠着门站在门口的林语惊。

门外运动场里,200米不知道进行到哪一个小组了,砰的一声枪响,然后呐喊声震天。

运动场看台下的室内,又阴又冷,灯泡瓦数不高,光线暗。林语惊站在门口,逆着门外的日光,更看不清表情。

沈倦掐了烟,丢进一边的垃圾桶里,又等了十几秒,烟雾散尽,才朝她招了招手。

他看着她走过来,问:"还疼?"

"还好。"林语惊说,"我刚过来就看见闻紫慧哭着跑出去了,你怎么欺负人家小姑娘?"

沈倦懒懒地道:"我从来不欺负小姑娘。"

林语惊扬眉,退后了一步,从上到下打量了他一圈。

少年懒洋洋靠墙站着,刚掐了烟,手插进口袋,垂眼敛眸,神情懒倦,散漫又不羁。

林语惊点点头:"那我还能说什么呢?你说是就是吧。"

她说着往外走。

两个人回到十班的位置,王一扬刚好跑完200米,正双手撑着膝盖喘气,顺便享受着同学们对他的夸赞和掌声。看来是跑得还行。

林语惊回到座位上,想要抽出手机看一眼时间,她两只手掌心用医用胶带贴了纱布,小心着不碰到,动作稍微显得有点笨拙。

沈倦坐在她后面的一排，最边上的斜侧面。他垂着眼，拍了拍坐在林语惊后面那个男生的肩膀，说："兄弟，换个位置行吗？"

那男生愣了愣，连忙点头，拖着一书包零食往旁边拽了拽，然后站起来，和沈倦换了个位置。

沈倦坐在林语惊的正后方，单手撑着她的椅背，弯腰垂头，从后面凑到她耳边："要拿什么？"

林语惊正费力地翻手机，上面压着两件大校服，翻了好半天也没找到，被耳边忽然出现的声音吓了一跳，她侧过头去，对上沈倦的视线。

接近中午，艳阳高照，早上的那点凉意被晒了个干干净净。阳光充足而明亮，她一侧头，对着光，有些刺眼。

林语惊眯了眯眼，身子往后靠了靠，脑袋藏进沈倦投下来的阴影里，把书包递给他："手机，我问问我朋友什么时候到。"

沈倦一顿。

他原本的动作趋向，看起来就要自然而然地接过她的书包了。

结果林语惊手都松了，书包差点掉在地上，沈倦反应过来接住，从里面抽了两件校服出来，又从侧格抽出手机，递给她。

林语惊道了谢，刚接过来，周围人的声音比刚刚大了些。

坐在她前面的那个姑娘指着天空问旁边的男生："那个叫什么来着？是无人机吗？咱们学校还挺有钱的，运动会航拍？"

林语惊跟着抬起头来，看过去。

还真是。四条腿八只爪子，长得像是个巨形大蜘蛛的银灰色飞行器，从体育场外飞进来，一架接着一架，一共三架，排成一排不紧不慢地飞过看台。

有男生跳起来去抓，但它们飞得太高了，碰都碰不到。

三架无人机像是三个迷了路的小朋友，茫然地绕着看台转了两圈，像是在寻找着什么，最后放弃了，晃晃悠悠地飞到运动场中央，靠近跑道的位置，一横排列队站好。

唰的一下，最左边的那个无人机上忽然吊下来一幅巨大的竖条幅，和每个班绑在栏杆上的运动会标语一个配色，红底黄字，标准的金黄色正楷。

——风在刮,雨在下,我在等你回电话。

这下,本来没注意到这几个小小无人机的人,视线也都被吸引了过去。

林语惊第一反应是,这学校还挺有创意的。

她反应过来后又觉得不对劲,这个台词怎么看怎么都不像是学校为了运动会弄的。

她正想着,最右边的那个无人机也吊下来一幅竖条幅的大字,大概是因为有点重,那个可怜的小无人机还晃悠了两下。

——为你痴,为你狂,为你哐哐撞大墙。

林语惊:"……"

这下没人觉得这是学校安排的了,大家都在猜测是哪个男生在追妹子,追得这么激情澎湃、热血沸腾,竟然在运动会上公开示爱,简直是狗胆包天。

刚刚跟沈倦换了位置的那个男生,大概对这方面比较感兴趣,稍微有点了解,他站起来边鼓掌边说:"大疆INSPIRE2,这玩意儿两万块钱一架。"

不仅狗胆包天,还很"壕"无人性。

整个体育场掌声雷动,各种起哄的声音和口哨声此起彼伏。

所有人都在等着中间的那个无人机会坠下来什么字。

林语惊兴趣不大,没再注意那边,低下头去,看了眼时间。

十一点了,程轶和陆嘉珩应该差不多到了。

她正想着要不要打个电话问问,原本骚动的四周忽然之间变得寂静了。

林语惊过了好几秒才察觉到,她抬起头,发现视线所能及的地方,所有人都在看着她。

她眨眨眼,和旁边的那个姑娘对视了一会儿,问:"怎么了?"

姑娘没说话。

林语惊扭头看向运动场中央,那个最后放下来的竖条幅。

字体最大,也最短,只有四个字。

——致林语惊。

林语惊:"……"

林语惊拿脚想都知道,这东西百分之百是程轶弄的。

她在众人目光的洗礼下霍然起身,一边一瘸一拐地下台阶,一边给程轶打电话,走到3号门门口的时候,程轶刚好接起来。

林语惊开口就骂他:"你脑子被驴踢了吧?"

"风在刮,雨在下,我在等你回电话。"程轶一接起来,就大声朗诵道,"为你痴,为你狂,为你哐哐撞大墙!致——林语惊,浪漫不浪漫?"

"浪漫。"林语惊真心实意地说,"我挺奇怪的,我走的时候是不是把你的脑子也带走了,导致你现在变成了一个缺心眼?"

程轶在那边笑得一抽一抽的,像个神经病:"我看见你了。你是不是在3号门门口呢?不错啊妹妹,八中这身校服穿你身上也很鹤立鸡群。"

林语惊四下找了一圈,阳光刺眼,视野受限,没看见他人在哪儿:"你们在哪儿啊?不是,你怎么进来的?"

她正转着圈找人,突然肩膀被人搭了一下。

林语惊侧过头去,程轶嬉皮笑脸地看着她,对着手机,说:"我们给门口的保安大爷带了点家乡土特产,两条中南海。"

林语惊讥讽地看着他:"您可真是善于交际,长辈的小乖乖。"

程轶很谦虚地摆了摆手:"不敢当,不敢当,人生地不熟的,还是要低调。"

她懒得再跟他贫,往他后面看了一眼:"我儿子呢?"

"你儿子饿了,找饭店去了,事儿得很,嫌飞机餐难吃一口没动。"程轶垂手,"走啊,吃饭去吧,我看你们这上午的项目不也差不多结束了吗?旁边的那几个班,人都走没一半了,早走十分钟?"

林语惊点点头:"我去拿包。"她顿了顿,往十班那边看了一眼。

3号门这边离十班的位置很近,大家还都在往这边看,刘福江扒在栏杆上,自以为偷偷摸摸,其实非常明显地也在瞅着他们。

体育场正中央,三条大竖条幅还在那里迎风猎猎作响,疯狂刷存在感。

林语惊忍无可忍:"你能不能先把你那智障条幅收了,你这么搞我,我下午就得被我们老师叫去,问我是不是早恋。"

程轶严肃地立正站好,朝她敬了个礼,非常标准:"遵命。"

她回去拿书包，程轶掏出遥控器，三个小无人机晃晃悠悠地晃出了运动场，拖着长长的竖条幅。

高调地来，高调地去，非常有排面。

林语惊叹了口气，转身走回到台子下，上台阶，回到自己的位置。

她这么一个不畏惧任何注视的少女，都被这种齐刷刷的、热烈的目光注视得有点不自在了。

她的书包和东西都还在沈倦那儿，沈倦懒洋洋地瘫坐在座位里，面无表情地看着她。

林语惊垂眸，和他的视线对上，不知道为什么，她竟然有一种微妙的心虚。

林语惊不明白自己到底有什么好心虚的，就是脑子还没想明白，心已经开始虚上了。

她静了静，双手小心地撑着椅背，微微俯了俯身，问他："要不要一起吃个饭？"

沈倦扬眉，语气无波无澜："和你的小男朋友？"

"……"

林语惊觉得，这程轶怎么就这么欠得慌呢？

她低声解释："不是，我没男朋友。"

沈倦点头，手里捏着手机把玩："追求者？"

"……"

林语惊抬手，一把抽过他的手机，直起身来，瞥他："那你吃不吃啊？"

沈倦手里一空，顿了顿，他腿上还放着她的书包，拉着书包带站起身来，勾唇："吃。"

上午的最后一个项目已经结束，距离午休还有几分钟，有些同学也已经走了。运动会，各个班级的老师管得都比较松。

程轶在门口等着，林语惊和沈倦一前一后走过去。

刚开始程轶没反应过来，还凑过去跟林语惊说："你们这学校的兄弟，颜值也可以的啊。"

林语惊笑:"你说的是哪个可以?"

"就你身后那个。"程轶说。

"哦,"林语惊很淡定,"这个,沈倦,我同桌,一起吃个饭。"

程轶脚步顿了一拍:"朋友?"

林语惊"嗯"了一声。

程轶的心情很复杂。

林语惊什么样的人他很了解,他甚至都做好了来她的新班级,帮她交际交际的准备。

她跟一个人交朋友,需要很长时间的试探周期。跟陆嘉珩熟,是因为这俩人从小打到大;跟他关系好,是因为他这个人没什么别的优点,就是脸皮足够厚。

沈倦看起来两种都不是。

但他用两个月的时间,和林语惊熟到了能够带着出来,和他们一起吃个饭的程度。

她的世界已经在无声地向他敞开了。

程轶真心实意地觉得这人有点厉害。

陆嘉珩这人吃东西很挑,八中附近就那么几家小饭馆,最大的是尽头的一家火锅店,也只是相对来讲比较大。所以在程轶拦了辆车,到八中旁边、正大广场商圈的时候,林语惊是一点都不惊讶的。

运动会的时间相对宽松充裕一些,这边的商场里也有不少穿着八中校服的学生。

三个人上了电梯,程轶按了个五楼,然后非常热情地跟沈倦做自我介绍:"兄弟,我是程轶,林语惊她发小,相逢便是缘,大家以后就是朋友了。"

沈倦看起来没有半点想要跟他交朋友的意思,没什么表情,言简意赅的两个字:"沈倦。"

程轶微抬了下眉。

这小哥好酷啊,而且看着怎么好像对他有点莫名其妙的小敌意呢。

还好是他,脾气好,换成餐厅里坐着的那个,估计俩人这会儿应该已经打起来了。

五楼一整层全是餐饮,餐厅很多,陆嘉珩选了家川菜。

商场里的餐厅一般没包厢,这家川菜馆也没有,但是每张桌前都隔着高高的木质镂空屏风,空间独立。三个人顺着左边的桌往前走,在最后一张屏风的后面看见陆嘉珩。

少年没骨头似的瘫在椅子里,正有一搭没一搭地翻着菜单,余光扫见来人,抬起头来,目光很快落在在场唯一一个他不认识的人身上。

沈倦靠站在屏风边上和他对视,微扬着下巴,垂眸。

林语惊和程轶整齐地往后退了两步。

她终于明白了一句话,气场是会碰撞的。

两个人就这么看了好几秒,直到林语惊都以为他俩是不是互相看对了眼,擦出什么爱情火花的时候,陆嘉珩终于收回视线,继续看菜单。

程轶垂头:"怎么回事儿啊?南北校霸的激情碰撞?"他低声说,"啊,是你,你就是那个我命中注定的人。"

林语惊有点无语,抬手指了指沈倦:"这个人,一身京瘫炉火纯青,我怀疑他血统不纯,根本不是真正的南方人,他颠覆了我十几年来对南方人的认知。"

程轶点了点头:"也颠覆了我的。"

四方的木桌,程轶和陆嘉珩坐一边,林语惊和沈倦坐另一边,服务员又拿了三本菜单过来,沈倦没翻,指尖叩着桌边,抬眼问:"你们家有什么菜不辣?"

服务员将菜单翻到后面,沈倦点点头,道了声谢,视线在不辣的菜品上扫过。

程轶积极地表现出友好,还给他起了个昵称:"沈兄,你不能吃辣啊?"

林语惊手一抖,被他这个称呼雷得外焦里嫩。

沈倦倒是没什么反应,修长的手指捏着菜单翻了一页:"我同桌不吃。"

程轶认识林语惊这么久,饮食习惯多少了解一点,愣了愣,说:"她吃啊,她以前很能吃辣的,我们一起出去她也都吃。"

沈倦抬了抬眼："她现在不吃了。"

"……"

林语惊总有种这人在较着什么劲的感觉。

程轶一脸茫然看过来："啊……"

陆嘉珩也抬眼看过来。

林语惊把手摊开，露出手心粘着的厚厚纱布："我今天在台阶上不小心摔了一下。"

陆嘉珩扫了眼她包着厚厚纱布的手心，皱了皱眉，无语地看着她："台阶上都能摔，你智障吗？"

林语惊习以为常，秒速回击："你最智障。"

沈倦翻菜单的动作一顿。

他抬起头来看向陆嘉珩，指尖抵着菜单本往前推了推，靠坐进椅子里，眯了下眼："谁智障？"

陆嘉珩侧头挑眉，看着他，没说话。

僵持两秒，程轶忽然高举双手，大喝一声："我！"

林语惊吓了一跳。

三个人转过头来看着他。

"……我智障。"程轶叹了口气，心累地说。

沈倦开始怀疑自己是不是有点精神病。

他对程轶，和这个不知道从哪里新冒出来的叫陆嘉珩的，充满了难以言说的敌意，非常不爽。

这种感觉对他来说很陌生，他看人，没那么多合不合眼缘的说法。很多第一眼见到的人，五官在他这里都是打了马赛克，作用只是分辨一下男女。

对于无关紧要的人，只要不招惹、不牵扯上他，沈倦一般连人名都懒得记，因为不重要，更不会升起"敌意"这种突如其来、莫名其妙的玩意儿。

也不能说是突如其来，因为不是见了面才感受到的，这种烦躁不安的感觉，从林语惊跟他借衣服的时候开始，一直蔓延到了现在。

在运动场上，看到那几架挂着智障条幅的无人机的时候，他的危机感开始缓慢攀升。

而在此时，见到这两个人的时候，他的危机感达到了顶点。

尤其是在程轶说着林语惊以前怎么怎么样的时候，就好像是在提醒他，他对林语惊有多么不了解。

兄弟，你算老几啊，你不就是她同桌吗？我们，才是从小和她一起长大的、关系最亲密的人。

沈倦有一瞬间觉得自己像个磨磨叽叽的小姑娘，还是心思特别敏感、细腻的那种，一点鸡毛蒜皮、屁大点的小事都能在意好久。

他对自己这种解释不清的莫名反应有点恼火。

这一顿饭吃得有些僵硬，不过好在程轶全程都在不停地说，所以也不算尴尬。

沈倦发现这个人非常善于察言观色，看人情绪的水平一绝，调动气氛的能力也很强，性格非常讨喜，属于跟谁都能在三分钟内交上朋友的类型，像个智商高出个 100 多的王一扬。

下午还有运动会，他们吃完午饭回去，时间也刚好差不多。林语惊这才发现，他们真的算是比较乖的了，因为十班的位置上有一半的人都还没回来。

副班主任王恐龙站在最后一排咆哮："一个运动会就撒丫子全跑没了！不像话！我看刘老师，你就是太惯着他们了！我以前当班主任那会儿，我们班敢缺一个人吗？没有！谁敢不来？"

刘福江站在他旁边，笑眯眯地拿着扇子扇风，慢悠悠道："哎呀，王老师，消消气，都是小孩子嘛，这运动会好不容易能放松放松，心肯定野一点，没什么的没什么的。"

程轶坐在林语惊旁边看得目瞪口呆："这是你们班主任啊？这也太幸福了吧，老子也要转学到你们班来。"

他和陆嘉珩此时穿着沈倦的校服外套，坐在十班的人群里浑水摸鱼，一眼望过去就混杂在看台上一群一样颜色的小萝卜头里，泯然众人矣。

第十二章 暧昧不明的醋意

沈倦下午直接没来，一上午的运动会已经消耗掉了大佬全部的耐心和热情。此时他的那个位置空着，林语惊还是不受控制地回头看了一眼。

程轶也跟着回头看了一眼："你那个同桌，下午不来了啊？"

林语惊侧头，假装不在意："不知道，应该不来了吧。"

程轶身子往后靠了靠："这哥们儿，是不是不太喜欢我们啊，我是长得特别像刺儿头吗？还是脸上写着'我找碴儿'啊，"程轶搓了搓下巴，一脸费解，"或者像他前女友的现任男朋友？他被绿了？"

陆嘉珩笑了，特别疑惑地看着他："你能不能给我解释解释，就你这个长相，人是怎么被你绿的？"

程轶说："被我的温柔，以及我的情商？"

他这话说完，林语惊也没忍住笑了："行，挺好，年轻人自信是好事。"

程轶觉得自己受到了侮辱，跟她细数了一遍自己身上的优点和好处。而在他吹牛皮的时候，陆嘉珩已经收到第二张小姑娘丢过来的爱的小纸条了。

林语惊撑着脑袋，忽然觉得有点不服气："我同桌不帅吗？"

程轶愣了愣："嗯？大帅哥啊，怎么不帅？"

"那——"林语惊吸了口气，指指陆嘉珩，"我同桌和他比，谁帅？"

她对着陆嘉珩这张脸看了不知道多少年，已经分辨不出他的颜值水平处于哪个阶段了。

程轶一脸为难："你这个问题，让我有些不好做人。"

林语惊点点头，直接给出答案："我觉得沈倦比他帅啊。"

程轶瞥了一眼旁边的陆嘉珩，他正在跟小姑娘说话，完全没注意到这边的对话，再加上运动场里噪音很大，想要听清楚也有点难度。

于是，他也点了点头："我觉得你说得对。"

"所以……"林语惊不平道，"为什么没有女生给我同桌塞小纸条？他差在哪里？"

这下，程轶也惊讶了："没有？"

林语惊不甘地说："没有。"

程轶："没姑娘追他？"

"俩月了，"林语惊比了两根手指头出来，"从来没见过。"

"不能够啊。"程轶迷茫了，迷茫完了一眼林语惊，觉得更迷茫。

程轶觉得自己挺擅长观察的，刚刚一顿饭下来，虽然沈倦对着他们的时候，冷漠和霸气都快要具象化了，但是在他垂眸跟林语惊说话的时候，那种凌厉的侵略性会有很明显的收敛。

林语惊对他的态度就更不用说了。程轶甚至以为，这两个人是不是有什么不可告人的暧昧地下关系。

但是林语惊这问题一问，他又觉得不对劲了。

有谁家女朋友会满脸愤愤不平地问她发小，为什么她男朋友这么帅却收不到别的女生爱的小纸条？

这是什么新的情趣吗？？

程轶又开始觉得，他俩可能真的是那种纯洁的同桌关系了。

他思考了一下，说："你跟沈倦，关系挺好的吧？"

林语惊点点头。

"我看是你在这儿最熟悉的人了。"程轶继续说。

林语惊往后靠了靠，笑着纠正他："是我在这儿，唯一熟悉的人。"

程轶点点头，忽然问道："你确定沈倦没有女朋友吗？"

林语惊愣了愣："他没有吧？我没见过。"

程轶问："你问过他？"

林语惊没说话。

程轶继续道："那就假设他确实没女朋友吧，但是他总得谈吧？如果这个你唯一熟悉的人，有一天忽然谈了女朋友呢？"

程轶说着，忽然像是被什么吸引了，往旁边看了一眼，很快收回视线，说："如果沈倦有一天谈了女朋友，你不能跟他这么近了，你得避嫌了，上课下课都不能跟他多说话，周末还得忍受他带着女朋友出去玩的照片刷屏好友动态……"

林语惊打断他，看上去很不可思议："你觉得他看起来像是会刷屏的人？"

"我就是举个例子啊，"程轶说，"就是如果有一天沈倦谈了个姑娘，你在这个地儿跟唯一一个朋友也得保持距离了，你会不会觉得不开心？"

"我为什么不开心？"林语惊语速很快，"我开心得跳起来，再给他买两个五百响的鞭炮庆祝。"

程轶沉默了。

他抬了抬眉，侧过头去，视线落在她的身后。

林语惊跟着转过头去往后看，沈倦不知道什么时候已经回来了，很平静地靠在座位里，长腿曲着，低垂下眼看手机，长睫压下来一片阴影，像是没听见他们说话。

林语惊看了他几秒，他跟没察觉到似的，头都没抬，指尖落在手机屏幕上打字。

沈倦对视线非常敏感，有时候上课，他脸冲着她睡觉，林语惊一直看着他，他就会忽然睁开眼睛。

而现在，她的动作挺大的，目光也很明显，沈倦依然没有任何反应。

林语惊张了张嘴，看向程轶。

程轶倒在旁边陆嘉珩的肩膀上笑，看起来非常贱。

林语惊的铅球和标枪比赛在下午，运动会的第一天都是个人赛，第二天除了上午的一个400米决赛，剩下的都是集体比赛。

林语惊摔了一跤，手和腿都受了伤，跟刘福江和体委说了一声，退出了比赛。体委看起来非常沮丧，不过也没办法，主要是这两个项目除了林语惊以外大概没有女生会愿意参加。

"行吧，你安全重要，比赛就别去了，"体委怕林语惊心里过意不去，还想表现得尽量活跃一点，拍了拍她的胳膊，安慰道，"没事，咱班就弃权吧。这种不像200米400米这种热门一点的比赛，本来就有很多班弃权。"

闻紫慧坐在旁边，抬起头来："那就弃权吗？"

体委笑了："那怎么办？我戴个假发自己去吗？"

闻紫慧抿了抿唇："我去吧，都有什么项目啊？"

体委看起来一脸愕然。

林语惊也转过头来看着她。

闻紫慧脸色涨红，皱着眉，努力掩饰不自在的样子："问你哪，什么项目！"

体委才反应过来："啊，铅球和标枪。"

"……"

闻紫慧可能万万没想到，林语惊的项目居然是铅球和标枪。

她的表情现在和体委一样愕然。

两个人就这么大眼瞪小眼地看了半天，体委挠着脑袋："你行吗？你要是实在不行……"

闻紫慧这辈子最讨厌的就是别人说她不行、不美、不好看、不优秀。

她一把抢过体委的名单，找到这两个项目，在林语惊的名字后面签上自己的名字："我怎么不行？不就是铅球吗？扔出去不就完了，我比！"

林语惊在旁边看得叹为观止，抬起手来啪啪啪给她鼓掌："好！说得好！"

闻紫慧虽然签了自己的名字在上面，但是因为名单已经交上去了，所以她得顶着林语惊的号码去。

林语惊跟着她一起去检录处报到，两个人沿着跑道边，从看台内侧绕过去，拐了个弯，林语惊听见了很小的一声"对不起"。

她刚开始还以为自己听错了，转过头去。

闻紫慧低垂着脑袋，从脑门儿到脖子都涨得通红："对不起，我……早上不是故意的，我不知道你会摔，"她声音很低，"沈倦之前来找我了，让我跟你道歉……但是他不来我也会跟你道歉，我也没想让你……这样，我就是想挡你一下，你别生气了。"

林语惊觉得这姑娘的声音听着像是快要哭了。

"我本来当时还挺生气的……"林语惊说。

闻紫慧肩膀抬了一下，抬起头来，鼻子有点红。

"不过我现在不生气了，也就摔了一下，擦破点儿皮，你说你不是故意的，我也相信，"林语惊叹了口气，"就是以后别这样了，多大点儿事啊，你就气儿不顺了，等你以后大学了，毕业了，进入社会了，是不是得被气死啊？"

　　如果放在以前，林语惊大概不止会"以牙还牙，以眼还眼"这么简单。但是现在，她发现自己真的没有那种想要回敬给她的欲望。

　　她想了一下，大概是因为沈倦。

　　其实她当时在体育场里面，不是刚过去的。

　　她差不多是从头听到了尾。

　　在听到沈倦那句"在我这儿算过了"的时候，她忽然觉得有点恍惚。

　　不是没人帮她出过头，她以前被欺负，程轶和陆嘉珩会带上她，三个人按着那些欺负她的人揍一顿。但是那种感觉跟此时不一样，他们是朋友，同进同退，所有的事情都是一起扛着的，她打架打输了还会被陆嘉珩嘲笑。

　　林语惊是头一回感受到，被人默默挡在身后是什么滋味。

　　有种很奇异的、酸涩又柔软的感觉，柔软完，她的第一反应是想要撒腿就跑。

　　就像是刚来到这个城市的时候，李叔说"你一个小姑娘，这么晚一个人在外面不安全"。

　　林语惊对于这种从没接触过的、陌生的善意有些茫然无措，她不知道这种时候该说些什么。

　　谢谢你，沈同学，我好感动。

　　我感动得好像有点心律不齐，这个心跳快得，我感觉它一分钟跳了一百多下，请问你知道是怎么回事吗？

　　林语惊又想起来程轶刚刚问她的问题。

　　如果有一天沈倦谈了个姑娘，你在这个地儿跟唯一一个朋友也得保持距离了，你会不会觉得不开心？

　　林语惊当时根本想都没想，下意识就否认了。

　　但是她确实从来没问过他这个问题。

　　她去过他的文身店，在那里待过一夜，见过他的几个好朋友，也从来没见过他身边有什么女性出现。

　　他在学校的时候，林语惊几乎只见过他和何松南他们混在一起。

　　种种迹象都表明，这个人应该单身。

但是在校外呢？两个人见过的次数好像屈指可数。

他认识很多人，什么都会，去哪里都熟悉，也有很多她还不知道的另一面。

他说他就住在店里，林语惊不知道他为什么一个人住在那儿，不知道他家里的情况，不知道他是不是有其他交际圈，也不知道他那个差点打死他同桌的神秘事件。

林语惊本来觉得他们已经很熟悉了，但是这么一算，又觉得自己对他了解得太少。

她忽然有点不太确定，他到底有没有女朋友了。

也许只是她从来没见过呢？

不知道为什么，林语惊忽然慌了一下。

她站在检录处，抽出手机来，给沈倦发了条信息。

她斟酌了一会儿，想着怎么问比较好。

这问题太隐私了吧？要不要问？会不会不太好？

但我都把你当朋友了！问问你有没有对象还不行吗？！

林语惊跺了跺脚，小心地打字：沈同学，你有没有女朋友？

她都没发现，自己有点紧张。

闻紫慧正在检录处排队铅球的检录，林语惊蹲在旁边的空地等着，她走的时候沈倦还在盯着手机，所以她判断他应该很快就会看到。

她一直等了十几分钟，沈倦都没有回复。

沈倦拿着何松南的手机坐在看台上，对着漆黑的屏幕，有些茫然。

他和林语惊他们中午吃了饭以后，没马上回运动场，去北楼找了何松南。

运动会和高三没什么关系。高一高二的小学弟学妹们在运动场这边热闹非凡，高三在北楼悄然无声地做着卷子，寂寞如雪。

热闹是别人的，与我无关。何松南很痛苦。

他觉得每天和各种试卷为伍，痛苦的高三生涯，唯一的乐趣就是午休和朋友一起吃饭，还有两周一次的体育课。

结果他的朋友，现在还不经常和他一起吃午饭了。

在他牺牲了自己，宁愿做受也要保护朋友撩妹，不让他失去心动的女同桌以后。

算什么朋友！！何松南可太生气了。

所以在他们班下午第一节课久违地上了个体育课，沈倦过来找他的时候，何松南劈头盖脸地就给他一顿骂。

"沈倦你算什么朋友！"两人回了高三教室，何松南站在黑板报旁边，抬手指着他，"我为了你，现在我们班门口天天有人来围观老子，我都认了，现在连饭都不跟我吃了？你自己算算你多少天没来找过我了？"

沈倦坐在他的桌上，脚踩着椅背，不耐烦："你是个小姑娘？我是不是一个月还得陪你吃够二十天饭？"

何松南笑了："那倒不用，你一个月一共也就上二十天课，小学弟。"

沈倦"啧"了一声。

何松南注意到他的情绪异常，蹦跶了两步："怎么了，谁惹您了倦爷？"

沈倦啪地把手机扣在他的桌面上："我问你。"

何松南恭敬道："您问。"

沈倦道："你为什么不跟你发小谈恋爱？"

"因为我没有发小。"何松南说。

沈倦面无表情地看看他，沉默了三秒，继续道："那你现在想象一下你有了。"

何松南说："长什么样啊？"

沈倦不情不愿地、一顿一顿地沉沉吐出两个字："挺，好。"

何松南说："那我肯定跟她谈恋爱啊。"

沈倦："……"

大佬又"啧"了一声，明显对这个答案很不满意。

"那我不跟她谈，"何松南飞速改口，"才高中呢，得好好学习啊，谈什么恋爱啊，讲什么男女之情啊？我，谁我都不会喜欢。"

沈倦这次没说话，但看起来气压比刚刚更低了。

何松南都无奈了，也啪地把手机拍在桌面上："哥，您到底想听个什么答案？您教教我，我说给您听。"

沈倦就是因为不知道，他到底想要一个什么答案。

何松南平时看起来像个恋爱专家，精通七七四十九种撩妹法，每天都在跟蒋寒交换泡妞手段。但是现在看来，沈倦觉得他是个草包。

沈老板被从未有过的困惑情绪包围了，脑内一条条弹幕开始疯狂划过——

同桌有两个很帅的青梅竹马怎么办？

同桌会不会跟她那两个很帅的青梅竹马里的其中一个谈恋爱？

同桌是不是因为发小颜值太高，所以现在看不上其他男人了？

但是这跟他有什么关系？

沈倦又思考了一下跟他有关系的弹幕——

同桌觉得陆嘉珩和沈倦谁更帅一点？

……

沈倦太阳穴蹦得疼，又开始偏头痛了。

下课铃响起，体育课结束，他叹了口气，长腿一掀，从桌子上下来，摸过桌上的手机，往运动场那边走。

回到十班看台，林语惊正在和程轶聊天，很专注地侧着头，撑着脑袋，没注意到周围的动静。

倒是程轶看见他了，两人对视一眼，程轶转过头去，忽然问道："如果有一天沈倦谈了个姑娘，你在这个地儿跟唯一一个朋友也得保持距离了，你会不会觉得不开心？"

沈倦脚步一顿。

"我开心得跳起来，再给他买两个五百响的鞭炮庆祝。"林语惊说。

沈倦："……"

呵。沈倦气笑了。

他顶着陆嘉珩和程轶若有似无的扫视，面无表情地坐下，抽出手机来，表情淡定又冷漠，一副完全不受影响、什么都没听见的样子。

他点到 home 键的同时，林语惊转过头来。

沈倦看到了一个妖娆的大胸妹子的壁纸，上面还有六位数的密码，有一瞬间的茫然。

他手机什么时候是这个壁纸了？

他愣了半秒，很快反应过来。

这是何松南的手机。

两个人的手机型号一样，又都不喜欢用保护套，黑着屏幕放在一起的时候确实一模一样，他走的时候也没注意。

但是林语惊现在正盯着他看。

何松南这个破手机的密码到底是多少？

沈倦顶着林语惊的视线，看看屏幕上那个六位数密码，紧绷着唇角，指尖在屏幕上一通乱点，一副认真玩着手机、完全无视她的样子。

好在林语惊很快去找体委说她项目的事情，还陪着闻紫慧一起去检录了。

沈倦耷拉着眼皮，锁了屏幕，起身往北楼那边走。

校园里一片寂静，这会儿何松南他们班应该在上课，他得等到他们下了课才能去找他换回来。

沈倦把手抄进口袋里，不紧不慢地沿着篮球场走过去。

他回忆了一下，从开学前几天第一次遇见林语惊，到现在的那些事。

沈倦没谈过恋爱，但是他不是傻子。他对林语惊的关注和照顾，好像有点太多了。

最开始只是因为她努力收敛着满身的刺，却依然很扎眼；明明丧得看起来下一秒就会瘫在地上倒地不起了，却偏偏要装作一副若无其事的样子，这种矛盾的感觉让他觉得，这人还挺有意思的。

后来是为什么他发现她确实很有意思？

但是这不能解释他面对她的男性朋友时，那种需要强压下去的烦躁。

还有，他为什么会在她叫他哥哥的时候，有了点难以启齿的反应？

没休学以前，沈倦被不少女生追过，类型很齐全，嗲的更是比比皆是。除了麻烦，他没什么别的感觉。

林语惊是不一样的那个。

但是到底哪里不一样，他又说不出来。

或者说他其实早就感觉到了，那种不太正常的占有欲是因为什么。

但是他不是很想承认。

为什么不想？因为林语惊对他没有想法。

她的一举一动、一言一行，全部都在透露着一个信息——她对他没有任何乱七八糟的想法，就是单纯地信任他，把他当朋友。

我拿你当同桌，想和你做好朋友，你却满脑子的有色废料，我叫你一声"哥哥"你都有反应。

这得多吓人。

沈倦走到北楼门口，靠在柱子上，叹了口气。

第十三章
想跟你一样可爱

直到闻紫慧的铅球比赛结束，沈倦都没有回复信息。

林语惊开始后悔了。

仔细想想，她觉得自己问得有点太直白了。

可能沈倦觉得她唐突，两个人关系没到那一层。

可是问都问出去了，没办法撤回。对方既然没回复，她也不好意思再说些什么，不然会非常多此一举。

林语惊回到十班的看台，发现沈倦连人都不见了。

她扫了一圈，也没看见他人，转头看向程轶："我同桌呢？"

"你刚走他就走了啊，"程轶大咧咧地说，"我还以为他去找你了。"

"啊。"林语惊坐下，手肘放在膝盖上，撑着脑袋，过了一会儿，又无意义地应了一声，"啊……"

她沮丧地垂下眼睛，撇了撇嘴。

她后悔了，早知道什么都不问了。

他是不是生气了？

程轶和陆嘉珩在这边待了两天，本来是打算待到周末的，结果当天晚上程轶接到他爸爸的电话，说他爷爷周末过生日，被他给忘了，程先生把他劈头盖脸一顿骂。

于是林语惊第二天的运动会跟刘福江请了个假，说自己昨天摔伤睡了一觉不太舒服，刘福江二话没说直接批了。

她跟着陆嘉珩和程轶，三个人吃了一天的东西，晚上把两个人送到机场，倒也没空出时间来思考沈倦的事情。

直到她坐着地铁从机场回市区的路上，周围一下安静了，她才想起来这件事。

林语惊坐在地铁里，晃了两下腿，给李林发了个消息：李老板，沈倦今天运动会去了吗？

李老板回得很快：没！我以为你俩偷偷出去玩了呢。

林语惊收回手机。

沈倦是不住校的，他既然没在学校，那大概就是在工作室，林语惊也就没回学校，转了一趟地铁，回家那边去了。

下地铁的时候晚上五点半，她没回家，走到 7-11 便利店门口停住，然后开始往沈倦的工作室那边走。

走到弄堂口，林语惊往里面瞧了瞧，没进去，看了一会儿，又往 7-11 走。

她想制造一下偶遇，她就不信沈倦不会出来买包烟、买个晚饭什么的。

走到便利店门口，再折回去，走到工作室那个弄堂口，继续折回去。

她就这么来回溜达了三四趟，一直溜达到天黑。

路灯明亮，街道上车灯首尾相衔，往远处看像一条条明黄色的长龙。

第五次路过 7-11 的时候，林语惊终于觉得自己像个精神病。

她就在大马路上来回走，哼着歌，漫无目的地溜达来溜达去。

林语惊忽然觉得自己之前的想法太肤浅了，也许人家精神病不是精神病，也在寻找偶遇的机会呢！

她叹了口气，站在巨大玻璃窗前，偷偷地、不动声色地往里面看。

冷柜前有一个穿着黑色卫衣的男生，高高瘦瘦的，林语惊的视线被货架挡住了一半，只能看见他的卫衣帽子和后脑勺，发型跟沈倦一样，肩膀看起来也挺像。

她在 7-11 便利店门口，踮着脚一蹦一蹦的，一会儿走到门这边，一会儿走到门那边，想找一个角度看一下这人的侧脸，看看到底是不是沈倦。

就这么蹦跶了好一会儿，蹦到收银的店员小姐姐用诡异眼神看着她的时候，男生终于转过头来了。

人挺帅，但不是，属于温柔清秀的类型。

林语惊叹了口气，不开心地垂着脑袋转过身来，看见了一双近在咫尺的白球鞋。

她吓了一跳，抬起头。

沈倦站在她身后，垂眼看着她，神情漠然。

林语惊本来几乎可以肯定店里的那个人就是他了，结果不是。不是就算了，下一秒，这个她从五点半转了不知道多少圈想要偶遇，偶遇到肚子都饿扁了也没遇到的人，出现在了她的身后。

这么近的距离，无声无息地不知道站了多久。

林语惊一脸惊恐的表情还没来得及收回去，就伴随着一种做什么坏事被抓包了的尴尬，结巴了一下："沈、沈倦？"

"那个男的，是你的理想型？"沈倦平静地问。

这个问题在意料之外，林语惊反应了一下，才说："不是。"

这话听起来有点单薄，不知道沈倦在这里看了多久。

"我都没看清他长什么样。"为了显得更有真实性一点，林语惊补充道。

沈倦在出租车里就看见她在便利店门口蹦跶。

少女穿着件米色长绒毛衣，头发没扎，背着个小书包站在那儿，行李箱也没拿。

她每周回家都会带着她的小行李箱，这次两手空空，应该不是直接从学校回来的。

沈倦直了直身子："师傅，就在这儿停吧。"

司机缓慢停车，确认了一遍："就在这里啊，那给你停路边了啊？"

沈倦"嗯"了一声，身子往侧面斜了斜，抽出皮夹子付完钱，下了车。

他没急着过去，就站在街对面，点了根烟，然后看着林语惊从大玻璃窗这头走到玻璃窗那头，一跳一跳地往里面看，左右平移，反复横跳，旋转螺旋升天，不知道在看什么，反正就是不进去。

她蹦跶了五分钟。

这个活泼劲，看起来腿是不疼了。

沈倦掐了烟，走到路边垃圾桶丢掉，过了马路。

林语惊看得很专注，没有注意到背后的声音。

沈倦就站在她身后，跟着往里看了一眼。

一个男人的背影。

就这么一个男人的背影,她盯着人家看了五分钟。

林语惊说完,沈倦点了点头:"那你要不要再进去看得清楚点?"

他面对着便利店明亮的玻璃窗,明白色的光线给他打了层薄光,看起来皮肤特别好,紧绷着、微微下垂的唇角也看得尤为清楚。

他心情不怎么好。是因为还在跟她生气吗?

林语惊眨眨眼:"不用,我其实就是想看看他会不会买走我喜欢的蔓越莓酸奶。"

然后你看了五分钟。你是神经病吗?

林语惊叹了口气,觉得自从考了年级第二后,自己的智商好像越来越低了。

她还没来得及再说什么,沈倦已经转身走进了便利店。

林语惊连忙跟了上去,里面那个穿着黑卫衣的男生还站在冷柜前,从酸奶区到了盒饭区。

沈倦今天也穿了黑卫衣,林语惊站在货架旁边,看着两个人的背影对比了一下。

沈倦比这个小哥哥要更高一点,肩膀更宽一点,腿也更长一点,身材比例更好一点。

正面就不用看了,社会哥的颜值1对N,打一个连估计都没什么问题。

她怎么会觉得这个人的背影像沈倦?明明一点都不像。

林语惊走到沈倦旁边,看见他手里拿着一瓶蔓越莓酸奶,还有一瓶鲜榨果汁。

林语惊也跟着拿了一瓶蔓越莓酸奶,她不知道沈倦那瓶是不是给她拿的,如果不是呢?她不想看起来太自作多情。

拿完以后,她看着他。

沈倦没看见似的,拿了一份厚猪排饭,又打开旁边的冷柜,抽了一瓶矿泉水出来。

林语惊像个殷勤的小尾巴似的跟着他,问道:"你没吃晚饭吗?"

沈倦"嗯"了一声。

"……"

林语惊尽量无视他始终不冷不热的态度，她是来求和的。

她小声说："我也没吃。"

沈倦已经走到收银台了，闻言回头看了她一眼，似笑非笑道："怎么，看帅哥看得你饭都忘记吃了？"

此时那个穿黑卫衣的小哥哥已经走了，林语惊还是有种尴尬混杂着羞耻的感觉，以及一点不耐烦。

她服软的态度还不够明显吗？她都这么哄着他了！

林语惊翻了个白眼，把手里的蔓越莓酸奶往冷柜里一放，啪的一声轻响："是啊，你要是不吓我，我还打算进来要个手机号码呢。"

沈倦看着她，眯了下眼，没说话。

少年很高，林语惊比他矮了一截，看他得仰着头，气势却丝毫不弱。

两个人就这么站在收银台前杀气腾腾地对视了半分钟，收银的店员小姐姐看这个一眼，又看那个一眼，紧张地往后蹭了一点。

又过了半分钟，沈倦移开视线，转身。

林语惊二话不说，扭头就走。

她是脑子里塞糨糊了吧？

来来回回晃了好几个小时就是为了看看能不能碰见他，结果好不容易碰见了，还要热脸贴着冷屁股。

人根本一句话都不想跟她好好说。

林语惊气得肝疼，强忍着想要回头跟他吵一架、顺便再打一场的欲望，往便利店外头走，结果没走出两步，就被人拽着后衣领拉回去了。

她倒退了两步，转过头来，鼻尖蹭到了少年棉质卫衣的柔软布料。卫衣有股很淡的消毒水味。

她抬起头。

沈倦又拿了一份厚猪排饭，垂着眼，问："去哪儿？"

林语惊脱口而出："关你屁事？"

沈倦没表情地看了她一眼："不是没吃晚饭吗？"

林语惊看着他："这个也关你屁事？"

沈倦沉默了一下，沉着声，低缓道："林语惊，你别总气我。"

林语惊笑了一声，拍开他拉着她衣服的手，后退了两步："你在威胁我？我怕死了。"

沈倦叹了口气："我在求你。"

林语惊怔了怔。

沈倦重新走回到收银台前，把新拿的那份厚猪排饭放上去，又抬手把她刚刚拿的那瓶蔓越莓酸奶也拿过来，结了账。

然后他拿着两瓶酸奶、两盒盒饭和两瓶水走到窗前桌边，把东西放到桌上，回过头来看看她："过来。"

林语惊犹豫了一下，慢吞吞地走过去，坐下。

盒饭刚加热过，有些烫。沈倦捏着边缘的塑料膜拆开，打开盖子后推到她面前，然后垂头，去拆另一盒。

林语惊咬着筷子，看着他。

沈倦侧头："怎么了？烫？"

她眨眨眼："我之前给你发了条信息，你收到了吗？"

"嗯。"沈倦把那瓶鲜榨果汁拧开，推到她面前。

林语惊道了声谢，小心问道："那……你明白我是什么意思吗？"

沈倦直勾勾地看着她，手指无意识地蜷了蜷。

半响，他才开口，声音很低："什么意思？"

"就是，我现在已经把你当朋友了，你要是有女朋友的话，我多多少少要避避嫌。"林语惊顿了顿，飞快地补充道，"当然，你要是不想说可以不说，就当我没问过，你不要不开心。"

沈倦腮帮子微动，似乎磨了下牙："没有。"

林语惊松了口气，小心地看着他："你是没有不开心还是——"

"……没有女朋友。"沈倦用牙缝里挤出来的声音说。

林语惊听完他的否定回答，不仅松了口气，甚至不知为何，莫名地愉悦了起来。

她拿起筷子开始吃饭，厚猪排饭她之前没有吃过，她一直觉得这种炸猪排一定要现炸出来的才好吃，结果今天吃了一下，竟然味道还不错，大概是因为她太饿了。

沈倦的鲜榨果汁是买给她的，他好像比较喜欢喝可乐和矿泉水，两瓶蔓越莓酸奶也都放在她这头，林语惊默默地看了一眼这些东西的价格，想着等晚上的时候转账给他。

两个人没再说话，默默地开始吃东西，林语惊咬着猪排仰了仰头，看见外面的行人来来往往，时不时会侧头看上他们一眼。

林语惊觉得人真是在不断变化的，她竟然已经完全习惯了在便利店里，吃这种盒饭当晚餐。

他们吃完饭，将饭盒丢进垃圾桶出了便利店，林语惊没有肚子再喝酸奶了，她一手拿着一个跟在沈倦后面，揉了揉肚子。

刚吃饱，她的声音有些懒："你今天还要回工作室吗？"

说完她才想起来，他是住在工作室的。

沈倦"嗯"了一声，抬了抬眼，视线落在正前方，脚步猛地一顿。

林语惊还在等着他的下文，又往前走了两步才反应过来，回过头去看他："嗯？"

沈倦在原地站了两秒，忽然冲了出去。

林语惊愣住了。

沈倦擦着她的肩膀快步往前走，手臂撞到她肩头，她被撞得往前斜了斜，他没察觉到似的，抬手抓着迎面走来的一个人的衣领，半拖半拽着往旁边走，嘭的一声把人抢在了墙上。

林语惊吓了一跳。

她听见那人呻吟着叫了一声，定睛看过去，才看清长相。

一个看起来瘦瘦弱弱的少年，眉眼细长，看起来年纪很小，个子也不高。

他被沈倦这么提着，双脚几乎离了地，徒劳地挣扎了两下，脚尖堪堪碰到地面。

沈倦拽着他的衣领，把他狠狠地抵在墙上，因为沈倦用的力气很大，手指骨节都泛着白。

沈倦倾身靠近，盯着他的脸，哑着嗓子："我说没说过，别让我再看见你？"声音又低又轻，带着某种压抑的、冷冰冰的暴戾。

林语惊觉得自己浑身的汗毛都立起来了。

无论是之前他在便利店门口打架，还是后来两个人闹别扭，她从来没见过这样的沈倦。

那少年抬手抓着沈倦的手，表情痛苦地小声呢喃了些什么，视线侧了侧，往林语惊这边看过来，像是在求助。

他看起来实在是太弱了，安静又无害，无声无息，存在感极低，甚至在沈倦冲过去之前，林语惊都没发现他走过来。

这种力量差距很悬殊的对比，此时此刻的情形，以及沈倦这种可怕的状态，都让林语惊有一瞬间的恍惚。

沈倦几乎是下一秒就察觉到了他的意图，冷笑了一声，往后退了一步，拽着他的衣领子往旁边一处小巷子里拖。

少年呜咽着，很快消失在黑暗里。

林语惊一手拿着一瓶酸奶站在原地，张了张嘴。

怎么办？是过去看看好，还是在这儿等着？

林语惊想起沈倦那个差点把同桌打死的暴力事件。

她几乎都快要忘记这件事了。

两个月相处下来，她实在没办法把他和这件事情联系在一起，他平时连跟人吵架都懒得吵，怎么可能会做那种事。

漆黑的小巷子里安安静静的，没一点声音，林语惊等了两分钟，走到巷子口往里看。

沈倦走得不远，她站在这里能隐约看见两个人的轮廓，少年紧紧地靠着墙角，蜷缩着坐在地上，沈倦站在他面前，居高临下地看着他。

黑暗将无数负面的力量扩大，沈倦的轮廓被模糊拉长，林语惊看见他动了动，然后转头看过来。

她抿了抿唇，看着他走出来，路灯和明亮的街道重新将他包围了起来，黑暗被抛在身后。

林语惊不受控制地往巷子里看了一眼，那少年还坐在原地，团成一团，一动不动。

沈倦走到她面前，声音冷而淡："走吧。"

仿佛上一秒，那个修罗一样的状态是她的错觉。

林语惊嗓子发紧，舔了舔嘴唇："他……还醒着吗？"

她其实想问，那个人还活着吗？

她的面部表情应该挺明显的，因为沈倦垂眼看着她，表情有些无奈："我不是那种暴力的人，我没打他。"

"……"

林语惊心说：你能不能摸着自己的良心说话，你刚刚把人抡得差点嵌进墙里了。

"我当然知道你不是，我相信你。"她顿了顿，又道，"用不用帮他叫个救护车……什么的？"

沈倦叹了口气："不用，我没碰他。"

他既然都这么说了，那应该是真的没有。

林语惊点点头："那……走吧。"

两个人继续往前走。

没有目的地地、茫然地往前走了几分钟，林语惊还没从刚刚的突发事件里回过神来，等她终于缓过来，侧头看了看旁边的人。

沈倦始终没说话，他刚刚那种外露的、令人毛骨悚然的恐怖状态，这会儿已经压了下去，表情却始终绷得很紧，唇角下拉，整个人看起来极端低沉。

林语惊犹豫了一下，抬手扯了扯他的袖口。

沈倦停下脚步，回过头来，声音发哑："怎么了？"

林语惊舔了舔嘴唇，试探地问道："你想不想……出去玩？"

他没说话。

"我带你去玩吧。"林语惊又说了一遍。

沈倦垂眸看着她，睫毛压低，遮住眸光。

静了几秒，他忽然低笑了一声："好，你带我去玩。"

这下，林语惊开始为难了，她看着他，试探道："我带你……去游乐场？"

沈倦抽出手机，看了一眼表："现在吗？"

……好像是有那么一点点晚。

林语惊眨眨眼："有没有晚上开的娱乐活动场所？"

沈倦往前走了两步，忽然俯身凑近，漆黑微挑的眼看着她，唇角微勾，笑得暧昧又不正经："有很多，"他声音低缓，"想去吗？"

林语惊咽了咽口水，吸了口气，努力保持着面无表情的样子看着他："沈同学，灯火通明的大街上呢，希望你注意一下影响。"

沈倦带着笑直起身来："走吧，带你去晚上开的游乐场。"

林语惊狐疑地看着他："未成年可以进吗？我可是正经人，我不会跟你同流合污的。"

沈倦走到路边，抬手拦车："不巧，我最喜欢拉着正经人跟我同流合污。"

说是晚上开的游乐园，林语惊根本没信。

她知道这个点还开着的游乐园只有一个迪士尼，但是迪士尼太远，她觉得沈倦是诓她的。

所以在他们坐了半个小时出租车，到了一块黑灯瞎火、林语惊完全陌生的地方后，她的第一反应是自己可能要被卖了。

林语惊下了车，跟着他往前走了一段路，路上很静，两边植物茂盛，林语惊连忙快走了两步，跟紧沈倦。

他侧了侧头："怕？"

"有点怕了，"林语惊点了点头，"你要把我卖了吗？"

沈倦笑了一声，黑暗里，他的声音低而沉："怕你还跟着我。"

"那能怎么办呢，人是我选的，真被卖了我也就认了。"林语惊刚说完，两个人走到拐角处，她看见了一片色彩斑斓的灯光。

林语惊睁大了眼睛，没注意到身旁的沈倦停下了脚步。

这大概是一个什么公园的门口，一个巨大的铁门关着，只开着两边的小门。

大铁门前全是卖各种小玩意儿的摊子，透明的氢气球被一束束地绑在一起，上面缠着一闪一闪的彩灯。

林语惊跑过去，看见地摊上摆着会唱歌、会转圈的塑料小玩具，红色的小恶魔发卡和白色的小天使翅膀一排一排地堆在一起。

周围很热闹，这个时间，人竟然还很多，大多是十六七岁的少年少女，也有的看起来是家长带着小朋友出来散步。

公园大门里有一个个搭起来的小棚子，有打气球的，还有套圈的，靠近里面还能看见亮着光的旋转木马，隐约有音乐声混着笑闹声传出来，尽头有个很大的摩天轮。

林语惊站在门口转过身来，朝着沈倦的方向挥了挥手，原地跳了两下。

沈倦走过来，林语惊拽着他的袖子，把他拽到刚刚那个小摊位前，指着地上的小恶魔发卡："沈同学，我给你买一个这个。"

沈倦想也没想就拒绝了："不要。"

林语惊指指里面："你看他们都戴。"

沈倦很坚定："我不戴。"

林语惊瞪着他："你得戴。"

沈倦："我不戴。"

林语惊："你为什么不戴？"

沈倦挑眉，说："我们社会哥都不戴这玩意儿。"

林语惊看了他一会儿，松了口："好吧，"她沮丧地说，"那我自己戴。"

小摊老板是个二十多岁的黄毛小青年，听着他们俩的对话乐得靠在大铁门上："小姑娘，你这男朋友不行啊，你看哥哥怎么样？你让我戴十个我都戴。"

沈倦面无表情地扫了他一眼，抽出皮夹子付钱，弯腰随便捡了两个小恶魔的发卡，直起身来，拿着那两个亮着灯的小发卡，敲了敲林语惊的脑袋："走了。"

林语惊"哎"了一声，摸了摸脑袋跟上去。

她快走了两步，走到他旁边，从沈倦手里拿了一个小恶魔发卡，戴在自己脑袋上。

林语惊从来没想到自己能这么幼稚。

她现在有种莫名其妙的、从未有过的、超出她想象和理解范围的兴奋。

她自己都没办法理解。

她往前小跑了两步,转过身来,一边倒着走一边看着他,晃了晃脑袋:"沈同学,你看我这样可爱吗?"

沈倦看着她,停了两秒,才说:"可爱。"

林语惊还没忘给他下套,问:"你想不想跟我一样可爱?"

沈倦笑了。

他垂下头,舔了下嘴唇,低低地笑了一声,点点头,说:"想。"

林语惊怕他反悔,赶紧停下脚步,走到他面前:"那你——"

她还没说完,沈倦忽然拉着她的手腕,往旁边靠了靠。

两个人站在边上,他把手里的小恶魔发卡放在她手里:"我不会。"

沈倦弯下腰来,手撑着膝盖,凑近她,很近的距离下,林语惊看见他漆黑的眼底被五颜六色的背景染上了温柔的光。

"我不会,你帮我戴,"他的声音低而缓,在嘈杂的背景里也依然清晰异常,"你怎么这么可爱的?教教我。"

夜市公园里声音嘈杂,不远处的旋转木马旁,立着一个巨大的黑色廉价音箱,音箱放着欢快的儿歌,音质很差,四周有女孩子的笑声,小朋友的吵闹声。

沈倦已经拉着她往边上靠了,只是两个人停在那里不动,还是有点碍事。他们旁边是个打气球的小摊位,此时那里正站着一对情侣,不停地传来气球破掉的砰砰声。

深秋夜里寒风凉,此时却好像格外热。

林语惊甚至能感觉到自己一点一点、不断地在升温。

沈倦神情自然,看起来没有不对劲的地方,就这么弓着腰,凑近了看着她,安静地等着。

林语惊后退了一点点,拉开距离,两只手的手指捏着小恶魔发卡的两端,掰了掰。

她清清嗓子,声音有点飘:"你……头再低点。"

沈倦顺从地垂下头。

她抬起手臂，将手里的小发卡戴在他的头上，少年漆黑的发丝在指尖穿过，触感竟然有些意料之外的柔软。

林语惊身子往后仰了仰，观察了一下，发现有点歪，摸索着发卡的末端帮他正了正。

她指尖摸到他微凉的耳郭，沈倦僵了一秒，林语惊已经垂手了。

他抬起头来，少年长眼漆黑，挺鼻薄唇，下颌消瘦，混合着少年气和棱角感，半张侧脸被旁边蓝色的霓虹灯光线浸染，让人想起《冰与火之歌》的海报。

"小恶魔。"林语惊忽然说。

"嗯？"沈倦抬眼。

"你看过《冰与火之歌》吗？里面的提利昂·兰尼斯特，"林语惊抬手，手掌竖着立在自己的鼻尖上，"他有张海报，半边脸是蓝色的，跟你刚刚一样，而且他外号也叫小恶魔。"

沈倦扬眉："我外号不叫小恶魔。"

他皮肤很白，头上戴着发红光的小恶魔发卡，林语惊不知道为什么，这明明是个很可爱的东西，竟被他生生戴出了点邪气来。

她实话实说："你现在看起来挺恶魔的。"

沈倦看着她，忽然勾起唇角："你知道恶魔一般都喜欢什么吗？"

林语惊配合道："什么？"

"少女献祭，"沈倦意味深长地看着她，忽然俯身，贴近她的耳畔，低声说，"愿意把身心都献给我吗？"

温热的气息染上耳郭，林语惊觉得自己半边身子都快麻了，整个人都有点恍惚。

隔壁摊位砰的一声，又是一个气球破掉的声音。

她回过神来，不动声色地后退了半步，夸奖道："沈同学，你进入角色的速度还挺快。"

沈倦直起身来。

刚刚那个打爆气球的女孩子欢呼了一声，转过头去，抱住旁边男生的腰，撒娇道："我厉害吗？"

男生抬手鼓掌，非常给面子："厉害！强得让我害怕。"

女孩很高兴，两个人抱在一起，热情地啃了对方一下，然后拿了一个小钥匙圈走了。

林语惊伸着头偷偷看了一眼，她原本以为，这种小游戏摊位的奖品应该都很丑，结果没想到，那个钥匙圈竟然很漂亮：小小的滑板装饰，上面刻着精细的花纹，还能当开瓶器来用。

"那个钥匙扣，还挺好看。"林语惊凑近了沈倦，小声说。

沈倦道："这个地方这种游戏太多，奖品不弄好一点没人来。"

林语惊点点头："行业竞争激烈。"她说着走过去，走了两步回过头来，发现沈倦没动，又抬手拽着他衣边到那个摊位前，看了一遍里面摆着的奖品。

各种小钥匙扣、眼罩、马克杯、大大小小的毛绒玩具。

最里面的架子上放着一个很大的棕色泰迪熊，大概半人高，穿着一件绿色的毛衣，毛衣上缝着一个红色的字母"L"，看起来像个镇店之宝。

老板正在把新的气球换上去，看见他们非常热情："玩哦啦小姑娘？十块钱二十发。"

林语惊目标很明确，指着那个熊："那个，要怎么样才能得？"

"那个得一排连着全中，"老板说，"那个很难的呀，不过你要是连着中五个，就可以换一个钥匙圈，十个就给你一对情侣的马克杯。"

林语惊以前从来没玩过这种东西，她唯一一次去游乐园是初中时学校组织的春游，不过没吃过猪肉也见过猪跑，她知道怎么玩。

这家店和她以前见过的稍微有一点点不一样，背景板上系着一排排彩色的小气球，横着二十个竖着二十个，正方形，像消消乐一样，连着一横排或者一竖排，打中一定个数的气球可以换小奖品。

林语惊在手游里玩这种不太行，但现实还是有点区别的。

她付了十块钱，看着小摊老板把气球系满，抬手咬着手腕上的皮筋，把头发绑起来，扎成高高的马尾，看起来利落又自信满满。

沈倦挑了挑眉，靠在旁边看着。

林语惊端起枪，很轻，里面是黄色的硬塑料子弹。

她先瞄准中间一个蓝色的气球开了一枪。

砰的一声，那个蓝色气球左下边一颗黄色的破了。

林语惊笑了，眉眼弯弯，非常胸有成竹地甩了一下头发，看起来非常骄傲。

沈倦垂下头，无声地笑。

林语惊觉得自己找到了诀窍，这个枪不可能是准的，手游里她搞不清楚的、李林一直跟她说的什么弹道，现在看起来就比较清晰了。

林语惊举起枪，眯着眼，瞄准。

它的子弹应该是向左下角偏……

砰的一声，没破。

嗯？嗯嗯？为什么？？

好的，没事。这个一定是角度问题，再往上提一点就好了。

林语惊一边自我安慰，一边很精确地计算着角度。

十枪以后，她觉得这个二百五子弹根本不是向左下角偏的，不然为什么气球不破，她觉得自己明明已经打到了的。

这玩意儿难道是像长了腿一样，上下左右乱飞的？

她感觉自己的智商和判断力在不断地被侮辱，盯着那个气球盘看了一会儿，扭过头去。

沈倦靠在旁边的树干上，低垂着头，肩膀一抖一抖的。

林语惊面无表情地看着他："沈倦，恩断义绝了。"

沈倦抬起头，笑着舔了舔嘴唇，走过来，从她手里接过枪，晃了晃，丢在一边，拿起旁边的一把塑料小手枪，垂头问她："想要那个熊？"

林语惊点了点头，竖起手指在空中画了一下："这一排，都要中。"

沈倦转头，看向坐在旁边跷着二郎腿的小摊老板："老板，你扔吧。"

老板没反应过来："什么？"

"我不打你绑好的那个，你拿着气球，向空中随便扔，我来打，"沈倦耐心地说，指了指那个穿着绿毛衣的泰迪熊，"还是连着20枪，全中我们要那个。"

一般这种气球，一排排绑在那里，会有几个是特制加厚的。

就是你用这种塑料玩具枪，无论怎么样都打不破。

小摊老板叼着烟，用看神经病的眼神看着他，大概从来没有听到过这样的要求："我丢，你打？不是，小伙子，那样的话气球是动的，动的，你打？"

沈倦神情懒散地"嗯"了一声。

林语惊仿佛在他脸上看到了十加二，共计十二个大字。

——让一让，老子要开始嘚瑟了哦。

林语惊翻了个白眼。

小摊老板没马上动，狐疑地看着他，一方面觉得他是不是发现了什么，一方面又觉得扔着的话他根本打不到："你是干什么的？"

"一个普通的高中生。"沈倦平静地说。

"……"

"行。"小摊老板狠狠地吸了一口烟，丢在地上踩灭，站起身来，拖过旁边的一袋气球，"我随便扔了啊，20发你都中了，我十块钱一分都不收，我那个镇店之宝白送给你。"

还真是个镇店之宝。

沈倦单手握着那把黑色的塑料玩具手枪，枪口在桌面上点了点，拿着枪的手指抬了抬，又握紧。

林语惊想起他拿着笔和线圈机时的小动作。

她莫名有点紧张，死死盯着小摊老板手里的气球。

小摊老板摩拳擦掌，一手拿着一个气球："我扔了啊？

"我现在扔了啊？"

"我就这么扔？"

"直接扔？"

"……"

你到底扔不扔啊？！

林语惊的腹诽还没咆哮出去，小摊老板就跳着将手里的一个气球丢向半空中，绿色的小气球跟着风的轨迹飘飘悠悠地往下落，林语惊的心跟着提了起来。

她下意识地屏住呼吸。

砰的一声,气球在半空中应声而破。

林语惊抬手拍了下桌角。

小摊老板还没反应过来,在地上找了一圈,确定那个气球确实是破了,他转过头,迟疑着、慢吞吞地将手里的另一个也丢出去。

这次很低,眼看着即将要落地,沈倦垂手。

又是砰的一声。

他身后不知道什么时候已经站了不少人了,都在围观,其中一个男生啪啪鼓掌:"这兄弟有点牛啊。"

另一个男生说:"这兄弟头上还戴了个角。"

"这是什么?反差萌?"

"Buff加持。"

"啊啊这个小哥哥背影好帅,我绕过去看看他长什么样。"

"你看!"有个女生不满地小声道,"人家的男朋友都戴!你为什么不要!"

男生说:"戴这个我就不帅了。"

女生难以置信地说:"是什么给的你错觉,让你觉得自己不戴这个是帅的?"

林语惊差点笑出声来。

她转过头来看向沈倦,少年站得很直,微侧着身子垂头,塑料玩具枪的枪口再次抵上桌面,他像是完全没听到身后的声音,唇角向下抿着,冷淡而专注。

小摊老板被刺激到了,接下来的十八个气球,他体现出的个人身体素质,宛如一个优秀的国家级杂技表演运动员。

他扭曲着肥胖的身体,颤抖着啤酒肚,从各个角度丢气球,后来干脆两个一块丢,气球一个接着一个,五颜六色的,碎了满地。

小摊老板到最后已经认命了,麻木地丢出去最后两个气球,不情不愿地、慢吞吞地去拿他架子上的镇店之宝,转过头来,一脸受了欺骗的表情:

"你不是一个普通的高中生吗?"

"运气好。"沈倦放下塑料枪谦虚地说。

林语惊中了一个五个气球连着的,可以换一个小钥匙圈,她在一堆钥匙圈里挑了很久,最后挑了一个带毛绒的彼得兔挂件。

她本来想要那个蓝色的小鲸鱼,因为和她的名字比较搭。她在两个之间纠结了一会儿,最后还是挑了粉粉的兔子,比较符合她小少女的气质,而且摸起来质量也要稍微好一点。

林语惊抱着那个毛衣上缝着她名字首字母"L"的泰迪熊,手里钩着小兔子的钥匙圈,觉得自己今天晚上收获满满。

不过她还是挺好奇,转过头来问沈倦:"你是怎么做到的啊?我觉得那个枪一点都不准,子弹乱飞的。"

她抱着个熊有点吃力,沈倦拿过她手里的酸奶,塞进她的小书包里:"其实不是你枪的问题,是气球。"

林语惊一脸茫然:"气球?"

"嗯。他这种,要打个一排才能换的,一定不会让你打满一排,里面会掺着几个固定的特质气球,很厚,打不穿。"

"……"林语惊不知道原来还有这么高级的玩法。

她点点头:"所以,就算你去,也打不掉一排。"

"嗯,打不掉,"沈倦把手抄进口袋里打了个哈欠,"所以只能这样。"

"……"

两个人逛了一圈,旋转木马上坐的全是小朋友,在里面的摩天轮下面则全是情侣,林语惊觉得好像哪个都不属于她的快乐,于是买了一份章鱼小丸子,两人靠着右边往外走。

这会儿人比刚刚少了很多,时间有点晚,带着小朋友的基本上都回去了,只能看见一对对的小情侣,还有成群结队的女孩子。

两个人走到门口,沈倦扯掉头上的发卡,抬指揉了揉耳根。

这玩意儿塑料做的,极其劣质,压得他耳朵生疼。

林语惊头上的那个还没摘,她似乎没什么感觉,怀里抱着个熊,脸被熊挡住大半，沈倦抬手抓过她的熊。

她怀里一空，抬起头来，瞪着他，眼神像是看着个情敌。

沈倦本来只是想帮她拿一会儿，看见她的表情，就忍不住想逗逗她。

"这是我的。"沈倦说。

林语惊一脸空白："啊？"她愣了两秒，"你不是说给我的……"

沈倦说："我什么时候说了？"

林语惊回过神来，面无表情地看着他："沈同学，你现在是要反悔了吗？"

"我赢来的东西为什么要给你？"沈倦歪了下脑袋，懒洋洋地笑，低声问，"你是我谁？嗯？"

林语惊看了他三秒没说话，垂下头去。

沈倦以为她又委屈了，抬手刚想揉揉她的脑袋，就看见她把手伸进毛衣口袋里，掏啊掏，把她的粉色小兔子钥匙圈掏了出来。

林语惊垂着头，认真地把自己的一串钥匙从上面卸下来。然后，她拿着钥匙圈，手掌在他面前摊开，眼珠在黑夜里看起来亮亮的："我可以把这个给你。"

沈倦垂眸，没说话。

那个兔子的做工，跟这个镇店之宝泰迪熊实在没法比，很小的一个毛绒玩具钥匙扣，奶白色的彼得兔，身上穿一条歪歪扭扭的粉白色小裙子，五官也十分粗糙，大小眼，其中一只眼睛缝得还有点歪。

倒是粉粉嫩嫩的颜色，十分少女。

林语惊看看自己的兔子，再看看人家的熊，也觉得差距有点大，慢吞吞地说："你要是不想要……"

"要，"沈倦抬手，把指尖挂着钥匙圈的金属环钩过来，低声道，"我要，我喜欢这个。"

周六上午十点钟，蒋寒照旧准时到工作室，他走到弄堂口，先到常去的那家店买了两个大号的粢饭团，然后掏出钥匙走到工作室门口，准备开门。

黑色的铁门开着，没锁。

蒋寒以为是沈倦昨晚忘记锁了，因为这个时间，沈倦一般都还没起床。

他推门进去，一进屋就看见沙发上的人。

蒋寒吓了一跳，往后蹦了一步："哎哟妈呀。"

沈倦捧着书在看，听见声音，叼着袋早餐奶抬起头来，看了他一眼。

蒋寒受到了一点惊吓："你今天起这么早？"

"嗯。"沈倦继续垂眸看书。

蒋寒敏感地察觉到，这人今天心情不错。

"我还以为你没起来呢。"他拎着粢饭团的袋子走过去，把其中一个放在他面前的茶几上，说，"给你买了个早点，黑糯米加的虎皮蛋，对吧？我还特地要了个大号加量的，不过你起这么早，应该也吃完了。"

他放下粢饭团，看见旁边放着个粉色的兔子："哎，这哪个姑娘落下的吧？你放这儿别找不到了啊到时候。"他顿了顿，看着上面串着的那几把钥匙，越看越眼熟，问，"老沈，我怎么看上面挂着的这把，有点像工作室的钥匙呢？"

沈倦"嗯"了一声。

"哎，这真是……"蒋寒抓着那兔子拎起来，仔细辨认了一下，"不会是王一扬的吧？这人怎么回事啊，脑子起泡了？现在开始用粉兔子了？哈哈哈哈哈哈哈怎么这么娘啊，哈哈哈笑死我了。"

沈倦抬起头来。

蒋寒捏着那个兔子的耳朵，揉啊揉："耳朵还挺软。"

沈倦把书一合，看着他："放下，摸脏了我今天让你横着出去。"

"干吗啊倦爷，我就看看，反正王一扬又不在，"蒋寒仰天长笑，"哈哈哈哈这个娘炮，挑得还挺好看。"

沈倦面无表情地看着他，一字一顿地说："这、是、我、的。"

"……"

蒋寒觉得自己在欢声笑语中打出了两个字母：GG。

第十四章
你是不是喜欢我

当天晚上，林语惊做了个梦。

午夜漆黑，天空中一轮血红的圆月，乌鸦穿过繁乱的树影，落在枯干的枝头。

沈倦半张脸沉浸在冰蓝色的焰火里，漆黑狭长的竖瞳，直勾勾地看着她，声音悠长低缓，像个蛊惑人心的恶魔："我想要你。"

他尖尖的獠牙抵住下唇唇瓣，微倾着身侧头，靠近在她耳边，指尖顺着她的耳后向下，滑过脖颈、动脉、锁骨，停在胸口："愿意把身心都献给我吗？"

吐息间，他温热湿润的气息裹上耳尖，顺着神经末梢不断向下蔓延，温柔又暧昧。

林语惊整个人僵在原地，说不出话来。

下一秒，场景被强制性切断，少年拽着谁的衣领，嘭的一声把人抡在了墙上，神情阴冷而暴戾，像结了冰："谁让你来的？"

他垂着眼，眼角隐隐发红，抓着少年衣领的手背上，一根根筋骨脉络突出，泛着白："我说没说过，别让我再看见你？"

林语惊猛地睁开眼睛。

安静了两秒，她才意识到自己屏住了呼吸，憋得有些难受。

她回过神来，长长地吐出一口气，撑着床坐起来，靠在床头愣了一会儿。

林语惊感觉自己受到了惊吓。

她下意识地摸了摸耳朵，又摸了摸脖颈，从喉咙一直到锁骨，微凉的指尖在温热皮肤上留下温度，让她产生了一种梦中的事情真实存在的错觉。

她把手指重新搭在颈边，甚至能感受到薄薄的皮肤下动脉在跳动。

林语惊猛地缩回手,塞进被窝里,还压到了大腿下面,无声地瞪大了眼睛。

这是个什么梦?

她为什么会做这种混乱不堪、让人难以启齿,又有点奇怪的梦?

过了五六分钟,林语惊回神才意识到自己左手压着个毛茸茸的玩意儿。

她侧过头去,看见那个挺大的、穿着绿毛衣的泰迪熊。

她昨天晚上睡前把它放在了床边。

卧室里一片昏暗,光线被厚重华丽的遮光窗帘遮了个严严实实,泰迪熊毛茸茸的轮廓在黑暗里显得十分模糊。

林语惊忽然想起,沈倦头上戴着个红红的小恶魔角,站在路边打气球的样子,有点可爱。

可是再之前,他卡着那少年脖子时的样子,又让人浑身发冷。

她想起刚开学的时候,李林说:"沈倦高二的时候犯过事,差点把他同桌给打死。人浑身是血地被抬出去的,好多同学都看见了,当时他那个眼神和气场,据说贼恐怖。"

林语惊摇了摇头,不想再去想,从床头柜上摸到手机,点了下,看了眼时间,凌晨四点半。

她才睡了四个小时。

她揉了揉酸涩的眼睛,定了一个七点半的闹钟,重新蹭回到被子里躺下,准备继续睡。

她周末回傅家的时候从来不会睡懒觉,虽然她也不知道这房子到底算是傅家还是关家。

林语惊其实更倾向于姓傅,因为傅明修是姓傅的,应该是和他父亲一个姓,和林语惊不一样;孟伟国当年入赘林家,所以她跟着林芷姓林,以前会管外公和外婆叫爷爷奶奶。

房间里门窗紧闭,始终开着空调,温度很低,遥控器在门口的梳妆台上,林语惊不想去拿,拉着被子边往上拽了拽,盖住了半颗脑袋,沉沉睡去。

七点半,林语惊从床上爬起来,感受到卧室里有种干燥的冷,她冻得哆嗦了一下,走到门口把空调温度调高,转身进浴室,洗了个十五分钟的战斗澡。

她一打开房门，就看见也一样刚出来的傅明修。

根据林语惊之前的观察，傅少爷不上课闲在家里的时候一般都是睡懒觉的，睡到十点钟爬起来吃个早饭，然后没什么声音地上楼去，就算看见了她也当她是空气，跟没看见一样。

不过最近两人的关系开始缓和，上周，傅明修甚至给了她一个橙子。

一个橙子！这是多么大的进步！

哎……对噢，她的橙子呢？

林语惊努力回忆了一下那天晚上，傅明修丢给她个橙子，她拿上楼去了，她跟关向梅一起吃了个不太愉快的晚饭，然后被孟伟国骂了，再然后去了沈倦的工作室。

那天晚上她没有回来，后来早上回来，做贼似的拿了个书包就去学校了，也没想起来那个橙子。

林语惊和傅明修站在二楼走廊，两个人的卧室门口，她看着他，忽然觉得有些心虚。

她清了清嗓子："哥……早。"

傅明修侧头，忽然问："什么时候回来的？"

林语惊答："昨天晚上。"

傅明修点点头，走到楼梯口，忽然回过头来，看着她："我前天回来的时候，阿姨正在打扫你的房间。"

林语惊没说话，不知道他这话是何意，她这房间里什么都没有，除了几件衣服和一些简单的生活用品是自己的，剩下都是关向梅帮她准备的，乱七八糟的一堆小东西，林语惊动都没动过。

噢，现在她的所有物里多了一个熊。

她还得给那只熊起个名字。

她没说话，傅明修就继续道："你猜，我看见清理出来了个什么？"

"什么？"林语惊还在想给熊起名字的事情，脱口而出道。

傅明修说："一个烂了的橙子。"

林语惊："……"

"你要是不想要可以不要,不用以这种无声的方式跟我对抗。"傅明修很善解人意。

两个人往楼下走,林语惊有些绝望,她和傅明修刚刚点起来的友善小火苗,估计要燃烧不起来了,小小的火星因为这么一个烂橙子而熄灭。

她小声道歉:"我真不是故意的,对不起,我本来打算拿到学校里去吃的,结果我给忘了,真的。"

傅明修黑着脸,显然还憋着火。

"我还想跟我同学炫耀一下呢,"林语惊真心实意地说,"新疆天然大甜橙,我哥特地给我拿的,让我多吃点水果补充维生素C。"

"……"傅明修脚步一顿,看着她,神情复杂。

少女刚洗过澡,头发没完全吹干,披散着,看起来无害又温柔。

尽管傅明修这两个多月以来,已经不知道第多少次提醒自己,不要被她这种温柔的假象欺骗了。

行吧,她确实也……没做过什么坏事。

停了一秒,他继续下楼:"你们上周开了运动会?"

"啊,对,开完了。"林语惊有些意外。

餐厅里关向梅和孟伟国已经在了,关向梅转过头来,看见两个人说着话走过来的时候,脸上带着明显的惊讶,而后表情很快调整过来,笑了笑:"起来啦,来。"

她转过头来,看向孟伟国:"你看,两个人相处得多好。"

孟伟国笑道:"明修性格好,好相处。"

林语惊低低垂着头,忍着没翻白眼,一抬头,倒是看见坐在对面的傅明修毫不掩饰地翻了个白眼。

她挑了挑眉。

傅明修看着她,也挑了下眉。

孟伟国还转过头来,看向傅明修,他长辈的架势端得很足,五官端正英朗,今天戴了个金丝边眼镜,看起来儒雅成熟,很像那么回事:"小语性格就不怎么好,也没什么朋友,平时她要是任性,你就说她。"

林语惊捏着冰凉的叉子在白瓷盘上点了点,白眼终于没忍住,偷偷摸摸翻出去了。

关向梅似乎十分偏好西式的早餐，精致而油腻，看得林语惊没什么食欲。

她开始羡慕沈倦，想念起了他家那边小弄堂里，那些豆浆、粢饭团、油饼，刚炸出来的油条热腾腾的，一屉屉的灌汤小笼包冒着香气，一口咬下去汤汁在口腔里四溢。

不过这人现在应该还没起来，更别说吃早餐了，毕竟是一位读书的时候都要睡满上午前两节课的选手。

觉皇。

林语惊周一一大早回了学校，她这周没带衣服回来，也没穿校服，要回宿舍去换个衣服，她走的时候犹豫了一下，还是抱上了她的大熊。

她下楼的时候被傅明修叫住，傅明修拎了个袋子过来递给她，不知道里面装着什么东西。

她接过来，毫无防备地被这东西拉得手臂猛地往下沉了沉，很重的一个袋子，她打开袋子往里面看了一眼，一袋橙子，有六七个的样子。

林语惊抬起头来："我发现你是真的记仇。"

傅明修看起来心情愉悦，发出了自从他们认识以来的、第一声真心实意的愉悦笑声："厨房里还有半箱，下周末回来记得吃，补充维生素C。"

林语惊："……"

傅明修拿给她的橙子个个都沉甸甸的，从这分量就知道，肯定果汁饱满，应该味道不错。

拎着有点勒手，林语惊把书包摘下来，把橙子放进去背着，感觉轻松了不少。

她背着一书包的橙子往地铁站的方向走，没用老李送，因为想吃沈倦家这边的早点。走到弄堂口，林语惊往沈倦的工作室那边拐了拐，去旁边那家买了个粢饭团，多加了一个咸蛋黄。

她等的时候还往里面看了看，虽然她知道这个点，沈倦应该还没出门。

这家粢饭团弄得很干净，老板娘围着个棕色的围裙，看起来四十多岁，挺热情:"小姑娘,喜欢吃咸蛋黄的?"

林语惊笑笑:"嗯。"

"你之前来买过早饭是哦,我记得你,小姑娘长得好看的咧。"老板娘笑着抬头,把包好的粢饭团装进袋子递给她,"你这个熊,男朋友给你买的呀?"

林语惊愣了愣,连忙摆了摆手:"哎,不是不是,这是我……"

同桌帮我赢来的,向空中丢着打的气球,中了二十个。

一个低调的神射手,在夜市公园里的游戏小摊位上,也要一脸"正常操作"的淡定表情,嚣张得不要不要的。

林语惊觉得,她现在被沈倦传染得好像有点麻木了,这么中二的事情,她竟然还觉得有点骄傲。

林语惊到学校的时候比平时早了半个多小时,足够她回寝室换套校服,再把傅明修给她带的那一袋子重死人的橙子卸了货。

大概是昨晚睡觉的时候冷气开得太足,林语惊感觉头有点昏昏沉沉的,在寝室床上躺了一会儿,才从女生寝室楼那边往教室走,半路她看见了刚到学校走到教学楼门口的沈倦。

十一月踩着十月的尾巴到来,清晨风凉。

沈倦校服外面套了一件黑色的棒球服外套,背着书包,抬起头来看见了她。

他站在原地停下了脚步,等着她过来,手抄在口袋里打了个哈欠。

林语惊觉得沈倦挺神奇的,从第一次在教室里见到他起,这人只要在学校里,早上见她必打哈欠。

她快走了两步过去,两个人一起往教学楼里走,林语惊侧过头:"你今天到得还挺早的,早知道等你一会儿了。"

沈倦神情有些迷茫,鼻音含糊:"嗯?"

林语惊吸了吸鼻子:"我今天早上去你家那边粢饭团的店里买了早饭吃,本来觉得你不会来这么早的,就没叫你。"

"啊,她家粢饭团很好吃,我喜欢虎皮蛋,"沈倦看起来困劲还没散,懒洋洋地拖着声,"下次记得叫我。"

林语惊闻言看了他一眼:"你竟然喜欢虎皮蛋?"

沈倦垂眸:"嗯,怎么了?"

"你不加咸蛋黄吗?"林语惊问。

她的书包里面没什么东西,空空的,她从寝室楼那边过来也不远,就没背着,提在了手里,上楼梯的时候书包带的末端拖了地。

"不吃。"沈倦俯身垂手,把她手里的书包钩过来,单手拎着,往上抬了抬,"拖地了。"

林语惊还沉浸在这个世界上竟然有人不吃咸蛋黄的震惊里:"那你吃粽子的时候,加咸蛋黄吗?我吃过你们这边的蛋黄肉粽,好好吃,我都只想吃里面的咸蛋黄。"

沈倦说:"肉粽我会吃,不吃蛋黄肉粽。"

林语惊点点头:"那我们打个商量,以后你吃粽子,我吃里面的蛋黄。"林语惊惆怅地叹了口气,感叹道,"蛋黄肉粽里什么时候能包三个咸蛋黄进去?"

沈倦侧头:"你想吃?"

林语惊:"嗯?"

沈倦说:"三个咸蛋的蛋黄肉粽?"

林语惊想了想,补充道:"不用有肉也行的,可不可以全是咸蛋黄?"

"可以,"沈倦轻笑了声,"你想要什么都可以。"

他们爬上了四楼,往十班教室走,一拐过来就看见在走廊里的李林。他大概是刚补完周末的作业,正趴在教室窗口,撅着屁股,脑袋探进教室里去说话。

看见他们过来,李林招了招手:"你们运动会最后一天怎么都没来啊?"

"我腿不太舒服。"林语惊进了教室,放下书包坐下,随口说。

李林点点头,"噢"了一声,没敢问沈倦,只拍了拍桌角:"哎,你们没在,错过了好多事情。"

林语惊十分配合他:"怎么了?"

李林立马端起了他的菊花茶。现在天冷了，他的保温杯也升了级，从外形上看比之前那个结实了不少，目测保温效果极佳。

他慢慢品了一口，说书似的慢悠悠道："话说那日——周五，运动会最后一天，晴有时多云，西北风三到四级，空气质量75……"

沈倦又打了个哈欠，靠着墙，垂头开始玩手机。

林语惊翻了个白眼，不想理他，转过头去了。

李林连忙扒着她的椅子："哎哎哎，我说我说我说，就是七班和咱们班宣战了。"

林语惊重新转过身来。

"就是运动会之后不是有那个4×100米接力嘛，接力跑，小组赛抽签的，七班在咱们班隔壁的跑道，然后他们班本来是第一的，结果接力棒掉了，所以咱们班就第一了。"

李林顿了顿，继续道："然后他们班体委就说，他接棒的时候是咱们班的人手打到了他们，所以才掉的，老师全过来了，都没用，接力八个人你知道吧？当时差点打起来了。"

林语惊抬了抬眼："打输了？"

李林无奈："……林同学，你怎么这么暴力呢？"

"哦，"林语惊摸了摸鼻子，"那最后怎么解决的？"

李林："七班体委说，这个月期中考完篮球赛说话，输了咱们班就要把运动会接力赛第一名的奖状给他们。"

林语惊心道这可真是青春。

这赌注实在是太、成、熟、了、啊！

她抬手，拍了拍李林的肩膀，安慰道："没事，咱们班虽然学习成绩不行，但是篮球打得好的男生不是挺多的吗？我们会赢的。"

林语惊真诚地夸奖他："你们必然是这种娱乐活动搞得好，要不成绩也不能这么次。"

李林："……"

李林虽然成绩实在是不怎么地，但是语言表达能力还是很强的。接下来的十分钟里，他生动形象地跟林语惊叙述了一下事情的起因、经过、结果、细节,细到差点打起来之前,双方到底互相问候了多少次对方的亲戚。

七班的平均成绩不好不坏,在理科班里面属于中下游,但是比起十班来还是绰绰有余的。并且七班体委能说出用球赛定输赢这话也不是没原因的,他们班有四个校篮球队的人。

而十班虽然阳盛阴衰,男生不少,但是其实真正篮球打得好的,除了体委于鹏飞和宋志明,还有一个林语惊一句话都没说过的高个男生以外,别的人水平都一般,跟校队的肯定是没法比了。

"所以说,我们虽然娱乐活动搞得确实不错,但是这个娱乐活动也是要分的,"李林伸出一根食指,愤愤地点着桌面,"但凡七班提出的不是打球,而是用游戏说话,咱班随便出一个人都能把他们杀得血流成河、片甲不留。"

"……"

林语惊越听越困,整个人状态昏昏沉沉的,还有点头疼,最后趴在桌子上从他的话里提炼出了重点。

所以说,就是不只学习成绩不行,篮球打得也很次。

但是有一点,林语惊还挺不明白的:"那个 4×100 米的接力赛奖状,上面的班级难道还没填吗?就等着篮球赛哪个班赢就写哪个班?"

李林:"这是一张奖状的问题吗?这是输赢的问题吗?不是,这场战斗关乎尊严,本来就是他们班自己接力棒掉了,竟然往咱们班身上扣锅,这不能忍。"

李林神情严肃:"他们就是想羞辱我们,你懂吗?他们不一定要的就是这个奖状,而是我们输给他们班这个过程,然后可能当着我们的面,就把奖状给撕了。"

林语惊觉得,十班这个好不容易拿到的 4×100 米接力赛奖状,八成是保不住了。

一直到早自习的铃声响起,刘福江进了教室,李林才闭嘴。

林语惊的世界清静了,她转过头来继续趴着,一边翻了翻书本,一边思考着今天早自习要做点什么,最后她抽出英语书开始背课文。

就是不知道为什么，实在有点背不下去，南方的教室里没暖气，林语惊冷得缩了缩肩膀，把英语书合上，手臂压在书上面，蔫巴巴地趴在桌子上，侧着头闭上眼睛，准备睡一觉。

她觉得自己好像很快就睡着了，又好像没睡着，眼睛蒙蒙胧胧的，像在睡觉，却隐约能听见教室里同学说话的声音。

忽然，林语惊觉得眼皮子上有黑影晃了一晃，紧接着额头上落下一点温热的触感，像是一个人的手。

她皱了皱眉，下意识就要睁眼，又不想睁开，那只手停留了两三秒才拿走，然后，她听见有人在她耳边叫了她一声："林语惊？"

林语惊不情不愿地睁开眼，光线有点刺眼，她眯着眼，看见沈俙凑近她说："你有点热，去校医室看看？"

她皱了皱眉，脑袋往臂弯里埋了埋："我不热，我有点儿冷。"

"我知道，"沈俙低声说，"你额头烫的。"

林语惊抬起头来，嘴巴干干的，她舔了舔嘴唇，摸了一下自己的额头。

自己摸也摸不太出来，不过她也能感觉得到，自己精神和平时比起来不怎么好，但是校医室在寝室楼那边，她现在完全不想动，于是又软绵绵地趴下了："没事，我睡一会儿就好了。"

沈俙不再说话了，过了一会儿，林语惊忽然感觉到身上一沉，一件衣服盖在了她身上，带着温暖的体温和干净的洗衣液味道。

她睁开眼，头微微晃动了一下，鼻尖蹭到了个黑色外套的衣领。

沈俙正看着她，抬起手来，隔着厚厚的两层外套轻轻拍了拍她的背："睡吧。"

林语惊这一觉睡了挺久，刚开始迷迷糊糊的，始终感觉自己没睡着，这期间被沈俙叫起来一次，吃了片退烧药，又趴下继续睡，这下整个人睡得都沉了不少。

她再睁开眼睛都已经中午了，教室里一片安静，林语惊开始觉得热，她抬手拨掉了盖在身上的外套，坐起身，转过头。

沈俙正坐在旁边看书，在林语惊接受了他的学霸人设以后，她发现沈倦确实也是学习的,只不过他就算是在看书的时候,神情姿态都过于散漫,没有半点认真的样子,导致之前林语惊一直都对他产生了点误解。

余光扫见她坐起来,沈倦转过头:"醒了?"

他放下手里的书,无比自然地伸出手来,想去摸摸她的额头。

林语惊发了些汗,此时觉得里面的那件衣服有点黏黏的,额头上也有点汗,她下意识往旁边偏了偏,躲过他的手。

沈倦的指尖从她面前划过去,停在她耳边。他顿了顿,没动:"过来,我摸摸。"

他的声音低沉,在空荡荡的教室里甚至听起来有一些温柔。

林语惊不知道自己是不是思想太龌龊了,这一句"我摸摸"忽然没来由地给她一阵脸红心跳的不自在感,即使她知道沈倦这话说得无比纯洁。

她清了清嗓子,解释:"我出了好多汗……"

沈倦挑了挑眉:"所以呢?"

林语惊声音发哑,嗓子火烧火燎地疼,不想多说话:"脏的。"

沈倦"啧"了一声,倾身向前靠过来,抬手往她脑后一钩,往自己身前一带:"哪儿那么多废话。"

林语惊猝不及防,身子又发软,整个人一下子被他捞过来,脑袋结结实实地砸在他怀里,鼻尖撞到他腹部的肌肉,感受到柔韧的硬度。

她僵了僵,慌忙抬手撑住他的腿,支撑着上半身抬起头来,下意识地往上看。

沈倦低垂着眸,看着她。

她猛地一抬头,两人距离倏地拉近,林语惊吓得手一软,啪叽一下重新栽回到他怀里。

她的脸贴着少年温热结实的身体,感受到他胸腔低低的震颤。

他笑出声来:"生个病怎么还投怀送抱上了?"

他说着身子往后靠了靠,拉开了一点距离,摸了摸她的额头:"退了。"

林语惊难堪得要死,耳朵发烫,觉得自己刚降下来的热度好像又升起来了,低垂着头不想说话。

沈倦垂着头,声音响在她的头顶:"还没抱够?"

"……"

林语惊直起身来，斜靠着桌边看着他。

小姑娘生了病和平时差别很大，看起来有点蔫巴巴的，声音又哑又软："沈倦，你别乘人之危，看我生病打不过你，你现在就使劲欺负我。"

沈倦愣了愣。

他垂着头笑，人又往前靠了靠，声音懒洋洋的，有些痞："你真是烧得不太清醒，林语惊，乘人之危是这么用的？"

"怎么就不可以这么用了？"林语惊从桌角拿过水杯来拧开，里面的水温热，她咕咚咕咚喝了两口，嗓子比刚刚舒服了一点，"沈同学，多看看成语词典，正经的用法多着呢，脑子里别总装那么多有色废料。"

"行吧。"沈倦重新靠回到墙上，从桌肚里摸出一小袋药来，放在她桌上，"去吃个饭，然后回寝室睡一觉，下午的假我帮你请。"

林语惊垂头，半透明的小塑料袋，里面放着几个扁扁的长方形小药盒。

她抬起头来，叫了他一声："沈倦。"

沈倦淡声应道："嗯？"

林语惊看着他："你是不是……"喜欢我啊。

这句话说到一半的瞬间，林语惊的脑海里闪过无数言情偶像剧的画面——

女孩子哭泣着大声质问道："你为什么对我这么好？你对我这么好干什么？"

男生激动地说："我为什么对你这么好，你心里没点数吗？你竟然问我这种问题！"

女生呜呜地哭："你不要对我这么好，你这样我会爱上你的，你知道不知道？你为什么要这样……"

男生歇斯底里地大吼："老子对你好不就是为了这个吗？你还问我为什么！因为我爱你！因为我该死地爱上了甜美的你！！"

林语惊："……"

林语惊抱着手臂，被自己的脑内剧场恶心得一哆嗦。

她看着沈倦，清了清嗓子："你是不是想让我这个月期中考手下留情放你一马,让你再拿一次年级第一?"

沈倦:"……"

林语惊实在是不太舒服,跟刘福江说了一声,下午请了个假。

沈倦去食堂帮她买了份白粥,林语惊拿回寝室去,强逼着自己吃掉,又吃了感冒药和退烧药,倒在床上天昏地暗地睡了一觉,再次醒来的时候夜幕低垂,棉质的睡衣湿得透透的,又发了满满一身汗。

林语惊躺在床上,稍微还有点头晕,抬手摸了摸自己的额头,凉凉的,烧已经退了。

她坐起身来,进浴室里洗了个澡,冲掉满身的汗和疲惫感,出来换了一套干净的衣服,然后盘腿坐在床边。

中午她只喝了半份白粥,这会儿肚子开始有点饿了,林语惊打开柜子,抽了包饼干出来,拆开来慢吞吞地吃。

她脑子开始放空,有些茫然。

林语惊不知道被喜欢是什么样的感觉,她长这么大,除了朋友,没人喜欢过她。

初中倒是有男生追过她,她从小长得就挺好看的,在初中懵懵懂懂的几年里,大家的某种意识都开始觉醒,追她的男孩子还挺多,但是真的只是单纯地追她,让人丝毫感觉不到走心。

林语惊都没怎么在意过,反正每次一有这种情况,陆嘉珩和程轶没过几天就会哥俩好似的去找人家,跟人家谈心,然后这人就再也不会出现在她的视线范围内了。

高一的时候在附中倒是有走心的,但是林语惊这人很干脆,对于这种事情一向是敬而远之,拒绝得干脆利落,不存在任何转圜的余地。

再加上她的圈子独立,其他人很难融入,所以也不会有发生这种特殊情况的机会。

这个特殊情况是指:她在一个陌生的环境、陌生的家庭、陌生的学校,以及陌生的、茫然的情绪之下,认识那个会让她不由自主产生依赖感的人。

因为在这种情况下,她太需要有这样的一个人存在了。

一个可以依靠、可以发泄，能够吸收掉她全部负面情绪的人。

依赖感对于林语惊来说，其实很陌生，因为她的家庭环境从小就告诉她，这个世界上没有谁是可以被她依赖的，连她觉得最最亲密的父母都不行。

所以，在意识到自己对沈倦生出了这种陌生的依赖感，甚至还掺杂着别的什么感情的时候，林语惊是很慌乱的。

她实在不想让自己喜欢上沈倦。

关于爱情这件事，林芷和孟伟国给她上了人生中的第一堂课。

林语惊有的时候会想，林芷和孟伟国最开始谈恋爱、结婚的时候，他们是不是相爱的呢？

一定是的。

哪怕只有一个瞬间，他们也一定是相爱的。至少，林芷一定是爱着孟伟国的。

结果十几年后，他们互相那么厌恶对方，甚至连带着对他们爱情的结晶、他们的孩子也心生厌恶。

爱情这东西，被她的父母亲手撕开，摊在她的面前给她看，让她看清了里面的廉价和脆弱，然后丢在脚边，变得一文不值。

成年人之间的喜欢尚且如此，更何况十六七岁的少年，是不是更加地多变，更加地不安定。

林语惊将吃空了的饼干袋子丢在地上，整个人倒进床铺里，盯着天花板上长条的灯光眯起眼来，叹了口气。

她抬起手来，拍了两下自己的脸。

"学习，"林语惊闭上眼睛，低声念念叨叨的，"我爱学习，学习使我快乐，我生命中最美好的两个字……学习……"

大概是日有所思，夜有所梦，这天晚上，林语惊又梦见了沈倦。

林语惊已经习惯成自然，麻木地爬起来，洗漱，换了校服下楼，一边思考着早餐吃什么，一边走出寝室楼大门。

沈倦靠在寝室楼门口的柱子上，他换了件深灰色的外套，戴着耳机，白色的耳机线弯弯曲曲地垂在胸前。

他余光扫见有人出来，抬起头来，看见站在门口的林语惊。

沈倦抬手，手里钩着一个小塑料袋子，举到她面前，里面装着个粢饭团。

"三个咸蛋黄的粽子暂时没有，不过可以有三个咸蛋黄的粢饭团。"他歪了下头，懒洋洋地说。

林语惊怔在原地，昨天晚上刚做好的心理建设几乎功亏一篑。

见她没反应，沈倦手臂慢悠悠地晃了晃："发烧烧傻了？"

林语惊回过神，接过来垂着头，慢吞吞地拆开保鲜膜，声音低低的："谢谢。"

沈倦挑了下眉，没说什么。

两个人往教学楼的方向走，一路上没人说话，林语惊始终垂着头，安静地吃。

沈倦真的在里面加了三个咸蛋黄，整个饭团看起来比她之前吃的要大一圈，而且这家的蛋黄不太咸，不会觉得齁。

走到教学楼门口，她饭团没吃完，还剩下一半，却已经饱了，林语惊不想丢掉，重新把它装回到袋子里，提着上了楼。

刘福江今天来得早，进教室的时候他人已经在讲台前坐着了，看见他们进来，刘福江起身，拍了拍沈倦的肩膀，出了教室门："你们俩跟我来一下。"

林语惊眨眨眼，侧头看着沈倦，指指自己，用口型无声道："我？"

沈倦点了点头，从她手里拿过那半个没吃完的饭团，放在桌子上，先走了出去。

林语惊跟在沈倦后面，两人一前一后地进了办公室，林语惊回手关上门。

生物组办公室的老师此时都没在，刘福江坐在桌前，面前摆着两份什么表格，他看了两眼，然后抬起头来，微笑地盯着他们俩，持续了五秒钟。

然后他真心实意地发出了一声由衷的感叹："我是真的喜欢你们俩。"

林语惊："……"

沈倦："……"

林语惊分析了一下，这句话和刘老师的口头禅——"多好的孩子啊"，表达的应该是一个意思。

按照她这两个月的经验来看，一般刘福江说出了诸如此类的话，后面就基本上不会有什么好事情了。

比如上一次，那个"多好的孩子啊"后面，跟着的事件是沈倦考了个年级第一。

这对她来说简直是灭顶之灾。

刘福江停了一会儿，大概是在等着他们俩谁接话，但是没有人接，所以他笑呵呵地摆了摆手，继续道："没事，你们不用怕，没什么事，我就是叫你们来问……"他顿了顿，身体前倾，"咱们学校有个奖学金嘛，鼓励大家好好学习，你们俩有兴趣没有？"

林语惊以前的高中是没奖学金的，大概是八中比较财大气粗，毕竟是在环内占了大片昂贵土地的选手。

升学率比起别的重点高中来说是低了点，就因为这样，才更要想点法子来鼓励大家学习嘛。

早自习的时间有限，刘福江简单地说了一下关于奖学金的事。

一般来说，都是开学第一、第二个月考后进行评选，三个等级，每个年级一等奖两名，二等奖五名，三等奖十二名，相对比较多。

而且也不完全是只看成绩来评选的，比如学生会主席——对学校做出巨大贡献的，参与组织各项活动劳心、劳肝、劳肺的，就默认占了一个一等奖的名额。

所以高二的一等奖就只剩下一个了。

林语惊本来以为，这个肯定就属于上次考试年级第一的了。

结果刘福江把她也叫过来，那么就说明不是。

她也是可以竞争的！

听见了吗沈倦！一等奖现在还不是你的！！

我考试没考过你，奖学金我还争不过你吗！！！

林语惊顿时斗志昂扬，连前一天晚上发烧今天还带着的那一点点疲惫感都没有了。

两个人出了办公室，站在走廊里对视了一眼。

少女的表情，此时几乎可以称得上是神采奕奕了，早上那股蔫巴巴的没精神劲消失无踪，眼睛亮亮地看着他："沈同学，一等奖学金只剩下一个名额了耶。"

沈倦平静地挑了挑眉。

"你要申请吗？"林语惊继续问道。

其实，沈倦本来还真的没有打算申请，他懒得弄。

但是林语惊此时这个斗志昂扬又兴致满满的样子，看起来像只下一秒就要开屏的、骄傲的小孔雀，充满了想要跟他厮杀的欲望。

如果他不战而退，她会不会特别憋屈、特别郁闷，当场直接爹毛？

沈倦勾唇："不申。"

"真的吗？"林语惊惊喜地说。

沈倦："……"跟想象中的有点不太一样。

沈倦沉默了一下，说："假的，我已经想好了我的八百字申请书要怎么写。"

林语惊扬起的唇角瞬间就垂了下去，她鼓了一下腮帮子，想了想，说道："行吧，我们也可以公平竞争，你想怎么比？"

两个人正往教室方向走，沈倦将手抄在口袋里，懒洋洋地往前："我也不是非要这个奖学金，这样，你承认一下我很厉害，再叫两声好听的，我就放弃。"

林语惊毫不犹豫："沈倦无敌，沈倦就是我爸爸。"

沈倦差点被口水呛着，沉默了至少三秒钟，垂头看她："你吃错什么了？"

林语惊看着他的眼神，就像是看着一个难缠的熊孩子："不是你让我说的吗？"

"你还记得上次我要教你物理的时候，你是什么反应吗？"沈倦提醒她，"你觉得我在羞辱你。"

"今非昔比，当时那种情况关乎到我们学霸的尊严，你不懂那种感觉，那个牛角尖我必须得钻。"林语惊说，"现在和当时不一样了，我做了一下对比，发现颁发奖学金的时候，我在全校师生面前，把你踩在脚下的这个结果好像会更爽一点，过程我可以勉为其难，不做太高的要求。"

沈倦都不知道说什么好了，叹息着夸奖她："你还真是能屈能伸啊。"

伸缩自如这项技能，林语惊早在八百年前就掌握了，坦然地接受了夸奖，不忘问他："所以你不申请了吧？"

"申，"沈倦打了个哈欠，散漫道，"奖学金我还没拿过，拿一个玩玩。"

两个人走到教室门口，林语惊脚步一顿，转过头来，面无表情地看着他："你刚刚不是这么说的，你想反悔？我都承认你厉害了。"

沈倦抬手揉了一把她的头发："真听话，想要什么奖励？"

林语惊后退了半步，拍开他的手："沈同学，做个人吧。你这是占了我便宜以后还打算死不承认吗？你这种行为跟渣男有什么区别？"

沈倦没说话，抬了抬眼。

林语惊也转过身，跟着抬起头来。

教室里面一片死寂，早自习老师不在，大家都在各干各的，只不过此时，所有人都看着门口这边，表情都带着不同程度的怪异。

王一扬正坐在林语惊的位置上和李林说话，身子是扭到后面去的，头却转到前面来，整个人拧成了一个麻花，呆滞地看着他们。

"……"

林语惊有些尴尬，转过头来，看向在场的另一位当事人，张了张嘴。

沈倦扯着她的手腕把她往外拽了一下，拉到走廊里，回手关上了教室门，才转过身，垂眼看着她。

他叹了口气："小姑娘怎么什么话都说？"

"我没注意……再说我也没别的意思呀，你本来就占我便宜，"林语惊不满地小声嘟哝，"别叫我小姑娘。"

沈倦盯着她，视线从她不自然抿着的嫣红嘴唇，到因为不好意思染上一点绯红的耳朵尖。

他侧了侧身，靠在走廊墙上，笑着说："以后这种话，私下跟我说说就行了，我会负责的。"

林语惊："……"

林语惊觉得，自己这段时间以来，对沈倦建立起来的那点小情感，一瞬间就被无情地杀死了。

爱情可真是太脆弱了。

十班全体同学的心情都很紧张，不只紧张，还很复杂。

沈倦在没因为揍他同桌休学以前，在学校里，也是被别的班的女孩子追到班级门口来的那种选手，出了事以后，觊觎他的小姑娘们要么被吓着了，要么就默默地站在远方，欣赏一下大佬的盛世美颜。

总之，就是没几个姑娘敢追他了。

但是追不追是一码事，喜不喜欢又是另一码事。

喜欢沈倦的人始终都是不少的，学校论坛里有个匿名的表白楼，到现在还不停地有人在里面诉说对沈倦的爱意。

沈同学的感情始终是备受关注的。

而在上一次月考考场事件，横空冒出来了个林语惊，沈林这对风靡一时，又被一张小卖部柜咚照给打散后的很长一段时间里，沈倦和林语惊这两个名字都没有再被绑到一起去了。

别的班的同学不太了解，十班人则是眼观鼻、鼻观心，安静如鸡地做着一个假装啥也没看见的睁眼瞎，啥也没看见。

大佬和他的林同学，每天上课近得都快贴在一块地聊天，这种事根本没人看见。

两个人今天你给我带个早点，明天我给你带个豆浆，相亲相爱地有时候还会一起到学校来，这种事也没人看见。

林同学盖着大佬大了一圈的外套，脑袋埋在里面睡觉，有时候班级噪音有点大，林同学睡得不安稳了，大佬还会像哄小孩似的拍拍她背什么的。

——这也太不明显了！谁能看得见啊？！看不见的！！

但是你们就站在班级门口，当着全班同学的面讨论占不占便宜，打情骂俏的，是不是也有点太过分了啊！

没人敢说话，就连李林都安静如鸡，最后吃瓜群众派出了勇敢的王一扬同学。

王一扬没用三天就在班里混得风生水起，屁颠屁颠地就去问沈倦情况了。

课间，林语惊没在，他扭着身子趴在沈倦桌子上："爸爸，您跟咱们林同学……嗯？早自习出去的那十分钟……嗯嗯嗯？"

沈倦抬了抬眼："说人话。"

"你俩早上干吗去了？"王一扬低声说，"倦爷，林同学可未成年，生日比我还小几个月呢，您得再开两年手动挡。"

"……"

沈倦沉默地看着他，平静地问："你是想现在死，还是十秒钟后再死？"

王一扬高举双手，秒答："我选择苟活十秒。"

沈倦道："你没看见我们是被老师叫出去的？"

王一扬一脸茫然："我没看见啊，我当时还没来呢，真不知道，他们就跟我说你俩出去了。"

沈倦往后靠了靠，眯了下眼，继续道："在你看来，我就十分钟？"

王一扬有种松了口气的感觉，狂野地摇头，并且疯狂拍马屁："爸爸，我觉得您怎么也得两个小时吧。"

沈倦："……"

王一扬："……两个小时不够吧？三……四五六个小时？"

沈倦"啧"了一声，随手把桌面摊着的书朝他丢过去，王一扬被劈头盖脸地砸了个正着，哇啦哇啦地叫唤："倦爷！！我错了！！！"

沈倦站起身来，隔着张桌子拽着王一扬校服外套的领子，往上一兜，把他脑袋罩在里面按在桌面上，抬手照着他后脑勺拍了一巴掌："一会儿去给老子解释，谁再乱说话，就让他来给我当同桌，我给你们表演个'一秒变成植物人'。"

第十五章
隔壁村头沈铁柱

篮球赛一年一次，高一是春季篮球赛，一般在四五月份的时候；高二是秋季篮球赛，差不多是在十一月中旬，期中考试之后的一周。

期中考就在本周五，依然是只考一天，上午两科，下午两科，时间安排得很紧。

不过十班男生女生的注意力已经都不在期中考试上了，对于他们来说，考试后的篮球比赛更重要一点。

宋志明他们三个篮球打得比较好的男生，火速组建了一支暂时只有三个人的战队，李林赐名——十班全都队，并且拉来了王一扬做球队里的第四个人。

最后还差个PG——控球后卫，这套阵容就算齐活了。

林语惊真切地感受到了，十班真的是啥啥都不行，他们甚至连两个像样的替补都难以寻找出来。

周三下午，刘福江把考场座位表打印出来，贴在前面。

这次，第一考场里十班有三位同学，分别是年级第一第二的沈倦、林语惊，还有勉强挤进了第一考场、坐在倒数第二个的学习委员。

按照王恐龙的话说，这可能是会被载入班史里的一幕，年级第一第二竟然在平均分最低的一个班里。

林语惊依然是靠着墙的位置，这次沈倦没在她旁边了，他坐在她前面。

期中考试的题目相对月考来说要难一点，下午考的物理，最后一道大题的难度比较高，林语惊做到最后，皱着眉，总觉得有哪里不太对。

她抬起头来，看了一眼前面的沈倦。

这人已经写完了，靠着墙面转笔玩。

好烦。

林语惊咬了咬指尖,抽了张干净的草稿纸,把最后一题从头到尾重新顺了一遍。

她是跟沈倦商量过的,这次期中考试一决高下,谁分高奖学金归谁。

沈倦这人,虽然平时看起来懒懒散散、吊儿郎当,不过在该认真的事情上,他一点都不会含糊。

还是个理科接近满分的变态。

林语惊从来没觉得,等成绩是一件如此令人焦虑的事。

以前考完试,程轶经常焦躁得连续好几天都睡不好觉,就像疯魔了一样,每天的口头禅都变成"啊啊啊完了完了完了"。

他学习不好,他爸妈倒是不怎么管他,但是他爷爷管得很严。七十多岁的老人,每次期中期末考完试,还坚持去给程轶开家长会,然后被气得面色铁青,回来把他痛骂一顿。

林语惊的家长会基本都是没人开的,偶尔林芷会去一次,所以她不明白程轶的这种感觉。

现在她觉得自己好像懂了。

沈倦看起来就跟当年的林语惊一样淡定,依然该迟到迟到,该睡觉睡觉,听课的时候看起来像没听,偶尔趴在桌子上闭着眼睛,在林语惊以为他睡得很香的时候,这人突然就睁开了眼睛,然后眯着眼停个三四秒,再次闭上。

"……"

林语惊趴过去,小声问他:"你听过之前网上的一个段子吗?"

沈倦睁开眼直起身来,晃了下脑袋,鼻音沉沉的:"嗯?"

"就是某乎上的一个问题,你见过的最高境界的学神是什么样的。"林语惊说,"层主说,他高中的时候班里有个大神,上课的时候从来不说话,就闭着眼睛坐在那儿,只要他一睁开眼,老师就知道自己讲错了。"

"……"

沈倦侧头:"你是不是有点紧张?"

林语惊压着声音:"……我紧张什么?我为什么紧张?我看起来会

紧张的人？"

沈倦单手撑着下颚，懒洋洋地侧着身看她："不知道，可能是因为下午出成绩？"

林语惊面无表情地看着他："我，长这么大，就不知道'紧张'两个字怎么写。"

沈倦点点头，看了她几秒，忽然倾了倾身，单手撑着桌边靠过去，抬手伸过来，食指钩住她耳边细细的碎发。

林语惊趴在桌子上，没反应过来。

沈倦捏着她细软的发丝，绕着指尖缠了一圈，然后散开，钩着一缕碎发别在她的耳后，露出薄薄的耳朵。

他的手指有点凉，碰到她的耳骨，林语惊整个人都僵住了。

她的耳骨上有三个耳洞，沈倦眸光幽深，指尖忍不住蹭了下小小的耳洞。

没人注意到这边，英语老师背对着他们，正在讲课文，声音十分催眠。

教室里，除了坐在中间前排那几个听课的以外，一大半人在睡觉，另一半人脑袋埋在下面玩手机。

不知道为什么，林语惊莫名地有种在偷情的感觉。

这种错觉让她无意识地抖了一下。

沈倦收回手，低声说："你知不知道，你紧张或者害羞的时候，耳朵会很红？"

林语惊是不知道她耳朵脑袋红不红的，她现在只想让沈倦知道"花儿为什么这样红"。

这种恼羞成怒的情绪前所未有地强烈，伴随着呼吸困难，四肢僵硬，脑子发空，半边身子发麻、发软，以及心脏一分钟狂跳一百七十下等一系列不正常的应激反应。

林语惊回过神来，身子往后蹭了蹭，努力让自己看起来若无其事："你刚刚是摸了少女的耳朵？"

"我在帮你，"沈倦说得一本正经，"让你红透了的耳朵出来晾晾，吹吹冷风会清醒得多。"

"我不用吹冷风也很清醒,耳朵也没红,"林语惊瞪着他,眼看着有点儿炸毛,"你这种行为在古代是毁我清白,叫耍流氓,要被浸猪笼的你知不知道?"

沈倦慢慢地靠回去:"浸猪笼处罚的是通奸罪,偷情得是男女双方共同意愿。"

林语惊的敏感小火花被"偷情"两个字瞬间点燃了,难以置信地瞪着他:"我呸——!"

她音量有点没控制住,英语老师转过身来,无限慈爱地看了她一眼。

林语惊连忙扭头,假装看英语书。

英语老师只笑吟吟地顿了顿,然后收回视线,开始面对着他们讲课。

林语惊红着耳尖,连带着耳根那块的皮肤看起来也有点发红,人趴在桌子上,从鼻子到下巴深深地埋进自己的臂弯里。

她顿了顿,又抬起手来,手忙脚乱地将刚刚被别到耳后去的碎发扒拉下来,盖住耳朵,再次趴下去,把下半张脸藏得严严实实。

如果不是因为在上课,她可能就把整颗脑袋全都埋起来了。

英语老师终于移开了视线,转身走上讲台。

沈倦长腿前伸,踩着桌下横杠,瘫在座位上看着她笑。

期中考试的卷子批得比月考稍微慢一些,周二下午才出了成绩,这据说还是老师们周末把卷子带回家里批了的进度。

刘福江进来的时候依然喜气洋洋,不过他每一天都这样。运动会第二天李林他们拿回来那个接力赛的奖状的时候,据说刘福江激动得差点要喜极而泣了,觉得这群孩子全面发展特别好,比林语惊和沈倦月考考了700分都开心。

最后一节班会课,刘福江拿着名册走进来,站在讲台前,美滋滋地说:"这次期中考试啊,年级前五十咱们班有两个人。"

一瞬间,整个班里四十几个人的视线齐刷刷地扫过来。

刘福江还顿了顿,似乎是在给大家瞻仰学霸的时间。

林语惊从来没觉得,来自别人的注视是如此令人焦灼。

刘福江微笑地看着他们十秒，终于缓慢地说："你们可能很好奇他们是谁，这两位同学分别是林语惊和沈倦啊，他们是咱们班所有同学学习的榜样，大家掌声走一个。"

十班全体同学无比配合他，抬手啪啪鼓掌。

掌声气势如虹，十分响亮，像是打着响板，噼里啪啦，噼里啪啦。

林语惊："……"

沈倦："……"

刘福江看起来满意极了，等到掌声渐止，他才说道："这次考试的题目要比月考的时候难一些啊，再加上半个学期过去了，知识点也比较多、比较杂，学年里这次没有700分以上的，沈倦同学694分，依然是年级第一，来，掌声。"

又是一阵响亮的鼓掌声，甚至听起来比刚刚还要热烈。

林语惊："……"

沈倦："……"

沈倦顿了两秒，转过头来看她。

刘福江继续道："林语惊同学啊，692分，以两分之差排在年级第二名，非常好，掌声。"

李林手掌都快拍烂了，在她后面很兴奋地拍了拍桌角："林妹，强啊你！"

林语惊已经完全面无表情了。

又差两分，这难道是什么孽缘吗？或者是什么来自阿拉伯数字2的诅咒？

沈倦是故意的吧？他怎么就能考得那么准的？

林语惊这辈子都不想看见2、二，或者两、俩，诸如此类代表两个单位的字。

接下来的整节班会课，林语惊一句话都不想说了。恍惚间，她甚至觉得这个画面似曾相识，好像她曾经已经经历过了，她又比沈倦低了两分这件事。

沈倦也没说话，直到下课，他抬手用食指轻轻戳了戳她的手臂。

林语惊茫然地站起身来，给他让了个位置，站在过道桌边，等着他出去。

沈倦站起来，走出教室门。

林语惊再茫然地坐回去。

三秒钟后，沈倦重新出现在教室门口，垂眼看着她："林语惊。"

林语惊仰起头来。

沈倦微抬了下下巴："出来。"

林语惊坐在那里一动不动，冷漠地看着他。

沈倦叹了口气："你是不是傻了？"

林语惊秒答："你才傻了。"

沈倦："聊聊？"

"沈同学，你没发现我现在一句话都不想跟你说吗？"林语惊缓声说，"我以前一直不知道恨之入骨是什么滋味，现在我知道了，感谢你。"

沈倦气笑了，往前走了两步进来，撑着她的桌边俯身，低声说："你要是不想自己出来也行，我不介意再耍个流氓，比如把你抱出去。"

他看起来气压有些低，黑眸沉沉，压迫感十足，前半句话说出来的时候，林语惊看着这个架势，差点以为他是要来打架的，结果后半句就抱上了。

林语惊张了张嘴，下意识地看了四周一圈。

他们上周期中考试结束以后，开始上晚自习，所以最后一节课下课不放学，中间有半个小时的休息时间，然后回来自习。

班里一半人都去吃晚饭了，李林他们跑到最后一排去商量篮球赛的事，旁边的班长在边啃馅饼边埋头做试卷，没往这边看。

林语惊清了清嗓子，起身和他走出去。

高一不用上晚自习，已经放学了，校园里能看见背着书包的高一学生陆陆续续地往外走。

林语惊走到走廊尽头的那扇窗前，背靠着窗台，没说话，等着沈倦先开口。

沈倦靠着墙站在对面，走廊里的灯光是黄色的，比教室里的那种明白色要稍微暗上一些，两个人对视了一会儿，沈倦皱了皱眉："我知道你很在意这个，但是我……"

"你不在意吗？"林语惊问。

"什么？成绩吗？"沈倦淡道，"还好。"

林语惊点点头："你这次期中考试，有故意答错两道题吗？"

沈倦想都没想："没有。"

"你看！"林语惊猛地拍了一下窗台冰凉的大理石，"你还好意思说没有吗？你为了赢我绞尽脑汁的吧。"

沈倦："……"

林语惊搓了搓拍得有点痛的掌心，垂着头，忽然叹了口气。

"沈同学，我这个人愿赌服输，"林语惊表情怅然，说道，"你这次确实又比我高了两分，咱们之前说好了的，谁分高谁赢，这次的奖学金我就让给你了。"

她态度骤变，沈倦扬了扬眉。

林语惊继续道："但是有件事我想跟你商量一下。"

沈倦不动声色："嗯，你说。"

"等你拿到那个一等奖奖状和奖学金的时候，能不能让我摸摸？"林语惊小心翼翼地问。

"……"

沈倦没说话，不懂她葫芦里卖的什么药。

但这并不影响林语惊的发挥，她已经入戏了。

少女乖巧地站在窗前，黄昏暖橙色的光线从走廊的玻璃窗透进来，给她周身镶了一圈细细的金光，她安安静静看着他。

她长相本来就毫无攻击性，人畜无害。

用蒋寒的话来说，林语惊给人的第一印象，就是个涉世未深的小仙女。

小仙女垂着眼，长长的睫毛乌压压地盖下来，眼底的情绪被遮了个严严实实。

她声音很轻："沈同学，实话跟你说了吧，我其实是从村里来的，老家在莲花村，不知道你听没听说过，很穷的，天天喂猪。我真的觉得我能到这个大城市来读书很幸运，我也从来没拿过奖学金，尤其是还……这么多钱,所以我就想摸摸……"

林语惊轻轻吸了下鼻子:"对了,我还没告诉你我的本名,我叫林翠花。"

"……"

沈倦沉默了至少十秒钟,靠着墙,站在那里一动不动地看着她,就在林语惊差点忍不住要抬起头来的时候,他才开口道:"摸摸就行?"

林语惊没抬头,默默地点了点头。

"行,"沈倦说,"没事,到时候让你摸摸。"

林语惊:"?"

林语惊瞬间就不抽鼻子了,抬起头来,面无表情地看着他:"沈倦,你这人丝毫没有同情心的吗?"

"同情,扼腕叹息同情,我就说我看你有点眼熟。"沈倦说。

林语惊没反应过来:"什么?"

"你在莲花村住了多少年?"沈倦问道。

林语惊总觉得这人在给她下套,没说话。

沈倦勾唇,懒洋洋地说:"你们莲花村隔壁,有个荷叶村,你知道吧?"

"……"我知道个屁。

沈倦:"你应该知道,没准你还见过我,我们村不仅得喂猪,还得种地。"

"……"我真的是相信了啊。

林语惊实在没忍住,翻了个大白眼出去,还没来得及说话。

沈倦继续道:"进城读书确实不容易,你也知道,我现在一个人住在工作室,平时的生活费都要自己赚。"

林语惊愣住了。

沈倦最后补充说:"沈倦也不是我真名,"他想了半秒,"我就叫沈铁柱吧。"

林语惊:"……"

林语惊确实没说假话,其实认真算一算,她老家还真是村里的。

她尊敬的父亲大人孟伟国先生，当年千里走单骑，从村子里一路杀出来，杀到帝都读书，成为他们村历史上唯一一个不用种地喂猪的小青年，最后和帝都某企业董事长的独生女在一起，婚姻美满，事业有成。

就是好景不长而已。

至于沈倦，林语惊本来觉得他就是在随口胡扯，但是听到那句"我现在一个人住在工作室，平时的生活费都要自己赚"的时候，她有些动摇了。

因为这个应该是事实。

这是她亲眼所见的，沈倦之前无意中跟她提过一次的事情。

林语惊觉得他说的大概真假参半，什么荷叶村这个铁那个柱的就不用说了，傻子都知道是假的。

我看你有点眼熟，没准你还见过我——这种话，林语惊理都不想理。

但是他可能真的经济条件比较一般，需要自己赚生活费什么的。

那么，这个奖学金对他来说确实更重要一点，林语惊不需要这笔钱，林芷每个月给她打的生活费是这奖学金乘个十。

林语惊开始茫然了。

要么就算了吧，而且确实也是她输了，考试也没考过人家。

林语惊躺在床上，小声自言自语："林语惊你怎么回事？你是不是因为喜欢人家，所以考试就故意考得比人家分低呢？"

她顿了顿，单手捂住脸，叹了口气："是个屁啊，我有病吗我？"

隔周，篮球赛第一轮比赛正式开始，不分文理科班，打乱顺序抽签选择对手进行预赛。

预赛是淘汰赛机制的，两个班哪班赢哪班晋级，输的那个直接淘汰，高中生涯的最后一次篮球赛将和你没有任何关系，拜拜了你的青春。

十班全都队好歹是凑够了五个首发和两个替补，一共七名球员。毕竟男生这么多，其实大家打球多多少少都是会的，也就是"打得次"和"打得更次"的差别。

比赛前一天，体委去体育组抽签，回来的时候一脸菜色。

宋志明走过去，拍了拍他的肩膀："老于，怎么样啊？"

"不怎么样，"于鹏飞有气无力，"七班。"

宋志明："……你什么手气啊，跟你说多少次了下次上完厕所一定记得洗手。"

"我没洗个屁，"于鹏飞愤怒咆哮，"老子刚一进体育组，七班那体委就勾着我脖子说不抽签了，想跟咱班比，两班有个约定一定要遵守，噼里啪啦说了十来分钟，嘴都没停下。他跟老江是什么近亲关系吧？"

宋志明："体育老师答应了？"

"答应了，"于鹏飞有气无力，"那老师就爱看热闹，你又不是不知道，二话不说就答应了。"

宋志明不太死心："别的班也没意见？"

于鹏飞看着他："老宋，你是不是脑子糊屎了，七班那么强，别的班恨不得决赛再碰见他们，能有什么意见？"

他们围了一圈在李林旁边，每个人都一脸绝望，看得林语惊有点好笑："你们怎么这么丧啊？咱们班不是已经凑齐五个人了嘛，又不是一定会输。"

宋志明表情艰难地看着她："林老板，你为什么会觉得，咱们只要能凑齐五个人就不一定会输啊？"

林语惊掰着手指头："你、体委、王一扬，你们三个不是打球都挺好的吗，还有咱班最高那个哥们儿，叫啥来着？"

"你就叫他老高吧，反正他高，我们都这么叫，这个不重要，"宋志明手搭在旁边李林的肩膀上，"你知道我们队PG是谁吗？"

李林不自在地抖了抖肩。

"谁啊？"林语惊问。

"李林。"

"……"

"就是这个身高一米七，喝个菊花茶都天天有人往里面扔浓汤宝，找了整整一个学期加两个月真凶，到现在也没发现其实全是我扔的的这个二傻子李林。"宋志明麻木地说，"林老板，这么一个人打控球后卫，你觉得咱班还有希望吗？"

李林转过头来，面无表情地看着他："原来是你扔的。"

"你自己看看,以前班里和你一起来十班的,除了我还有第二个人吗?"宋志明说。

李林叹了一口气:"算了,我现在没心思跟你计较这个,"他崩溃地说,"那我怎么办?我已经是这些替补里水平最高的了!"

"……"

林语惊沉默了两秒,问:"你们怎么不问问沈倦啊?"

她这句话说出来,一圈人都安静了。

宋志明下意识地看了一眼撑着脑袋看书的沈倦,他们和大佬做了这几个月的同学,最大的进步就是终于敢在他在的时候,过来聊天了。

宋志明嘴唇动了动,用口型无声地对林语惊说——不敢。

林语惊点点头,朝他比了个OK的手势,偏了偏脑袋,转过身来,看向沈倦。

在她说完刚刚那句话以后,沈倦也抬起头来,看着她。

毕竟就在他旁边聊天,他也有一搭没一搭地听了一些,自己的名字被提到是不可能假装没听见的。

沈倦看着她,扬了下眉。

"沈同学,"林语惊侧身靠了靠,用非常不标准的A市口音问道,"篮球赛打哦啦?"

沈倦想都没想,语速很快:"哦当。"

林语惊没听懂:"啊?"

"不打。"沈倦说。

篮球比赛也算个大活动了,这个过去以后这学期就再没其他学校官方认证的娱乐活动了,大家的重视程度堪比运动会。

用李林的话来说:"运动会有什么意思?就是坐在那里吃吃喝喝,看着运动健将们在灼热的跑道上挥洒汗水。可篮球赛不一样啊,男生和女生共同的狂欢,男生打球顺便散发一下自己的个人魅力,女生看自己喜欢的男生耍个帅。"

说这话的时候,他还没确定要出战十班全都队的首发。

林语惊仔细回忆了一下，发现李林说的确实有道理，她高一那会儿，同班的女生拉着她去看高二的篮球赛，篮球馆转圈的看台上，一层一层围着的全是人，陆嘉珩当时作为队长，不知道斩获了多少学妹们爱的小桃心。

　　闻紫慧也是参加了运动会接力赛的，而且七班说十班人撞掉了他们班接力棒的时候，闻紫慧是第一个听不下去冲出去的，所以她愤怒至极，所以为篮球赛组建了强大的啦啦队。

　　啦啦队成员三人，分别是她、英语课代表和语文课代表。

　　林语惊是那种非常没有集体荣誉感的人，所以在闻紫慧找到她的时候，她想都没想就拒绝了。

　　闻紫慧本来还有点怕，因为她跟林语惊的恩怨历历在目，但是为了十班、为了集体，闻紫慧豁出去了："林同学，咱们就先不说篮球赛，你看随便什么比赛里，是不是都有啦啦队？"

　　"知识竞赛啊，大家只需要坐在座位上安安静静答题。"林语惊说。

　　"……"闻紫慧也不气馁，"这跟知识竞赛那种比赛不一样，这关乎到咱们班的集体荣誉，我去隔壁九班八班问了，他们也都弄了啦啦队，都可多人了，咱们班也不能少。"

　　她磨叽起来简直和前段时间的体委没什么差别，就站在你桌边坚持不懈地说，林语惊面无表情地看着她，吓唬道："闻同学，上次的事我还没原谅你呢，你小心我心情不好了跟你算回头账。"

　　她说着，朝闻紫慧摊了摊手。

　　两只手掌心蹭破的地方还没愈合，伤口上结着一层薄薄的痂，痂掉了一半。

　　闻紫慧看着她手上的痂愣了愣，林语惊的手长得很好看，又白又瘦，手指细长，掌心纹路干干净净，上面两块浅褐色的痂，看起来格外地破坏整体美感。

　　不知道该怎么形容那种感觉，可能是愧疚。

　　闻紫慧从小到大，其实也没什么坏心眼，就是娇纵惯了，她当时就是看着林语惊有点不爽、嫉妒，再加上又觉得她装，撞了她一下。

　　现在看到因为她，这伤口还没好，就觉得自己当时真是缺心眼。

闻紫慧头垂得低低的，不好意思再看了："唉，对不起，我真……我当时可能脑子坏了，对不起……"

林语惊张了张嘴："……我不是这个意思，我早就原谅你了。"

闻紫慧没说话。

纠结了几秒，林语惊叹了口气，"啦啦队要干什么？"

闻紫慧抬起头来，眼睛亮了亮："加加油就行，我们现在只有四个人，"她已经默认她加入了，"加你四个，我到时候再鼓动鼓动。"

林语惊再叹："我这辈子都没有过这么有集体荣誉感的时刻。"

闻紫慧又跟她说了点啦啦队的事情，上课铃响起，沈倦从走廊进来。

闻紫慧后退了两大步："那行，就这样先。"她顿了顿，看看林语惊的手，"你手现在还疼吗？我这周末回去让我妈给你炖点汤吧，装在保温壶里带过来，你寝室是不是就在我隔壁啊？"

林语惊特别不擅长应对这种突如其来的善意，连忙摆了摆手："不用，真不用，我这都快好了，别麻烦了。"

沈倦闻言侧头看了她一眼。

这时，王恐龙拿着教案走进教室，站在讲台前，敲了敲讲台桌面："还唠呢，上课啦大哥们，上课铃打完半个小时了没听见啊你们？闻紫慧你别站这儿跟你小姐妹聊天了，一节课间聊不够啊？你要这么想跟林语惊坐一块你把你椅子搬过来坐这儿听吧，要不你跟沈倦商量商量，你俩换个座。"

闻紫慧看了沈倦一眼，她之前被沈倦正正经经吓唬了一回，虽然男生全程的态度看起来都平静淡然，甚至还非常有礼貌，但不知道为什么，就是给人一种"敢说一句'不'老子就弄死你哦"的错觉。

闻紫慧缩了缩肩膀，跑回到自己的座位去了。

期中考试出成绩的这一个礼拜，主要就是讲卷子。这次每科的题都比月考要难上不少，物理最后一道大题林语惊到底还是错了，王恐龙讲了一半，林语惊明白过来，写出了正确的答案。

写完她扭头，看了一眼沈倦的答题卡。

大题全都是对的，就错了一道选择。

林语惊磨了磨牙，她觉得自从认识了沈倦，她心里默默飙脏话的频率，以肉眼可见的速度飞速提升了。

沈倦注意到她幽怨的视线,犹豫了一下,没说话。

他其实想说,最后这道题还有一种解法,王恐龙大概是想照顾大家的平均水平,这么算看起来确实会更容易懂一点,但过程步骤太多,麻烦。

如果他这句话说出来,他感觉林语惊又会一个礼拜不理他。

沈倦又瞥了她一眼,看见少女捏着笔,把刚刚那个很复杂的公式过程勾掉了。

她用笔帽戳了戳脸颊,想了一会儿,然后提笔唰唰唰写了另一排更简单的公式变形,最后得出答案,比刚刚那种少了三四行字。

沈倦无声地勾起唇角。

忽然有一种很自豪的感觉是怎么回事?

林语惊没想到闻紫慧真的说到做到,又找了三个人加入啦啦队。

十班的女孩子虽然数量少,但是质量都很高,也许是大家把学习的时间都用在打扮上了,总之整体颜值看起来还是很能打的。

篮球赛那天的早自习,闻紫慧捧着一大堆衣服进来,最上面的那件丢给林语惊。

林语惊嘴里叼着牛奶袋子,手里还拿着粢饭团,哼唧了两声:"这啥?"

"队服!"闻紫慧说,"每人一件,我找我妈的一个学生借的!"

闻紫慧的妈妈是大学老师,能借到啦啦队队服也不奇怪,就连十班全都队的球衣都是她提供的。

她给其他几个女生也发了衣服,动静很大。宋志明他们也围了过来:"慧姐,这啥啊?咱们班啦啦队还有统一服装啊,排面啊!打开看看长什么样啊。"

林语惊一脸惊恐地把饭团往旁边递了递,沈倦自然地接过来,林语惊咬着牛奶嘟哝了一声谢谢,空出手拆开了她的那件队服,抖开。

很正经的一套大红色的球衣T恤,上面印着黑色的字母和数字,下面黑色短款裤裙,不存在走光的问题。

林语惊松了口气,和她想象中的啦啦队队服不太一样,至少还属于正常范围内的,平时去看球赛女球迷们也会穿的那种。

但是男生和女生的想法,好像永远都不太一样。

原本宋志明他们说着"是啦啦队队服啊"的时候,还是很单纯的凑热闹,好奇催她打开看看的,结果看到是球衣,他们忽然像嗑了药一样。

班里的男同志们忽然全体沸腾了,王一扬坐在前面疯狂拍桌:"篮球宝贝!篮球宝贝!"

宋志明扯了一件闻紫慧手里的衣服出来,提着衣角晃悠:"教练!这裤子太长了教练!能不能改成齐臀……"

于鹏飞一巴掌拍在他的脑袋上:"宋志明你能不能注意素质?"他抢过宋志明手里的衣服,继续他未完成的事业,站在凳子上演讲,"教练,不用改了,就这么长我也接受,感谢CCTV,篮球赛快点开始吧,不就是奖状吗,我不要了,我直接给七班。"

李林痛哭流涕地抱着他的大腿:"体委!我愿意打首发!让我打首发真是太好了!"

林语惊:"……"

林语惊不知道为什么忽然之间这帮男生就疯球了。

她叼着牛奶无语又好笑地看了他们一会儿,转过身来把衣服叠好,放回到袋子里,塞进桌肚。

身后李林他们还在闹腾,闻紫慧显然也很无语,费了好大的劲才把于鹏飞手里的那件抢回来发下去,忍不住骂他们:"你们神经病啊!运动会看见啦啦队和鲜花队的时候也没见你们这样,现在发什么疯?"

"你是女的,你不懂,这是属于我们男性同胞们才懂的点。"宋志明说,"简单来说,就跟女仆装什么的差不多吧。"

林语惊回头,找寻她刚刚随手交给沈倦保管的粢饭团。

她朝他伸了好半天手:"谢谢。"

沈倦看着她,好半天,才慢吞吞地递给她:"你啦啦队?"

"是啊,"林语惊咬了一口饭团,腮帮子一鼓一鼓的,把嘴里的东西咽下去了,才道,"为了班级的荣誉,林语惊冲呀。"

沈倦唇角微微向下撇着,看起来沉默又不爽:"为了班级的荣誉就一定得去啦啦队?"

林语惊睨他:"沈老板,我是一个很有集体荣誉感的人,既然闻紫慧来找我了,我肯定答应的啊。"

沈倦"啧"了一声:"意思就是我没有集体荣誉感?"

"这么明显的问题你一定要我回答你吗?"林语惊说。

沈倦顿了顿,缓声说:"他们缺控球后卫,我没打过这个位置。"

林语惊愣了愣:"你一般打什么?"

"SG,"沈倦说,"我负责得分的。"

林语惊想起他那个可怕的一枪一个小气球,和在射击俱乐部时随便射两箭就中靶心了的情景。

她吹了声口哨,扬眉道:"八中雷阿伦?"

沈倦也扬起眉:"你知道得还挺多。"

林语惊想了一下:"咱们班得分后卫谁啊?好像是宋志明,你问问他能不能打,换一下不就行了?"

她说完,就反应过来了。

沈倦会说吗?不会。

这人骄傲得要死,才不会说自己没打过这个位置,所以不要。

这话说出来以后还怎么酷,很耽误我们江湖少年混迹社会的好不好?

林语惊点点头:"那你要是实在想体现一下你的集体荣誉感,跟我一起加入啦啦队也不是不可以。"

沈倦被她的话直接震住了:"你现在胆子是真的大,看准了我拿你没辙是吧?"

"那你刚刚一脸不爽地看着我是干什么,我这队服怎么你了吗?你直勾勾地盯着它,我以为你喜欢。"

"我挺喜欢,"沈倦眯了下眼,"我喜欢的东西多了,你都穿给我看?"

"我给你看个屁。"林语惊往后一靠,"沈倦,你知道你这是什么思想吗?女朋友今天要穿超短裙出门,别的男的都会看见,超——烦——。你这种发言挂在微博和论坛上,是要被网民朋友们喷足三百层楼的。"

她这句话说完,沈倦愣住了。

林语惊原本还沉浸在不太爽的情绪里,反应了几秒,也愣住了。

沈倦没说话,沉默地盯着她,眼神幽深而绵长。

林语惊慌了一下神,张了张嘴:"不是,我不是说我是你女朋友,我就是打个比喻,就——"她越说越乱,顿了顿,叹了口气,低垂下头,无力地说,"我没那个意思……"

沈倦依然没说话。

早自习刘福江没在,班级里闹哄哄的,王一扬还在后面撒欢喊着"篮球宝贝",只有他们两个这块一片尴尬的安静。

就在林语惊心里已经尴尬得不行,感觉自己下一秒就要夺门而出的时候,沈倦终于说话了:"咱们按照你这个比喻往下聊,"他缓声说,"我不会因为我女朋友今天穿什么出门烦。"

林语惊抬起头来。

沈倦偏头盯着她,压低了声音:"我烦的是我女朋友无论穿什么,反正是要去给别的男的加油,而且我还得在旁边看着。"

林语惊不想按照这个比喻再跟他往下聊,"女朋友"来"女朋友"去的,怎么听怎么不对。

而且越聊,她心跳越快。

篮球赛安排在每天下午第一节课下课,上午正常上课,下午体育馆里,两个室内篮球馆,两场比赛同时进行。

下午第一节课一下课,林语惊就被闻紫慧和几个女孩子拉出去了,一共七个女孩子,大家挤在女厕所里换衣服。

林语惊这才发现,原来不只她们班的啦啦队这么规范标准,其他班级的女生也在换,按照颜色可以看出来,算上她们能分成三堆。

林语惊的那件衣服后面写着的数字是"04",按照闻紫慧的话来说,是十班颜值担当,她现在已经坦然接受了这个事实,并且愿意把自己的班花头衔拱手相让。

女孩子是很神奇的生物。她们好像就是大家一起换个衣服,或者一起上个厕所,就可以建立起神秘友谊。

林语惊以前从来没交过同龄的女性朋友,在十班这么久,跟班里的女生也算不上很熟,结果今天好像飞快地就拉近了距离。

英语课代表马瞳瞳帮她整理身后衣服的时候,顺便笑嘻嘻地摸了一下她的腰:"林语惊,你腰好细啊。"

闻紫慧正在扎头发,闻言看过来:"腿也细,你这个腿怎么长的?又细又长,我本来觉得我腿挺好看的,现在,唉……"

林语惊不自在地揉了下鼻子,稍微有点不习惯。

女孩子一般这种话要怎么接?

如果是陆嘉珩或者程轶的话,她会说:"你这种侏儒,还想跟我比?"

"……"

那肯定不能这么说吧。

林语惊深思熟虑后,说道:"我觉得你身材比例真的很好了。"

她说完,闻紫慧竟然还不好意思了,脸有点红:"哎呀时间差不多了吧,我们快出去吧。"

林语惊觉得,小姑娘的这些小心思还真是挺可爱。

十班和七班在二楼篮球馆比赛,两个班的同学分别坐在看台两头。

两个班之前运动会打赌的事,整个年级的人都多多少少听说了些,再加上今天另一场的两个班菜鸡互啄,没什么看头,所以大多数同学都在他们这个场馆。

林语惊她们出来的时候,场上爆发出一阵狂热的欢呼声,还有男生此起彼伏的口哨声。

十班全都队的首发队员们,穿着同样红色的球衣,坐在左边看台下面的两张长椅上。

林语惊一边走过去,一边往十班看台的位置扫了一圈,没看见沈倦。

结果她视线转回来,就看见这人坐在下面的长椅上,淹没在一群火红的球衣里。

林语惊走过去:"你怎么下来了?"

沈倦抬起眼皮子,看了她一眼。

他还没说话，旁边的李林像只猴子一样，手里捧着一件火红的球衣，上蹿下跳地跑过来："来，给你介绍一下，咱们的首发队员，沈倦沈老板。我觉得咱们班稳了。沈倦！沈倦来参加篮球赛！我能吹一年！"

林语惊愣了愣，扭过头去。

沈倦站起来，慢吞吞地拉开校服外套的拉链，随手丢在旁边的长椅上。

校服外套里面是件白色卫衣，他就那么站在球场边上，不紧不慢地拉着卫衣边缘，扬起手臂往上掀，脱卫衣。

他手臂举着，衣服往上拉，裤腰处露出一小块结实的腰腹。

林语惊听见远远近近传来了不知道多少小姑娘的尖叫声。

"……"

没见过这种人，骚得没边儿了。

她没忍住，嘴角抽了一下，看着他脱掉了卫衣，露出里面一件白色薄T恤。

沈倦把手里的卫衣递给她。

林语惊顿了一秒，接过来抱在怀里。

沈倦接过李林递过来的红色球衣，直接套上，然后忽然靠近她两步，撑着膝盖往前俯了俯身，看着她："你怎么不问我为什么又来打了？"

林语惊脑子里还在回放他刚刚脱卫衣的这套骚操作，思维有点飘，随口问："为什么？"

沈倦舔了舔唇，直勾勾地盯着她："我想看看，下面会不会有女朋友给我加油。"

第十六章
篮球场上见真章

沈倦说这话的时候,王一扬、李林他们就在旁边。

也许是因为沈倦同意来参加篮球赛的这个举动,也许是因为此时的气氛,总之大家兴奋而肆无忌惮,沈倦腥风血雨的传说被他们抛诸脑后。

宋志明和李林在旁边互相拍着对方,连口哨带欢呼,疯狂起哄;老高和林语惊不太熟,站在旁边挠了挠脑袋:"我以为早就……原来还没有……"

王一扬在旁边嗷嗷叫,绕着他们跑了一圈,像个神经病,最后跪在光滑的地面上,从远方滑行过来,站在沈倦旁边一把钩住他的脖子,看向林语惊:"林老板,你有没有喜欢的NBA球星?"

话题被岔开,林语惊悄悄吐了口气,想了想:"艾弗森吧……"

"多巧!"王一扬巴掌一拍,"艾弗森最牛的时候,就是他在76人打得分后卫的时候。我们倦爷,八中乔丹听说过没?三分王,弹无虚发,百发百中,他一场比赛进的球,比我这辈子见过的球加起来都多。"

林语惊:"……"

"我爸还有个外号,听着啊,"王一扬作为一个孝子,还在疯狂给他爸爸树立高大威猛的牛人形象,掰着手指头说,"叫——沈·乔治·格文·雷·阿伦·艾弗森·倦——"

王一扬手一摊:"帅不帅!我就问你帅不帅!"

林语惊:"……"

一帮男生穿着火红的球衣在这边闹成一团,七班五个人已经进场了,在前面跳来跳去,又拉胳膊又拉腿的。

李林看见了不屑地撇撇嘴:"他们这是一身老筋啊?打球之前还得拉上半个小时?他们班也有啦啦队啊?这队服也太丑了,露出来这一大截腰是干什么玩意儿呢?简直俗不可耐!和咱们班的篮球宝贝根本不能比!"

宋志明笑着踹了他一脚："别关注那些没用的行不行？在下面准备准备。"

沈倦之前的话被打断，他也没什么反应，只是上场之前看了林语惊一眼。

那一眼意味深长，看得林语惊有点毛骨悚然。

——等老子打完球再跟你算总账。

林语惊开始思考，沈倦比赛结束以前她撤离现场的可能性。

比赛开始，跳球的是老高和七班那个体委。

七班的啦啦队女子团率先进入状态，开始疯狂呐喊。她们穿着银色带亮片的队服，在对面站成一排，一闪一闪的，像一群美人鱼。

七班体委姓许，叫许杰。听宋志明他们说，这人态度非常嚣张，一直叫嚣着，要把十班的奖状撕碎了喂狗。

现在看来他也确实有嚣张的资本，他个头比老高稍微矮上一点，弹跳力却十分惊人。

七班率先拿到球，迅速带球往篮下压，宋志明这支临时搭建的球队水平确实还可以，回防速度很快。

沈倦转身跑过去的时候，林语惊看到他身后的球衣上印着个大大的"04"，像是在所有人的注视下，偷偷摸摸地穿着情侣装。

林语惊莫名觉得脸有点热，晃了晃神，七班那边球已经传了两个人，最后落到许杰手里。

所有人全部压在三秒区，宋志明他们几个被对方的人拦得严严实实，他扯着嗓子喊了一声："老高！"

老高站在篮下，已经准备起跳。

第一个球很重要，这个球七班如果进了，那气势一下子就上来了，没进的话对他们的节奏和心态多多少少会有点影响。

老高这边刚跳起来，林语惊就觉得这球要完。

可能是对面四个校队的给他太大压力，他有点急，这一跳跳早了。

果然，许杰停了一秒球才出手，老高已经在往下落了，那球就擦着他指尖，哐当一声砸进篮筐里。

七班进了第一个球，七班的看台上一阵欢呼，啦啦队在下面看着已经游起来了。

林语惊听见不远不近的看台上有人在说:"我以为沈倦有多厉害,看着也就那样啊。"

另一个男生笑着说:"真牛应该早进校队了。"

林语惊扭过头,顺着声音找过去,看着坐在看台第一排的那两个男生,眼神有些冷。

两个男生接触到林语惊的视线,有点慌地匆匆移开。

林语惊转头。

许杰这个球进得很漂亮,不过十班节奏没乱,王一扬抢到篮板。

林语惊发现,王一扬作为一个小前锋,无论是打架还是打球完全是一个风格,整个人看起来莽得不行,好像能够一打十。

沈倦是今天临时同意上场的,他跟宋志明他们几个完全没有配合过,但是显然他和王一扬是打过球的。王一扬拿到球一边运球一边飞快往对方篮下压,沈倦已经撤到靠近三分线的位置。

王一扬又过了一个人,球高高抛过去,咆哮道:"爸爸!!!"

他这一嗓子,把宋志明他们都喊得愣了一下。

沈倦接球,抬臂起跳,身体微微后倾,球出手的时候手腕自然往前一压。

橘红色的篮球在空中画出一个很完美的弧度,然后无声无息地落入篮筐,连篮筐的边都没蹭着。

沈倦侧着身子看向林语惊的方向,微微偏了下头,抬起右手,手指张开,虎口搭在耳边,做了个聆听的动作。

76人的王牌得分后卫——阿伦·艾弗森的经典POSE。

骚气值爆表,并且非常嚣张。

场馆内安静了一瞬,然后他如愿以偿,女生的尖叫声和男生的咆哮声震耳欲聋。

闻紫慧在旁边晃着小彩旗疯狂往上蹿,李林发出了猴子一样的欢呼。

林语惊站在球场旁边看台下,穿过半个球场和他对视。

她的心跳越来越快,身体里面好像有一面小旗子不停地挥舞。

她自己都没发现,什么时候她的嘴角高高地扬起,压都压不下去。

现在在看台上坐着的,甚至篮球馆里的所有人,没一个看过沈倦打球。高一的时候他应该是参加过篮球赛的,不过那个时候现在的高一和高二都还没入学。

然后就是去年,沈倦高二,还没在学校熬过第一个月,就被遣送回家了。而唯一看过他打球的高三生们,现在正在北楼过着地狱般的日子。

接下来的比赛里,沈倦几乎刷新了所有人对篮球比赛的认知。

球赛的高潮,应该永远都是灌篮。《灌篮高手》里流川枫抓着篮筐,伴随着哐当一声巨响把球扣进去,这种视觉和听觉上的双重刺激,是别的进球方式无法比拟的。

但是沈倦这人,他的三分球可以在任何角度、距离投进,这个刺激就比灌篮大多了。

他和王一扬的配合十分默契,王一扬就像是一只旋转的小陀螺,过人极快,只要他拿到球,无论沈倦人在哪儿,他一定会传给他。

在"头铁"了整个第一小节,4号球员沈同学进了第五个三分以后,七班终于叫了暂停,把一脸阴沉、坐在替补席上看饮水机的剩下一个校队成员换上来。

七班实力毕竟还是很强的,尤其是四个校队成员全都上场后,两班的比分紧紧咬在一起,上半场结束,十班只领先两分。

李林简直手舞足蹈了,迎面就冲过去,狂笑着向沈倦张开双臂:"爸爸!"

沈倦没有护额,额头上的汗水流下来,黑发被打得透湿。

他毫不留情地闪身,躲开李林热情的拥抱,骨节分明的手将湿透了的碎发往后抓,露出眉骨和额头,又换来看台上一片骚动。

帅哥无论做什么动作都帅,这句话是有道理的,整个上半场下来,林语惊的耳膜都快被震破了。

她觉得照这个架势下去,校霸的黑历史可能要遮盖不住他的吸引力了,没有什么是不能被一个"帅"字打破的,如果有,那就四个字。

——帅破天际。

十班每个人都很兴奋,王一扬和沈倦这俩人配合起来,猛得出乎意料。

李林走过来把椅子上的衣服往下一扫,给他们空出位置:"你们快坐下,赶紧休息。"

"得把比分拉大,两分不行,"宋志明看了一眼记分牌,"咱们没替补,分就这么咬着,到后面我们的体力肯定不行。"

他转过头来:"倦爷,下半场我们尽量把球传你?"

沈倦仰头喝水,喉结滚动,汗水滑过修长的颈线,落入脖子上搭着的毛巾里。

他将矿泉水瓶盖拧上,手背随意抹了把唇角:"我估计会被盯死。"

"什么叫盯死?"闻紫慧蹲在旁边问。

"就是下半场,至少会有两个人全程跟我贴身跳热舞,可能球都不会让我摸到。"沈倦眼睛盯着对面,对上一个男生的视线。

那男生直勾勾盯着他,眼神里有点什么让人不太舒服的东西。

沈倦眯了眯眼:"他们换人了,这13号,谁?"

李林扭头看了一眼:"他们换宁远了。"

宋志明和于鹏飞的脸色都变了变。

沈倦不认识什么宁远,听着他们讨论也没在意,喝掉最后一口水,俯身将空瓶子立在椅子边上,再一抬头,几个女生羞羞怯怯地从看台那边走过来,其中一个手里拿着一瓶运动饮料走到他面前,递过来。

沈倦掀起眼皮子,看过去。

女生脸红了:"沈倦同学,我看你水喝完了,你喝这个吧,我刚买的……"

林语惊站在旁边,翻了个大大的白眼。

人家上一秒水刚喝完,下一秒就送来了。

您可真是及时雨啊,比宋江还及时。

你们这个认真劲能不能用在学习上?能不能?!

林语惊把头扭到一边,假装在听宋志明他们说话,余光偷偷扫过去。

她看见沈倦抬起手,接了过来。

"谢谢。"

还非常有礼貌地道了声谢。

他声线本来就比较低,现在刚运动过,呼吸比平时稍微重一些,嗓子还带着一点哑,非常勾人。

那几个女孩子脸更红了,送水的那个鼓起勇气:"我能不能加一下你QQ?"

沈倦还没来得及拒绝,不知道女孩子是怕他拒绝,还是不好意思,毫不停顿地直接把一张纸条塞进他手里:"这个是我的QQ号,沈同学加油。"

几个女生说完,同手同脚似的飞快跑开了,刚跑出去几步,就听见她们压抑不住的说话声:"近看更帅!而且也不怎么凶啊,他还说了'谢谢'!"

"我应该把我的QQ号也给他的,他会加你吗?"

"加不加反正你也塞给他了。"

"……"

哗啦啦的塑料声音响起,林语惊把自己手里那个矿泉水瓶子捏扁了。水从瓶口溢出来一点,湿了她一手,滴答滴答地落在地板上。

看见了吗?

男人。

比赛前还在跟她"女朋友"来"女朋友"去的,现在就和别的小姑娘勾搭上了。

林语惊深吸口气,转身走出球场。

沈倦侧头,看着少女走出了篮球馆,背影气势汹汹,看起来像是要去干架的。

他皱了皱眉,然后抬脚踹了旁边王一扬的屁股一脚,王一扬条件反射似的跳着走过来,低头:"咋了倦爷?"

沈倦扬了扬下巴,压着声:"去,把刚刚那瓶水的钱给了。"

王一扬"哦"了一声,二话不说就往那几个小姑娘那边跑,边跑边喊:"哎,姐姐!姐姐们等会儿——"

"回来。"沈倦又叫了他一声。

王一扬回过头来。

"你能不能低调一点?"沈倦说,"安安静静地过去把人叫下来,私下给,然后给人道个歉。"

于鹏飞在旁边一脸呆滞："沈老板，一瓶水也没两块，你怎么还给人家钱呢？"

沈倦没说话，弯腰捡起旁边的校服外套，起身往外走。

旁边闻紫慧是看明白了，女孩子对于这些事情总是敏锐且细腻的，她扭头看向于鹏飞："你快闭嘴吧，你懂个锤子。"

李林也看向于鹏飞："就是，你懂个锤子。"

宋志明喝了两口水："你懂个锤子。"他说完，又冲沈倦喊，"倦爷！还有十分钟开始了，快去快回啊！"

沈倦背对着他挥了挥手。

林语惊一出篮球馆就忍不住打了个哆嗦。

篮球馆里面人多，而且她刚刚蹦蹦跳跳地一通喊，也不觉得冷，而体育楼里冷风穿堂过，温度低了很多。

林语惊身上还只穿着T恤球衣和短裤裙，腿和手臂都露在外面，此时冷得牙齿直打战。

她缩着肩膀站在原地跳了两下，回头看了一眼紧闭的篮球场大门，隐约还能听见里面的喧闹声。

林语惊转身，往洗手间那边走。

她刚走出去一段，拐了个弯，听见身后有脚步声传来，然后身上罩下来一件校服外套。

林语惊脚步顿了顿。

她都不用回头，通过这个衣服的味道就知道是谁。

她完全不想搭理他，肩膀往后一抖，大大的校服外套落在地上，轻轻的一声。

林语惊头都没回，没事情发生似的，径直往前走。

她听见沈倦在她后面很低地笑了一声。

这个人、竟然、还在笑。

林语惊闭上眼睛，磨了磨牙，走进女厕所，背影看起来淡定又平静。

她推开厕所门，然后关上，里面有几个小姑娘围在一起，叽叽喳喳地笑着聊天。

林语惊冷漠地走到最后一个隔间里，关上了隔间门。

然后，上一秒的淡定不复存在，她站在隔间里开始无声地狂甩脑袋。

烦。电视剧和小说里都不是这样演的。

小说里那些校草打球，都是一帮女生来给他送水，然后他一瓶都不要，在所有人的注视下，走到喜欢的女孩子面前，一脸邪魅狂狷的表情问她："你没有水给我吗？"

虽然林语惊确实没有水给他。

但是这个不是重点。

重点是现实里的男性生物，只会接过好看妹子递过来的水，然后有礼貌地说一声"谢谢"。

男人都是骗子。

林语惊撇撇嘴，整理好情绪，打开门从隔间里走出来，去洗手台前洗了个手，转身出门。

沈倦靠在女厕所墙边，听见声音抬起头来。

林语惊面无表情地看着他。

沈倦抬手，把手里的校服递过去："冷不冷？"

林语惊没接："不冷。"

沈倦扬眉："你连声音都在抖。"

林语惊径直走人，语气不善："关你屁事。"

沈倦又笑了一声。

她本来就还冒着火，偏偏这人一直在笑，林语惊心里的火被他一把一把地添柴。

她唰地扭过头来："你脚边椅子下面，一整箱水不够你喝？小姑娘给你送水，你心情还挺好的是吧？沈同学，你能不能端正一下态度，这儿比赛呢，"她表情平静，语气也没起伏，"你不是想要女朋友加油吗？现在你有满场的女朋友了，开心吧？"

沈倦没说话，耐心地再次把校服外套披在她身上。

林语惊这次没抖掉，就这么瞪着他。

她瞪着瞪着，又开始心虚起来，就好像是自己把什么秘密交代出去了一样。

林语惊一直觉得自己是个很冷静的人，但是面对沈倦的时候，她好像总是会不太像林语惊。

她会冲动，会很直接，会累了就想哭，烦了就想发泄，不开心了就想发脾气，会有以前从来没有过的任性。

她别开眼，试图挽救一下："我的意思是，你打完球再分这个心思，跑这么偏小心影响发挥，你有点集体荣誉感……"

沈倦看着她。

他当时确实没多想，沈倦不太喜欢拂女孩子的面子，以前有这种情况，他也不会当着很多人的面直接拒绝。

但是现在不一样了，他多了个林语惊。

而她给出的反应，让他觉得非常意外并且愉快。

沈倦勾起唇角，拽着校服领子，往前拉了拉，盖住她的肩头："我也不是什么事情都有把握。"

他这话没头没脑的，林语惊没听懂。

沈倦捏住校服领子的两边，轻轻把她往前拉了拉："有些事情我也没有把握，也需要确认一下自己是不是自作多情，是不是可以开始准备下一步。"

这下，就算是傻子也听出来他是什么意思了。

林语惊的心猛地跳了一下。

她有点慌："那你确定了？"

沈倦又开始笑："好像确定了，"他笑着松开手，后退了一步，垂眸看她，"所以我现在准备追你。"

林语惊和沈倦是掐着点回去的，大家看到他们俩一起回来，没有人有任何疑问或者异议，宋志明打着哈哈过来："倦啊！倦！快点，快来，喝口水咱们上了！"

闻紫慧一脸笑眯眯地看着林语惊，林语惊还没从刚刚的恍惚里回过神来，轻轻咳了两声，走到她旁边站好。

两班人重新上场，十班全都队还是这五个，七班换了那个叫宁远的。

宁远13号，个子很高，速度飞快。开场十班拿球，宋志明把球传给沈倦。宁远像一道火箭似的飞快回防，直接冲过来。

沈倦不出意外地被宁远和对方中锋两个人围着跳贴身舞，两个人像是两堵墙一样贴着他，宁远和沈倦个子相当，从远处看，三个人竟然还很和谐友爱。

沈倦持球，被堵得严严实实，投篮是投不出去了，他迅速扫了一眼队友的站位，准备把球传给旁边的于鹏飞。

他抬起手来的一瞬间，宁远人忽然插过来，头凑到他耳边，低声说："洛清河现在怎么样，快死了吧？"

沈倦整个人僵住了，还保持着抬起手的动作。

宁远手肘飞快地往他胃上狠狠一撞，篮球落地，下一秒，被宁远伸出的手臂捞过来。

所有人都没看清发生了什么，林语惊只看见沈倦手里的球被捞走，他捂着肚子，蹲了下去。

宋志明他们都愣了愣，王一扬离得最近，想都没想直接朝他跑过来："沈倦！！"

裁判没吹哨，七班直接开始往篮下压。

沈倦单手撑着地面，从牙缝里挤出一声脏话。

他抬起头，看向王一扬，冷汗顺着额角淌下来，吼了一声："回防！"

七班组织进攻的速度很快，沈倦这一嗓子吼出来，对面五个人已经飞快压到三秒区，王一扬咆哮着爆了个粗口，扭头往篮下狂奔。

时间来不及，宁远这个球进得很漂亮，对面看台上传来一阵热烈的欢呼声，七班啦啦队的小美人鱼们上蹿下跳地蹦跶。

比分在第三小节一开场就被追平，十班叫了暂停。

沈倦此时已经站起来了，除了脸色看起来不太好以外，没有什么不对劲的地方，王一扬第一个冲到他面前，弓着身拧眉看着他："怎么样？"

沈倦抬手揉了下胃："没事。"

王一扬点点头，直起身来，冲着对面就冲过去了，一副要干架的架势。

沈倦一把拉住他的胳膊:"干什么?球不打了?"

王一扬阴沉着脸,转过头来:"那个13号是个什么玩意儿,谁都敢动?"

"宁远,"宋志明说,"我之前跟他打过一次球,这人下手很黑,刚刚我就在跟你们说注意点他,不知道你俩当时在听什么。"

王一扬"呸"了一声:"谁知道是这么个杂碎。"

他看起来完全处于暴怒状态,比开学之前在7-11门口林语惊看到的那次还要生气。

宋志明正在旁边跟沈倦说话,林语惊犹豫了一下,没过去,安静地靠在旁边看着他。

看了几秒,沈倦忽然回过头来。

两个人视线对上,林语惊愣了愣,没说话。

刘福江已经从旁边绕了过来,手搭在沈倦的肩膀上:"怎么样?要不要换人?"

"不用。"沈倦视线移开,看向对面。

宁远正看着他。

宁远人如其名,长了一张看起来非常温和的脸,不过刚刚那一下,沈倦已经体会到了这人下手有多狠。

其实也并不是完全没事,现在沈倦的胃还在抽疼,当时那一肘子挨完,他差点没吐出来。

照宋志明的话来看,宁远也不是专门针对他的,他就是习惯性地喜欢打球下黑手。

他提到洛清河大概也只是为了分散沈倦的注意力,让沈倦出现漏洞。

但是关键是,他为什么知道洛清河。

沈倦冷静下来,努力在记忆里搜寻了一遍关于宁远这个人,他的长相,或者任何一个姓宁的人,没有任何结果。

他确实不认识这么个人。

大概是注意到了他的视线,宁远也转过头来,看着他,温和地笑了笑。

如果忽略掉他那个让人不舒服的眼神,确实会很容易让人觉得他是个好人。

暂停时间过，重新上场的时候，宋志明还在旁边不停地嘱咐："注意宁远，别让他再有机会下手，这货很会找死角。"

"我是真心实意地不能明白，"于鹏飞很不解，"他为什么要这样啊？他是想赢吗？"

"你是不是弱智？"宋志明看了他一眼，"肯定想赢啊，谁不想赢？我也想赢，扬哥，你说他是不是缺心眼？"

王一扬沉默地走在旁边，一言不发。

林语惊觉得有点不太妙。

果然，一开场，王一扬就像是一只暴躁的小怪兽，一脸克制不住的愤怒，从头到尾紧紧盯着宁远，只要这个人离沈倦一米范围内，他肯定会冲过去。

中途沈倦叫了他好几声，王一扬没听见一样。

这是林语惊第一次见到他无视沈倦。

他像一个上弦上过了头的小机器人，拿到球以后飞跃中线，连过两个人，踩进三分线里，被宁远防住。

远远地看两个人像是贴在一起，火红色和夜空蓝的球衣。宁远背对着林语惊，背上那个大大的明黄色阿拉伯数字"13"有些刺眼。

林语惊没缘由地慌了一下，她往旁边跑了两步，想要看见王一扬的表情，站定的下一秒，她看见王一扬捂着膝盖摔在地上。

宋志明还在和许杰跳贴面舞，过了两三秒，他才反应过来，回过头咆哮了一声。

李林从座位上直接蹦起来了："没吹哨！裁判是瞎的吗？！裁判！！"

刘福江急忙叫了暂停，十班这边所有人都蹦起来了，看台上一片骂声。

于鹏飞架着王一扬走过来，每个人都沉着脸，压抑着不同程度的火气。

沈倦走在最后，垂着眼睫，下颚线条紧紧绷着。

王一扬在旁边坐下，刘福江蹲下去，检查他的膝盖。

宋志明回过头来，往替补几个人里扫了一圈，还没说话，李林已经蹦起来了："我上。"

刘福江的手指按在他膝盖的侧面，王一扬龇牙咧嘴地探头过来："我还能……"

"你能个屁你能！"宋志明一巴掌拍在他脑袋上，"我刚刚怎么跟你说的？你跟宁远杠什么杠？你是能跟他对着下黑手还是怎么着？赶紧去校医室！"

宋志明回头，在替补的几个歪瓜裂枣里艰难地扫视了一圈，最后一脸痛苦地看着李林："兄弟……"

李林哆哆嗦嗦地站在那儿，一副英勇就义的战士模样，拍了拍自己的胸口，紧张得已经开始结巴了："放心，交交交给我！"

宋志明："……"

林语惊叹了口气："队长，我来吧。"

宋志明点点头："行，你来，咱们比赛可以输，奖状不要了，不争馒头争……"他顿住了，转过头来看着她，"你来啥？"

"替补。"林语惊言简意赅。

所有人都看着她，闻紫慧将嘴巴张得大大的，于鹏飞还满脸呆滞、云游天外的样子。

宋志明回过神来："林老板，你打球啊？你会打球啊？？"

林语惊回过头来："你们还有别人吗？就李林那个蜗牛速度，三分线一路狂奔到篮下得用三分钟吧？"

李林并不在意林语惊疯狂地羞辱他，委婉地说："可你一个女生……"

"你们这是个男子篮球赛？女的不能参加？"林语惊问。

"不是……"李林呆滞地说，"我就是……我就是 amazing……"

林语惊没再搭理他，将手里印着十班全队精心设计的队标小彩旗丢在地上，抬手拉掉头上有点松的皮筋，咬在嘴里，抓了抓头发，重新扎起来："七班中锋防守挺强，他那个个子往那儿一杵像个擎天柱，不过他进攻不太行，动作慢，看着笨死了；那个 8 号，跳球那个，叫什么？许杰？他就是个窜天猴，除了跳得高就只知道咋呼，屁用都没有，低配版的王一扬。"

林语惊在对面人里扫了一圈，继续道："他们控球后卫厉害，换了几次人了，他始终都在上面没下去过，虽然看着没什么存在感，但是他们班几个比较提士气的进球都是他组织的……"

她转过头来，看向宋志明："看看人家的后卫，再看看你，用脑子打球行不行？冷静点儿，有个队长的样子。"

"我本来也不是打后卫的好吗！那还不是因为没人打后卫吗！"宋志明已经彻底回不过味来了，"林妹妹，不是，林姐姐，我最后确认一下啊，你要上场吗？"

林语惊看着他："我看起来像在跟你开玩笑的吗？"

宋志明说："不像。"

林语惊点点头，平静地说："你可能没看出来，不过我现在还挺生气的，我这个人脾气一直不太好。"

少女睫毛长长的，狐狸眼微翘，大眼睛眨巴眨巴，声音轻软和缓。

宋志明心想：我确实没怎么看出来。

沈倦笑了一声。

王一扬最先反应过来，一把拽过林语惊的手腕，将自己手腕上的护腕递给她："林妹，传承。"

林语惊其实是有点嫌弃的，但是现在也顾不得嫌弃不嫌弃了，她接过来道了声谢，还没等套上，就被沈倦拎走了。

沈倦摘掉自己的护腕丢给她，套上了王一扬的，一边戴一边垂眸看着她："4号队员林同学？"

林语惊才想起他俩都是4号这事。

她"哎"了一声，绕着他走了一圈："那你换一个吧，一会儿去找裁判解释一下，说一声？"

"行吧，"沈倦说着就去拽球衣衣摆，脱衣服，"给我拿件3号。"

闻紫慧连忙应声，拽着个大包在里面翻："3号啊……我找找，2号行不行啊？"

"不行。"沈倦说。

"为什么非得是3号？"老高实在地问，"这是个吉祥数字吗？"

宋志明无语地看着他："你是怎么长这么大的？因为阿伦·艾弗森是3号。"

"哦……"李林故意作恍然大悟状，贱兮兮地说，"阿伦·艾弗森是谁来着？"

宋志明说:"就是NBA的那个球星,打得分后卫的那个。"

李林道:"啊,他啊!哎,我记得咱班哪个小姐姐是他的小迷妹?"

宋志明说:"哎,我也忘了,叫什么来着,刚刚好像还说了呢。"

林语惊:"……"

两个人就在那里一唱一和地骚了好半天,直到比赛重新开始,闻紫慧终于找到了那件3号球衣,沈倦套上,几个人上场。

刚开始所有人都没反应过来,直到他们看见场上站了个长头发的。

长头发的,还扎小辫!!!

篮球馆里像是闷着满满一壶开水的开水壶,壶盖被顶得咕嘟咕嘟冒着泡泡,看台上声音嘈杂。

十班旁边不知道哪个班的人笑得很大声:"什么情况啊?十班怎么找了个女的上去,他们班是真没人了啊。"

"他们班放弃了吧?"

"我服了,女的,女的会打个屁的球。"

闻紫慧转过头,随手拿了个空的矿泉水瓶子丢过去,瓶子从刘福江的脑瓜顶上飞过,她单手叉腰气势汹汹地骂道:"男的现在都会嚼舌根了,女的怎么不能会打篮球啊!"

刘福江吓了一跳,闻紫慧气呼呼地转过头来,对他说:"刘老师,您别听他们的,咱们要相信林语惊。"

虽然她这么说,其实心里也没什么底气,林语惊看着细细一条,站在上面,腿还没对面那个大高个的胳膊粗……

刘福江是无比自豪的:"那当然,没有人比我更相信自己班的同学了。"

"……"闻紫慧觉得,那也行吧,乐观是好事。

七班送走了一个王一扬,现在看起来激情澎湃,许杰十分对得起他的外号,嘚瑟得差点要蹿到天上去了:"哎,你们班没替补了?要不要我们班借你们一个啊。"

"他看起来真像个窜天猴。"宋志明从沈倦身边跑过去的时候说。

沈倦勾了勾唇。

王一扬打小前锋，林语惊补他的位置。

比赛开始，宁远拿到球，传给窜天猴许杰。

他大概也是看到这边前锋上了个女孩子，无所顾忌地运球冲过来。

十班回防，沈倦被两个人贴着，于鹏飞和宋志明一人分了一个，宋志明头都没回："老高！"

窜天猴的走位看起来自信又飘逸，从中线直插篮下，踩进限制区的时候还侧头看了一眼，找寻十班那位美人小前锋的身影。

下一秒，林语惊擦着他的肩膀一闪而过，低声说了一句："别看我了，看球。"

许杰愣了半秒，手下一空。

林语惊带着球已经跑出三分线了。

许杰："？！"

宋志明："！！"

许杰没反应过来这个球是什么时候被断的，他甚至都没看见这人什么时候跑过来的，所有人都没想到这个球会被断，就连宋志明都把唯一的希望寄托在老高身上。

七班的人愣了一秒，宁远喊了一声，反应过来开始回防。

七班中锋整个人扑在林语惊面前，两个人身形差距巨大，一个像山，一个像种在山脚下的一根飘飘摇摇的小树苗，小树苗看起来毫无抵抗之力。

但是宋志明忽然想起刚刚林语惊说的话。

她怎么说的来着？

七班那个中锋动作慢，笨死了。

他回过头去，往那边跑，看见小树苗已经过掉了那个中锋，她面前是宁远。

宋志明心里发紧，吼了一声："林妹！"

林语惊运着球，舔了舔唇，身子重心侧移。

宁远专注地盯着她。

她速度很快，运球过人都熟练，看起来是会打的。

但毕竟是一个女孩子，她会到什么程度？

如果她很会，那现在这个会不会是个假动作？

如果不是假动作，她也没那么会，就是往这边去呢？

就算真的是个假动作，她能反应得过来？

半秒钟的时间，宁远来不及仔细考虑那么多，他身体迅速向左倾了倾。

下一秒，林语惊带着球从右边冲了出去。

这还真是个假动作！

宁远骂了一声，反应过来转头往回跑，林语惊非常拉风地冲到了篮下，宁远不敢再掉以轻心，他迅速贴上去，然后他看见她回头，扫了一眼沈倦的位置。

所有人都明白了林语惊的意思，她想开场用老办法，传球给沈倦，拿个三分，激起大家的士气。

沈倦配合着她，人已经迅速退出三分线外，抬着手，火红的球衣上一个大大的"3"。

这套动作，上半场他已经和王一扬配合了无数次。

现在看来，换一个对象来配合，没有丝毫问题。

没有个屁！问题在于，你跟王一扬身高上差了不止一点啊姐姐！

你看看你身后山一样的中锋！

这个球传出去，飞不到三厘米就会被利利索索地断下来。

林语惊眼神扫过去的瞬间，宁远和对面的中锋同时抬手，两座山一样地将她传球的路断了个干干净净。

宋志明已经绝望了，他侧了侧身准备等着对面拿球，然后断球或者回防，他余光瞥了一眼计时器，第三小节还剩几秒结束。

这个传球就算被断，对方也来不及组织进攻。

结果下一秒，林语惊却忽然跳起来，毫无预兆地做了个跳投的动作。

没人想到她会直接投篮，她手在空中下压，然后猛地往前一勾，球以一个很刁钻的角度被投出去，哐当一声落进篮筐。

与此同时，裁判哨声响起。

整个篮球馆里一片安静，然后下一秒，气氛再次被点燃。

宋志明头皮都要炸开了。

老实说，宋志明并没有对林语惊抱有多大期望，他基本上已经默认这场比赛输定了。

本来林语惊之前很漂亮的断球以及假动作，已经让他很欣喜若狂加意外了，没想到更意外的还在后面。

这个传球竟然又是个假动作！而且竟然还进了！压哨球！

林语惊听见了似乎比沈倦那个很嚣张的三分投进时，还要热烈的尖叫声和欢呼声。

闻紫慧的声音仿佛能够穿透宇宙，她带着哭腔尖叫着喊些什么东西，林语惊没听清楚。

刘福江的声音倒是前所未有地清晰，林语惊从来不知道，连上课都温声温语的刘老师，能爆发出这么惊人的洪亮嗓音："多好的孩子啊！"

刘福江说："看到了吗！王老师！那个是我们班的林语惊！我们班的！林语惊！"

她转过身来，马尾辫甩在旁边宁远的下巴上。

宁远侧头。

林语惊笑眯眯地看着他："打个赌吧。"

那边，宋志明他们一脸兴奋地朝她冲过来，于鹏飞"啊啊啊"地喊了一路："林妹！女王大人！！"

宁远问："赌什么？"

"你们赢了，随便你们；你们输了，就绕着篮球场裸奔十圈，然后当着大家的面扇自己两巴掌。哦，你的话还得加一条……"林语惊顿了顿，朝王一扬那边扬了扬下巴，"我们伟大的瘸腿负伤小前锋，你就叫他一声'爸爸'，然后伺候到他活蹦乱跳为止吧。"

宁远沉默了几秒，忽然笑了一下，侧头看向沈倦："你们十班怎么回事啊，一堆男的站这儿呢，结果没人出头，让一个姑娘来跟我打赌？"

沈倦下巴微抬，漠然睨着他，勾唇也笑了笑："我们家姑娘做主，一切都听女王大人的。"